JN216051

空に響くは竜の歌声

紅蓮をまとう竜王

MIKI IIDA
飯田実樹

ILLUSTRATION
HITAKI
ひたき

この物語はフィクションであり、
実際の人物・団体・事件等とは、いっさい関係ありません。

Character

登場人物紹介

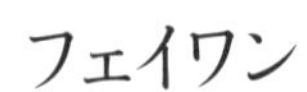

異世界エルマーン王国を統べる竜王。長期のリューセーの不在により、魂精が欠乏し、幼い姿に若退化している。金色の巨大な竜ジンヨンと命を分け合う

守屋龍聖

ごく普通の銀行員だったが、突然異世界へ飛ばされる。実は守屋家の先祖が交わした契約により、竜王に魂精を与えられる唯一の存在「リューセー」として生まれた。背中に赤い三本爪の痣がある

［**魂精とは…**］リューセーだけが与えることのできる、竜王の命の糧。魂精が得られないと竜王は若退化し、やがて死に至る。

シュレイ

リューセーの側近。異世界に来た
龍聖の教育係でもある

タンレン

武人。フェイワンの従兄弟にして親
友。シュレイに熱い想いを向ける

ラウシャン

先々王弟。王位継承権第1位。フェイワンに不信感を抱く

ユイリィ

フェイワンの従兄弟。真面目で物静かな人柄。王位継承権第2位

メイファン

神官長の長子。成人したばかり。オレンジの髪の無邪気な青年だが…

Family tree

エルマーン王家家系図

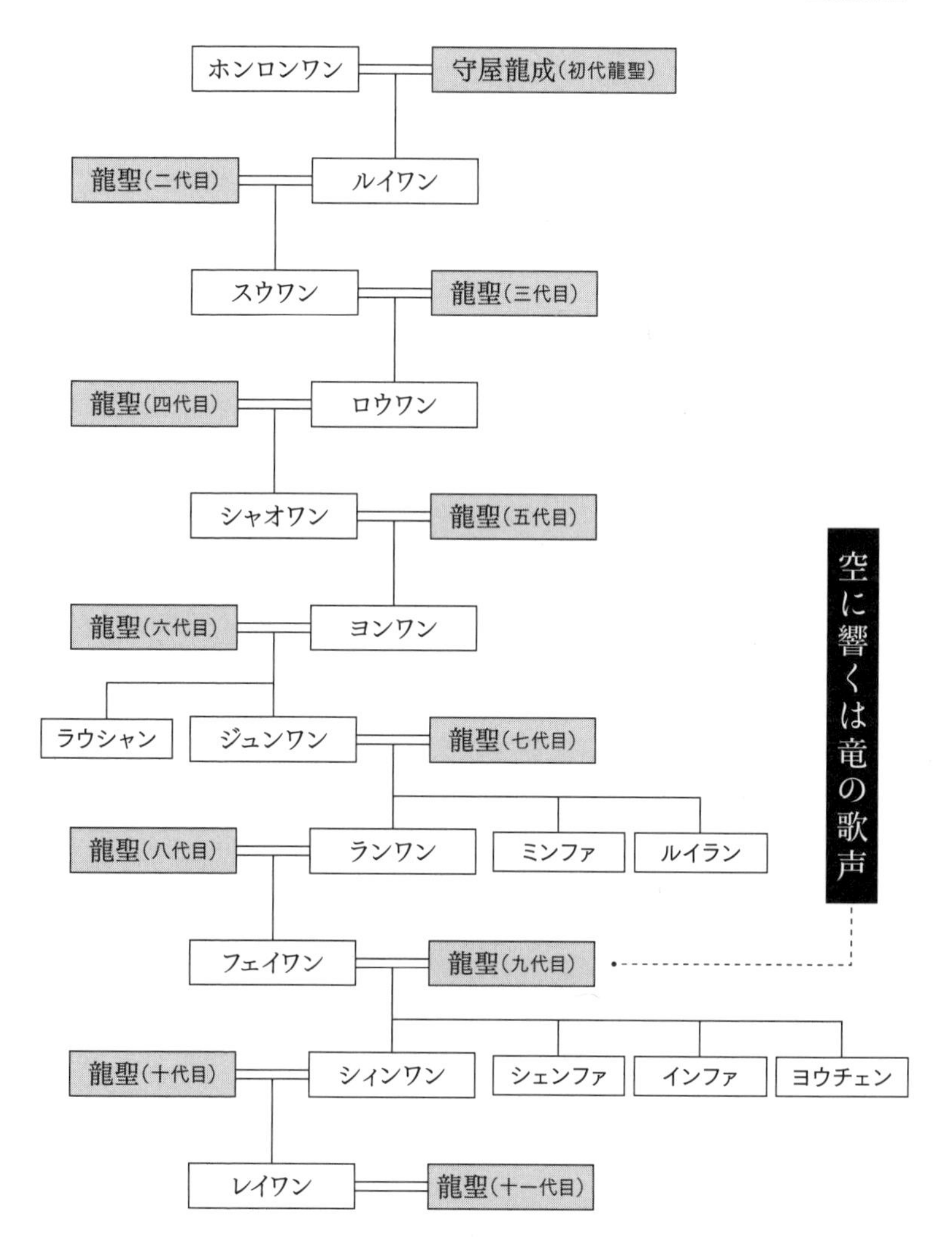

＊竜王の兄弟は本編に名前が登場した人物のみ記載しています

空に響くは竜の歌声　紅蓮をまとう竜王

第1章　契約の指輪

自分は、家族の中でも少し浮いている気がすると、いつからともなく思っていた。

弟と妹がいるが、自分とはあまり似ていない。両親とも似ていないから、自分はこの家の子では無いのかもとさえ思ったりもしたほどだ。

父の妹である叔母が「守屋(もりや)家には、たま〜に、龍聖(りゅうせい)みたいな美丈夫が、突然変異のように生まれるらしいわよ」と言った事がある。

「妹より、お兄ちゃんの方がずっと美人って、友達に言われちゃったわ」と、妹が膨(ふく)れっ面(つら)で言う事もあった。

まつ毛が長く黒目がちな大きな眼と、鼻筋の通った高い鼻、その上小顔で、一般的には『美形』と言われる顔立ちだが、自分では持て余している。小さな頃は、「女男」とか言ってからかわれたりもした。自分の意思に関係なく必要以上に女性にモテるから、本命の彼女に誤解されてなかなか恋人と長続きしなかったり、皆が言うほどこのルックスは自分にとって良いものではないと常々思っている。

しかしこのルックスだけが、家族と自分を隔てているものではないように思っていた。それは両親の態度だ。父も母も大切に育ててくれた。まるで壊れ物でも扱うように……大切な預かり物を扱うように……。

江戸時代以前から続く商家だったという守屋家。米問屋だったり、茶問屋だったり、薬屋や呉服屋と、400年あまりの歴史の中では、色々な商売をしてきたらしく、またそれらすべてが繁盛して、多大な財産を築いてきた。

本家の敷地内には、その名残の大きな蔵がある。

守屋龍聖は、その守屋家本家の長男だった。資産家の長男として、本来ならば家業を継ぐところだろう。それで大切に育てられたというのならば話は分かる。しかしそういうわけではなかった。

守屋家の台所事情は、かなり厳しくなっていたのだ。

曾祖父の代から始めた新しい商売・洋食レストランも、チェーン店が出来るなどの繁栄をしたが、第2次世界大戦で崩壊。曾祖父は戦争中に体を壊して亡くなった。祖父は戦地から生きて戻ってきたが、継ぐべき稼業はなくなっていた。

その辺りから、守屋家の転落が始まっていった。

祖父は土地を担保に新しい事業を始めたが、無理が祟り事業もようやくこれからという頃、45歳という若さで病に倒れ他界。当時まだ20歳の大学生だった龍聖の父が、大学を中退して事業を引き継ぎ、身を粉にして働き、なんとか軌道に乗せることが出来たのは30歳を過ぎた頃だった。

父は35歳の時、秘書として働いていた10歳年下の母と結婚し、龍聖が生まれた。ようやく守屋家も安泰になったのかと思われた矢先、龍聖が13歳の時に父は交通事故で亡くなる。

不運にも事業拡大のため、銀行から追加融資を受けた直後だったので、突然の父の死後、多額の借金を抱えたまま会社は倒産。担保としていた土地と、父の保険金でなんとか借金は相殺されたが、働き手を失い、子供3人を抱えて、母が女手ひとつでこの家を守ってきたのだ。

見かけだけは立派な守屋家本家の屋敷。

明治時代に建てられた日本家屋で、昔は分家(ぶんけ)の者達も、家の行事にはたくさん集まり、とても賑(にぎ)やかだったそうだ。

今は4人だけで住んでいる。祖母も早くに亡くなって、盆と正月に叔母達が来るぐらいで、無駄なくらいに広い家だ。

この家を維持するのはとても大変で、古い家だからあちこちに傷(いた)みがいつも出る。広い庭は、放っておくとジャングルのようになってしまうし、木々の剪定(せんてい)は、とてもではないが素人(しろうと)が出来るものではない。年に2度業者に頼むのだが、これがかなりの出費だ。

そんな逼迫(ひっぱく)した家計を、母は長い間パートの僅(わず)かな給与と、借金返済後の残された貯金を切り崩して、なんとかやりくりしてきた。今は銀行勤めの龍聖の収入もあるが、この家を守っていく事は、本当に苦痛になっていた。

龍聖が給料をそのまま渡すたびに、「ごめんね、ごめんね」と何度も謝る母。だが龍聖も、そんな大変な中、大学まで行かせてもらったのだからと、給料をすべて母に渡す事を嫌だとは思っていなかった。4歳下の妹も、2年前から働きはじめて、少しばかりお金を入れてくれているし、来年には弟が大学を卒業するから、そうすれば少しは楽になる。

「稔(みのる)が卒業したら、もう給料を全部くれなくてもいいからね」

そう母が申し訳なさそうに言った。

だが、このだだっ広い屋敷の維持を考えると、弟が大学を卒業したからって、楽になるはずがないのは、龍聖も分かっていた。

そのために、今、龍聖には悩みがある事を、母には言えずにいる。

それは恋人の事だ。もう付き合って半年余りになる同じ銀行で働く3歳年下の彼女。彼女の事は愛しているし、結婚を前提に付き合っているつもりだった。

このルックスだから、今まで遊んでいると誤解されるケースが多くて、結婚を前提とした本気の付き合いをした事がなかった。家を見て「お金持ち」と誤解されるのもダメな要因のひとつだった。

だが彼女、崎川麻衣は、今までの女性達とは違っていた。とても家庭的で、優しい人だ。あまり飾らないし、一緒にいてとても楽だった。何より龍聖の家の事情を話して、あまり贅沢なデートが出来ない事も伝えたが、「さよなら」なんて言わなかった。だから付き合いはじめたし、結婚も真剣に考える事にしたのだ。

でもやはり彼女に苦労をさせてしまうのは目に見えている。それを思うと、彼女には「結婚を前提としたい」とは未だ言えずにいた。だから家に招いた事もないし、家族にも会わせていなかった。

彼女の存在を知ったら、母はとても気に病む事だろう。給料も受け取れないと言い出すかもしれない。それを思うと、どうしたらいいのか思い悩んでしまうのだ。


その日、仕事から帰ってくると、叔母が二人訪ねてきていた。

「あ、叔母様方お揃いでどうしたんですか？」

「あら、龍聖ちゃん久しぶりね。あいかわらず綺麗ね」

叔母達が龍聖に会うなり笑いながらそう言った。

「からかわないでください」

龍聖はムッとしながら居間を通り過ぎ、自分の部屋へと向かおうとしたが、叔母に呼びとめられた。

「今日はこの家についての話をしに来たのよ。だから龍聖も聞いて欲しいわ」

突然の叔母の言葉に何事かと驚いたが、大人しく母の隣に腰を下ろす。

「で、この家の事ってなんですか？」

戸惑った様子で黙ったままの母を見て、龍聖が向かいに座る二人の叔母達の顔をみつめながらそう切り出した。

「父や兄が亡くなった後、祐子さんにはこの家を守り続けてもらって、本当に感謝しているわ。私達も見て見ぬふりをしていたつもりはないのだけど。なにしろ守屋家は古い家系だし……私達がどうこう口を出せる事ではないと思って、何も言えなかったんだけど……私達なりに色々と調べて話し合ったのよ」

上の叔母・尚美がそう話しはじめた。それに続くように下の叔母・保美も口を開く。

「守屋の分家は、守屋本家には興味がないようなのよ。この家を建て直す援助はしてくれないわ。その代わりこの家をどうしようと、それも勝手にして良いみたいなのよ」

「それって……どういう事ですか？」

龍聖が聞き返すと、二人の叔母は頷いた。

「この家を処分しても良いって事よ」

龍聖は驚いて、母と顔を見合わせた。

「それって……」

「こんな古くてだだっ広い家、維持するだけで大変でしょ？　売ったって売れないかもしれないけど、土地だけならば価値はあるわ。家を壊して、半分ばかり売ってしまったらどうかと思って。残りの半分あれば十分でしょ？　貴方達が住むだけの普通の家を建てる事だって出来るわ」

「でも……そんな事」

龍聖の母はひどく動揺した様子で言葉を失い、もちろん龍聖も突然の話にうろたえた。

「本当は、兄さんが亡くなった時にそうするべきだったと思うわ……ごめんなさいね」

「叔母様達はそれでいいんですか？」

龍聖は思わずそう言っていた。その言葉を聞いて、叔母達は頷き合う。

「良いも悪いも……そりゃあ、生まれ育ったこの家がなくなるのは寂しいけど、昔のように裕福な頃ならばともかく、龍聖だってただの銀行員で、給料だけではこの家は維持出来ないでしょ？　今まで十分がんばってくれたんだから、もういいんじゃない？　兄さんや父さんも良いって言ってくれるはずよ」

「すみません。力不足で……」

龍聖は神妙な面持ちで頭を下げた。

「母さんもこの家で死ねたんだし、もういいわよねぇ」

叔母達は微笑み合っている。

龍聖は隣に座る母の顔をみつめた。母は少し戸惑っているようだ。

「あの……もしも土地を売るとして財産分与って、叔母様達以外はどうなるんでしょうか？」

龍聖は言いにくそうに叔母達に尋ねた。すると叔母達は顔を見合わせて一緒に笑い出した。

「父が死んだ時に、財産は兄さんがほとんど貰っているし、私達もその時に少しばかり土地を分けてもらったの。父の兄弟は、みんな亡くなっているし……だからもうこの家と土地は、貴方達のものよ？　私達には権利はないわ。心配しないで。ただ祐子さんもその辺りを気にしていると思ったから、こうして私達が引導を渡しに来たのよ。もうこの家を守ろうなんて無理しなくても良いって……」

叔母達の話を聞いて、龍聖はホッと安堵した。そうなればどれほど楽になるだろうと思う。しかし母の表情は、まだ晴れていなかった。

「母さん？」

「私、やはりこの家を壊す事は出来ません」

「母さん」

「祐子さん」

母の言葉にみんな驚いてしまった。しかし母は、思いつめた顔をしている。

「お気持ちはとても嬉しいです。龍聖にこれ以上苦労をかけるわけにはいかない事も分かっています。ただこの家は、夫が事業が上手くいってなかった頃でも、どうしても手放さなかった家です。夫はこの家を守りたかったんです。だから私も今まで手放しませんでした。私のワガママですが……せめて私が死ぬまでは残したいです」

「母さん」

「祐子さん、気持ちは分かるけど、龍聖ちゃんもこのままでは結婚出来ないでしょ？　稔ちゃんだって……」

叔母達は、母の説得を始めていた。それを龍聖はしばらくの間みつめていた。

父との思い出のあるこの家……祖母が亡くなる時も、「この家を頼みます」と言って亡くなっていった。龍聖にはまだよく分からないけれど、この家の後継ぎの嫁として嫁いできた母には、それなりの意地があるのだろう。父と母の代で、この家をなくしてしまうのは、どうしても嫌なのだ。

「いいですよ。オレがこの家の後継ぎなんですから……オレがこの家を守っていきますから」

「龍聖ちゃん」

「龍聖」

思わず言ってしまっていた。しかし言わずにはいられなかった。仕方ないと思った。

4人は、黙って、それぞれ考え込んでいた。

「じゃあ、とりあえず蔵の中の物を整理したらどうかしら？」

尚美叔母がそう提案した。

「蔵の中……ですか？」

龍聖が聞き返すと、保美叔母も「それがいいわね」と言った。

「あの中には、皿とか壺(つぼ)とか掛け軸とか、曾祖父様(ひいおじいさま)のコレクションがあるわ。まあ……曾祖父様の事だから、そんなに目利きとは思えないけど、古伊万里(こいまり)の皿とかもあったはずだから、売ればちょっとしたお金になるわよ。そうしなさいよ」

龍聖もほとんど入った事のない蔵だ。ずっと放っておいたから、壁の漆喰(しっくい)も剝(は)がれはじめている。

「主人の知り合いに、骨董(こっとう)商がいるわ……大学に出入りしている人だから確かな人よ？　ちゃんとした人に見てもらって売りましょうよ」

ニコニコと笑って言う叔母に、龍聖達は戸惑いながらも頷いていた。

銀行の昼休みに、龍聖は麻衣を裏口へと呼び出した。

「急で悪いんだけど、今週の土曜日、映画を観に行けなくなっちゃった」

「え？　どうしたの？」

「ちょっと家の事で……色々とあって朝からずっとダメそうなんだ。だけど、その夜会わないか？　君の誕生日を祝おうと思って、実はレストランを予約していたんだ」

龍聖の言葉に、少しガッカリした顔をしていた麻衣は、それを聞いてすぐに明るい顔になった。

「私の誕生日、覚えていてくれたの？」

「うん、本当は来週の月曜だから、少しだけ早いけど……月曜日は、どうしたって早く帰れないだろ？　だから」

「嬉しい！　ありがとう」

「とりあえず、土曜の夕方にまた連絡するから家で待っててくれる？」

「分かったわ」

麻衣は嬉しそうに微笑んで頷いた。


土曜日の守屋家は朝から賑やかだった。家族全員で蔵を開けて、昼から来るという骨董商の人に見せるために、売りに出す物を選ぶ。

初めて入る蔵の中は、少し古い空気の匂いがした。

「こっちの棚は全部皿や壺みたいね」

母と妹が、棚に並べられた木箱をひとつひとつ床に降ろしては、開けて確認している。

「母さんは大体知っているんだろ？」

「ええ、この辺の手前に並べてある物は、お義母さんがまだ生きていらした頃、お盆やお正月にお客様をもてなす時の食器に使っていたからね。備前焼きや古伊万里の良いお皿のセットとかがあるのよ」

母はそう言って、中を確認した箱を、次々と外へと運び出すよう龍聖と弟の稔に渡した。

「母さん、そんなに一度には売らなくても良いんじゃない？　とりあえず、今年の維持費に足りる程度になれば助かるし」

「そうね、でもこれ１セットで、どれくらいの値段になるか分からないし……龍聖はいくらくらい欲しいの？」

「ん……そろそろ屋根の葺き替えがしたいし、庭の剪定費用と合わせて２５０万円は欲しいかな」

龍聖の言葉に、母は呆れたような顔になる。

「こんなお皿で、そんな金額になるわけないじゃない」

「お母さん、最近の骨董ブームを知らないね？　テレビの番組とかでもやってるじゃん！　大皿１枚で１００万円とかいうのもあるんだよ」

横から稔が、まるで宝探しでもしているかのように楽しそうな顔をして言った。

龍聖はそれを聞いて、さすがにそれほどは……とも思ったが、運び出した食器のセットが４組はあったので、それぞれ15～20万円くらいだとしても、それだけで100万円近くはいくかもなぁ～と思わず期待してしまう。少し呑気に考えすぎなのかもしれないが、それくらいの夢は見たい。

「お母さん！　これなんだと思う？」

蔵の2階に上がっていた妹の香奈が、大きな漆塗りの箱を抱えて降りてきた。

それを龍聖と稔も覗き込む。黒い漆塗りの立派な箱の上蓋には、金箔で守屋家の家紋が描かれていた。重そうなので、龍聖が代わりに持つと、外にいる母の下へと運んだ。

「それは……」

母はその箱を見るなり真っ青になった。

「すぐに元の所に戻してらっしゃい!!」

めずらしく声を荒らげた母の様子に、龍聖達は驚いてしまった。

「え？　これ、なんなの？」

「いいから！　そんな物二度と見たくないわ！　どこか奥にしまってきてちょうだい！」

母はとても狼狽していた。こんな母を見るのは初めてだった。

龍聖は仕方なく蔵の中へと戻そうとしたが、そこへ叔母夫婦と骨董商が到着した。とりあえず漆の箱は、蔵の入口近くの棚に置いて、母と一緒に叔母達を出迎える。

今回見てもらったのは、皿のセット4組と、大皿2枚、壺4個、漆塗りの酒盃と膳のセットだ。龍聖達の予想を越えて、全部で320万円の鑑定額を出してもらい、買い取ってもらえる事となった。

喜んだ母は、寿司などを取って骨董商と叔母達をもてなした。

叔母達が帰ってから、香奈が手招きするので付いていくと、行った先は蔵だった。

「なんだよ」

「さっきの箱の中身……気にならない？」

そう言われるととても気になる。

「だけど母さんがあんなに怒るなんてさ」

「だから気になるんじゃない。ちょっと中身を見ない？」

「バレたら怒られるんじゃないか？」

「見るだけよ。ね？」

仕方ないな……と思いながらも、気にならないといえば嘘になる。香奈と二人で蔵の中へと入った。

二人で箱を囲んでしゃがみ、「開けるぞ」と龍聖が言って、箱を縛っていた紫色の組紐（くみひも）を解き、蓋を開けた。

中には巻物が入っていた。それを取り出すと、その下に大きな丸い銀色の塊（かたまり）と、漆塗りの小さな箱が入っていた。

取り出して見ると、銀色の塊は鏡だった。裏には見事な龍の彫り物が施されていて、鏡の部分は磨（みが）かれていてとても綺麗だった。

「これ本物の銀かしら？」

「どうだろうな？　古そうだし黒くなっているところがあるから、銀じゃないのかな？」

龍聖の言葉に、香奈は「へえ～」と言いながら、鏡を手に取って眺めていた。

次に龍聖は巻物の紐を解くと、パラリと広げて見た。そこにはかなり達筆な毛筆で『守屋家家系図』というような事が書かれていて、代々本家の血筋らしい名前が書き連ねてあった。なんとなく眺めていた龍聖だったが、ある事に気づいて目を大きく見開いた。

「これ……なんだよ……」

「どうしたの？」

「ほら、これ……オレと同じ名前……」

「本当だ。お兄ちゃんだけ、随分たいそうな名前だと思ったら、ご先祖様の名前なのね」

「いや、それだけじゃない。ほらよく見ろよ。なんでこんなにいっぱい『龍聖』の名前があるんだ!?」

巻物を広げると、それはかなり長い物だ。恐らく江戸時代以前まで遡っていそうで、その所々に『龍聖』の名前があった。

「長男に代々付ける名前なんじゃやない？」

「父さんは龍聖じゃないだろ？　おじいちゃんも……いや、それにほら、これを見ても、代々ってわけじゃないし……長男とも限らない。この龍聖は次男だし……こっちは三男。どういう事だ？」

2～3代おきぐらいに『龍聖』の名前は現れていた。不思議に思って眺めていたが、また別の事に気づく。

「この『龍聖』って……みんな若いうちに亡くなっているんだ」

「え？　嘘？」

香奈がその言葉を聞いて驚いて、じっと巻物に書かれた文字をみつめた。

「ほら、みんな『龍聖』の下に続く名前がないだろ？　全部だ……」

子孫を続ける線が、『龍聖』の名前の下には、どれも引かれていなかった。

「みんな結婚しなかったんじゃない？」

「これみんなか？　少なくとも10人くらいはいるんだぞ？　それによく見ろよ……名前の下に小さく数字が書かれているだろ？　多分これは享年の事だ」

「享年？」

「亡くなった歳だよ。全部18って書いてある」

他の名前の所を見ると、2～3歳というのもあれば52、68とそれぞれバラバラだ。だが『龍聖』の名前の所にはすべて決められているかのように18と書かれていた。

これはどういう事だろう。

龍聖の心臓がドキドキと鳴りはじめていた。

「でもお兄ちゃんはもう28才でしょ？　大丈夫よ」

香奈が兄を気遣ってそう言ったが、龍聖は釈然としない気分でいた。

「母さんはなにか知っているのかな？」

「あの様子は普通じゃなかったもんね」

巻物の最後は、祖父の名前で終わっていた。本当は父の名前とか、ずっとこれからも続けて書いていかなければいけない物なのだろう。蔵の奥に仕舞われていたこの箱は、守屋家に代々伝わる大切な物のはずだが、母は見るのも嫌がった。何かあると思う。

龍聖は巻物を元通りに巻くと、香奈の持つ鏡も中へと入れて蓋を閉め、箱を抱えて立ち上がった。

「お兄ちゃん……それどうするの？」

「もうちょっとくわしく調べたい。母さんにも聞いてみないと……それで分からないなら、叔母さんに聞いてみる」

「お兄ちゃん」

龍聖は箱を抱えて家の中へと戻った。そのまま母に見つからないように、自分の部屋へと運び、置いてから母の姿を探す。

母は仏間にいた。

骨董商が、お金を用意して改めて来ると言ったので、皿などはひとまずここへと運ばれた。母は仏壇に手を合わせている。

「母さん、ちょっと聞きたい事があるんだけど」

「なに？」

「さっきのあの漆の箱……あれはなに？」

母はまた顔色を変えた。

「なんでもないわ」

「なんでもない事ないだろ？　だったらなんでさっき売りに出さなかったのさ？　また蔵にしまうだなんて……家紋が描かれていたし、ウチの大切な物じゃないの？」

「あれは……」

母は明らかに動揺しているようだ。

「教えてよ。気になるよ。父さん達の前だから、嘘を言わないでよ」

龍聖の言葉に、母は仏壇の方をチラリと見た。大きく溜息をつくと、諦めたような顔で龍聖を見た。

「あれは……守屋家で代々儀式に使う物が入っているのよ」

「儀式？」

「本当は……貴方が18才になった時に行わなければいけない儀式だったの。でもお父さんも亡くなってしまったし、私では……だから儀式をしないまま、しまっていたのよ」

『18才』という事に引っかかった。先ほどの巻物の享年と重なる。

「儀式ってなに？　本当にしなくて良かったの？」

「『龍聖の名を持つ者はかならずやらなければいけない儀式』だと、お父さんからは聞いていたわ」

「龍聖の名を持つ者？　それ、どういう事？」

「貴方の背中に……赤い三本爪の痣があるでしょう？　その痣を持って生まれた男子には『龍聖』という名前を付けるのが、守屋家の代々のしきたりだって……貴方が生まれた時に、おばあちゃんが言ったの。お父さんもそれを知っていたわ」

『三本爪の痣』と聞いて、龍聖は思わず背中に手を回す。

確かに右の肩甲骨の下に、赤い痣がある。『三本爪』と言われれば、鳥の爪の形に似ているかもしれない。不思議な形だとは思っていた。

「この家は、このまま滅びるかもしれないわ」

すると突然、母がそんな事を言ったので驚いた。

「なんで？」

「その儀式をしなかったからよ」

母は悲しそうな顔をして笑った。

「でもね、そうなる事を知っていて、儀式をしなかったの。お父さん達には……守屋の人には申し訳ないけど、私は貴方を失いたくなかったの。だからその償(つぐな)いをするつもりで、この家を守ってきたのよ」

「失いたくないって……どういう事」

しかし母は答えなかった。ただ黙って首を振ったので、それ以上は聞けなかった。


部屋に戻って、箱をじっとみつめる。

一体その儀式とは何だろう？　『龍聖の名を持つ者』とはどういう事だろう。龍聖は、溜息をつくと時計に目をやった。間もなく夕方の5時になる。

とりあえず今日予約しているレストランに、もう一度確認の電話をしなければと思って、スマートフォンをポケットから取り出した。

「もしもし、あの今日の7時に予約を入れている守屋です。はい、そうです。花の用意も大丈夫ですか？　ええ、確かに2名で変更はありません。ではよろしくお願いします」

人気のレストランで、サプライズにするために、事前にお店に行って相談をしてあった。ケーキと花も用意してもらい、当日はスムーズにお店を出たいので、代金もすでに前払い済みで準備は万端だ。

電話を切ってから、改めて麻衣へ電話をかけた。

「もしもし？　うん、お待たせ。6時に君の家に迎えに行くよ。うん、それじゃ後でね」

龍聖が電話を切った時。

ふいにどこからか自分の名前を呼ぶ声がした。

――リューセー
龍聖はキョロキョロと辺りを見まわして耳を澄ませた。しかしもう何も聞こえない。

気のせいかと首を捻(ひね)りながら、机の引出しを開けると、中から綺麗にラッピングされた包みを取り出した。彼女へのプレゼント。ちょっと奮発してブランド物のネックレスを買った。

彼女はあまりそういう物にはこだわらないのだが、似合うと思って買った。きっと喜んでくれるだろう。包みを手にそう思って微笑んでいると、

――リューセー
また声が聞こえた。近くだ。低い声だった。

ギョッとして包みを机の上に置いて、恐る恐る振り返ったが誰もいない。

しかしその時また……。

――リューセー
声がした。確かにした。箱の中から……。

龍聖は、ゴクリと唾を飲み込むと、箱へとゆっくり近づいた。そっと蓋を開けたが、中はさっきと変わっていない。

だが鏡が蒼(あお)く光ったような気がして、恐々(こわごわ)手に取った。見るとただの銀製の鏡だ。龍聖の顔を映している。鏡を床に置くと、さっきは確認しなかった小さな漆塗りの箱を手に取ってみた。

なぜか胸がドキドキしはじめていた。その箱がとても気になる。その箱に呼ばれているような気さ

えしていた。

左手の上に箱を乗せると、ゆっくりと蓋を開けた。中には、赤い布が敷かれていて、真ん中に指輪が鎮座していた。龍の頭部が彫刻されている銀の指輪だ。目の部分に赤い石が埋め込まれている。

「指輪……」

そう呟いた時、

――リューセー
その声は鏡から聞こえた気がした。それと同時に、指輪が光った。胸騒ぎがする。これには触れてはいけない気がした。だがそれとは反対に、指輪を嵌めてみたいという衝動にも駆られていた。今まで指輪なんて嵌めた事はない。それは大きな指輪で、男性用のように見える。『指輪が呼んでいる』そんな感覚に近かった。

怖い、すぐに元に戻したいという心の中の警告とは反対に、指が勝手に指輪を求めているような感じがした。右手で指輪を摘む。その途端、体がとても熱くなって、血が逆流するような感覚に襲われた。龍聖は無意識に、左手の中指へと指輪を嵌めていた。

指輪が嵌った瞬間、左手が眩しいほどの蒼い光に包まれた。それはやがて一筋の光の線となり、指輪からまるで流れ出るかのように、中指の付け根から始まって、手首から肘へと向い、その光の線は不思議な文様を描いていった。あっという間の出来事だ。

その光の文様は、腕を焼かれるような痛みを招いた。

「痛ッ!!」

龍聖は思わず夢中で指輪を外していた。コロコロと指輪が床に転がり、光は消えてなくなった。

「な、なんだよ！　一体……ああっ!!」

龍聖は思わず叫んでいた。なぜなら、左腕に刺青のような物が描かれていたからだ。さっきの光の文様の跡。手の甲から肘まで、ビッシリと青い色の刺青のように、不思議な文様がそこに描かれていた。慌てて右手で擦ってみたが、それは消えなかった。

「な……なんだよ！　これ……なんだよ!!」

龍聖は、必死に皮膚をゴシゴシと痛いくらいに擦った。だがまったく消えそうにもない。水で洗おうと思って立ち上がった時、足下にあった鏡から目も眩むほどの光が放たれた。

「うわっ!!」

龍聖は思わず目を強く瞑った。光は龍聖の体を包み、そのまま鏡の中へと吸い込まれていった。

光の消えた部屋は、何事もなかったかのように静まり返っていた。

その部屋の主まで消えて……。

❖

龍聖は何かに体を押されて揺すられて目が覚めた。

「ん、んん……なんだ？」

目を開けたはずなのに、そこは真っ暗な闇で何も見えない。体を起こそうと床に手をついて、そこが石で出来た床である事に気づいた。

「え？　ここ……どこだよ!?」

龍聖は驚いて飛び起きた。

飛び起きたはずだが、あまりにも真っ暗で、自分が今どうしているのかさえも分からない。さっきまで自分の部屋にいたはずだ。自分の部屋ならば床は畳のはずである。だがどう手探りしてもそれはゴツゴツとした冷たい石の床だった。

目をパチパチとしてみたが、どうやったって何も見えない。闇が深すぎて不安になった。一体何が起きたのだろう？

部屋であの箱を開けて、指輪を嵌めてみた。左手が光って刺青みたいな物が腕に現れて……それから鏡が光って目が眩んだ。その後が分からない。何も覚えていない。というか気がついたらこんな状態なのだ。

途方に暮れて動けないでいると、顔の近くをブワッと生温かい風が吹き抜けたのでビクリとした。窓もないようなのに、この風はどこから吹いているのだろう？　そう思って、でもなにか不自然な事に気がついた。今のは風ではない気がした。なんだか生臭い匂いがする。まるで『生き物の息』のような……。

得体の知れない恐怖を感じた。

「誰か……いるの？」

独り言に近い言葉だったかもしれない。風の吹いてきた方向をみつめた。真っ暗な闇。どこまでの奥行きがあるのかも、高さがあるのかも分からない空間。

ゴクリと息を呑(の)んでギュッと拳(こぶし)を握り締めた。本当はオバケ屋敷とか苦手なのだ。緊張で頭が痛くなりそうだった。

どれくらい耳を澄ませて闇をみつめていたのだろうか？　もしかしたらほんの30秒くらいだったかもしれない。だが龍聖には1時間くらいに感じられた。

緊張がピークに達した時だった。

目の前の真っ暗な闇の真ん中に、とてもとても大きなふたつの目が浮かび上がった。金色に輝く大きなふたつの瞳。

「うわぁぁぁぁぁぁぁぁぁぁぁぁぁっっっっ!!」

龍聖は悲鳴を上げて再び気を失った。


次に目を覚ますと、見た事のない天井がそこにあった。

どうやらベッドに寝かされているらしい。ふかふかの気持ちの良いベッドだった。だがもちろん我が家のベッドではない。

体を起こして辺りを見まわしてみて驚いた。

そこはとても広い部屋だった。高い天井には花のような絵が細かく描かれ、タンスのような家具は、金具などがすべて金であしらわれ、細かい彫刻が施されており、いかにも高そうな豪華な調度品に見える。それは以前テレビで見たベルサイユ宮殿の一室を連想させるようなものだった。龍聖がいるこのベッドだってなんだかとても豪華なベッドだ。見上げると天井からレースのような大きな幕が下がっている。確か『天蓋（てんがい）』とかいうやつだ。王様のベッドみたいだと思った。

「ここ……どこだよ……」

呆然とするしかなかった。何がなんだか本当に分からない。さっきのあの闇に浮かんだ大きな目は何だったのだろう。夢だったのだろうか？　グルグルとそんな事を考えていたらドアが開いた。

「お目覚めですか？」

入ってきた男が龍聖の姿を見て微笑みながらそう尋ねてきた。

龍聖は驚いてすぐには答えられなかった。なぜならばその人は、どう見ても外国人だったからだ。歳はまだ若そうだ。龍聖と同じくらいか、少し上だろう。銀色に近いような薄い金色の髪は、綺麗に肩の高さで切り揃えられていた。彫りが深く細面の美しい顔立ちは、西洋人のように見える。服装は少しアラビアンナイトを連想させるような衣装で、腰には金の房の付いたサッシュベルトを巻いていた。

しかし彼が話したのはとても流暢な日本語だ……と思う。決して外国語が得意ではない龍聖が、ハッキリと「お目覚めですか？」と聞かれた事を理解したからだ。

その男性はゆっくりとした足取りで、龍聖の側へと近づいてきた。

「具合はいかがですか？　どこか調子の悪い所とかはありませんか？」

「あ、あの……ここはどこですか？」

当然ながらの質問をしてみた。いや、その前に貴方は誰ですか？　と聞くべきだっただろうか？　そんな事を思いつつも少々混乱していた。

「ここはエルマーン王国の王城の中です」

「え？　なに？」

「エルマーン王国です」

彼は穏やかに微笑んでそう告げた。冗談を言っているようには見えないが、冗談であってほしかった。日本語を話しているはずなのに、なんだか言葉が通じない。今、何って彼は言ったんだろうか？

『エルマーン王国』？　それどこ？　ラブホテルの名前？　この人何を言ってんの？　ドッキリ？

と口には出さないが、色々な事をほんの一瞬の間に考える。

第一国名にしては、聞いた事のない名前だ。騙（だま）すにしても他に言いようがあるだろう。その衣装も嘘っぽいし、この部屋だって……何かのテレビ番組の仕掛けだろうか。

「エルマーン王国って、聞いた事ないんですけど……どの辺りにある国なんですか？」

とりあえず冷静を装って、バカらしいと思いながらも質問を続けた。

「場所は……言ってもまだ分からないでしょう。少なくともここは貴方の住む世界とは違う世界にあります」

「はあ？」

心の声のつもりが、つい大きく口に出してしまっていた。慌てて手で口を塞いだ。誤魔化（ごまか）すように「ん、んん」と咳払いをする。

「えっと、ではここは異世界という事で……なんでオレがここにいるんですか？」

「それは貴方が『リューセー』だからですよ」

驚いた。そりゃあ名前は『龍聖』ですけどね、それがここにいる理由？　そう思って言葉も出ない。あまりにも次から次に訳の分からない状態にさらされているので、正常な理解力まで失ってしまっているような気になった。が、もう一度気を取り直して聞いてみる。

「あの、もっと分かるように教えて欲しいんですけど……」

男性は、ベッド脇のテーブルに揃えてあった水差しから、コップに水を注いで龍聖に差し出した。龍聖は別にいらないと思ったがとりあえず受け取った。

「すぐにご理解いただくのは無理でしょう。突然の事で混乱なさっているのは分かります。ですが、貴方がここに来るのは生まれた時から決められていた事なのです。遙か昔から続く、ロンワンと守屋家の契約なのですから……」

「ロンワン？」

「今のこの国の王族の事です。貴方の先祖が、我が国の王家と契約を交わし、代々『リューセー』を王に捧げる代わりに、守屋家の繁栄を約束されたのです」

ちょっと待ってよ……と思った。『契約？』『繁栄？』なにそれ？

「ごめんなさい、悪いけどこれ以上この悪ふざけには付き合ってられないんだ。今夜は大事な約束があるから、帰らせてもらいます」

龍聖はそう言って立ち上がると、コップをテーブルの上に置いた。

「もう貴方は、貴方の世界に帰る事は出来ません」

しかしその男性は、少し困ったような顔をして龍聖に言った。

「なに？　誘拐ですか？」

龍聖はムッとして尋ねた。もう呆れてしまって付き合い切れない。6時に彼女を迎えに行かなければいけないのだ。ズボンの後ろポケットからスマートフォンを取り出して時間を見ると17時50分と表示されていた。

『やばい！　遅刻だ！』そう思ってよく見るとアンテナが『圏外』となっている。

龍聖はチッと舌打ちした。

「とにかく帰ります」

龍聖はそう言ってドアへと向った。あの男性は特に止める様子はない。諦めたのだろうか？　と思いながらドアにかけ寄ってノブに手をかけた。押しても引いても開かないので、ガチャガチャとノブを回した。

「ちょっと!!　ふざけないでください！」

「リューセー様、外は危険ですので、簡単にお出しするわけにはいかないのです」

「危険!?」

『あんたの方が危険だよ！』と心の中で文句を言いつつ、龍聖は窓の方へと向った。こうなったら意地でも帰ってやると思ったのだ。この男性は、眺めているだけで、無理に止めようとはしていないから、逃げられるかもしれない。そう思いながらも、なぜ止めないのか？　と疑問でもあった。こんな変な部屋に連れてこられて、変な外人が現れて、変な事を言って……ドッキリにしては、現実離れしすぎているし、第一自分は芸能人でもないのに、ドッキリなんて仕掛けられるはずもない。しかしそうとでも思わないと、今のこの自分の置かれた状況は、非日常的で不可解すぎた。誘拐にしてもおかしい。

レースのカーテンが引かれている大きな窓のひとつが少しばかり開いていた。風がカーテンを揺らしているので分かった。ここが2～3階だとしても、どうにかして出ていってやる！　と決意しながら、窓の方へと駆け出す。

「あ！　リューセー様！　そちらは……」

男性が初めて止めるような言葉をかけてきたが、龍聖は窓を勢いよく開けてテラスへと飛び出した。

しかしテラスに出るなり、龍聖は悲鳴を上げていた。

「うわぁぁぁぁぁ！！！！」

男性が駆け寄ると、龍聖はテラスの手すりにしがみついてその場に座り込んでいた。

「リューセー様！　大丈夫ですか!!」

腰を抜かしかけた。驚いた。いや、驚いたなんて簡単な言葉では片付けられないくらいの衝撃だ。

この目の前の光景は一体何だろう。呆然としながら、テラスの手すりの格子越しに、眼下をみつめる。

それは今まで見た事もないような光景だった。

2～3階なんて高さじゃない。ビルでいうなら、20階以上の高さだろう。ビルならば……だ。遥か下に、街並みが小さく見える。周囲には間近に高くそびえる岩山があった。それはまるでグランドキャニオンのような、日本では到底見られない風景だった。

「この王城は、岩山を刳り貫いて、その壁面に造られているのです。簡単には外部から入る事も出る事も出来ません」

背後に立った男性がそう言った。強い風が吹き抜けて、座り込む龍聖の頬を叩いた。

「一体なんだよ……ここはどこなんだよぉぉ!!」

思わず叫んでいた。だが龍聖の叫び声は風に掻き消されてしまう。固まってその場から動けずにいると、そっとその肩を男性が叩いた。

「さあ、ここは危ないですから、中へ入りましょう。貴方がこちらにいらっしゃると竜達が落ち着かなくなりますから」

龍聖は呟きながら、目の前を何かが横切ったのでハッとして顔を上げた。

空を何かが飛んでいる。『何か』が……あれはどう見ても鳥ではなかった。大きな生き物……映画で見た事のある生き物にそっくりだった。あれは……あれは……。大きな物体がこちら目がけて降りてくるのを、龍聖は驚愕の顔で見上げたまま動けずにいた。近づいてくるそれは、紛れもなく『竜』だった。映画や本で見た事のあるあの『竜』だ。『ドラゴン』だ。恐竜のような体と大きな翼。それはトリックでもSFXでもない。バサバサと大きな羽音をさせながら、目の前を動いているのだ。

「危険です。さあ中へ！」

男性が龍聖の腕を引いて強引に部屋の中へと引き入れた。窓の外を竜が横切っていくのが見える。

「むやみにテラスに出てはいけません。貴方は竜を呼ぶのですから」

「なに？　なんだよ!?　一体どういう事だよ!!」

「リューセー様は、竜の聖人なのです。竜はどこにいても貴方が分かります。危害を加える事は決してありませんが……貴方の側にいたくて、国中の竜が集まってきてしまいます」

「だから……だからなんなんだよ!!　ここはどこだよ!!　なんでオレはこんな所にいるんだよ!!」

龍聖はすっかりパニックを起こしてしまっていた。あまりにも信じられない事だからだ。自分の目で見た光景だというのに、信じる事が出来なかった。

「リューセー様。すべてご説明しますから、どうか落ち着いてください」

「これが落ち着いていられるかよ!!」

龍聖は怒鳴り返した。しかし男性は先ほどと変わらぬ穏やかな様子でいる。龍聖だってこんなに激怒して、パニックを起こしたのは初めてだ。こんなに声を荒らげたのも初めてだ。いつもいつも『落ち着いている』『物静か』と定評があるくらいなのだ。だがどんな人間だって、こんな状況に追い込まれれば、錯乱して怒鳴りもするだろう。

しばらくの間、龍聖はその男性を睨(にら)みつけて立ち尽くしていたが、やがて大きく溜息をついた。

「分かった……説明してください。オレがそれを理解出来るかどうか分からないけど……」

「はい」

男性は穏やかに微笑むと、龍聖を椅子へと座らせた。

「このエルマーン王国は、シーフォンという種族の治める王国です。シーフォンは、先ほどご覧になられた竜を皆持っています。竜を持つのがシーフォンの証(あかし)です。そしてシーフォンの王……現王フェイワン様の妃としてリューセー様はこの世界に呼ばれてきたのです」

「妃って……あの、オレは男なんですけど」

「はい、存じ上げております」

「王様は男なんでしょ?」

「そうです」

「オレはゲイじゃないんですけど……」

「ゲイ?」

彼は不思議そうに首を傾げた。どうやらこの単語は分からないらしい。

「えっと……つまり男同士で恋愛をする趣味はないんです。普通に女性が好きなんです」

「ええ、それは仕方ありませんね。昔は、リューセーになる方には、それなりに衆道(しゅどう)の心得などを教えてあったようですが……今の世は、大和の国も変わってしまったようですからね」

『衆道』って……随分古い言い方をすると思った。おじいちゃんでもあまり言わないような言葉をこの外人は使っているのだ。とても不思議だった。

「あの、さっきからリューセーになる方って……その意味が分からないんですけど……」

「昔、貴方の世界でいうと400年ほど前に、現王の始祖であるホンロンワン様が、守屋家の始祖と契約を交わしたのです。竜王には、竜の聖人なる人物が必要でした。その者を捧げ物として差し出す事。その代わり、守屋家には繁栄を約束したのです。その者の証は王の印……貴方の体にもあるはずです」

「印って……赤い3本爪の痣の事ですか？」

男性はコクリと頷いた。

「その印を持って生まれてきた男子には『リューセー』の名を付ける事。そして18才になったら、契約の儀式をしてこの世界へ来る事」

「儀式って……」

「その左腕の文様が儀式の証です。指輪を嵌めましたよね？　あれは王の指輪。竜の聖人となる者が指輪を嵌めれば、契約の文様が体に刻まれるのです」

「オレ……もう28歳なんですけど」

「はい、守屋家で何か不幸があったのはこちらでも存じています。契約の事を知る者がいなくなってしまったのでしょう。偶然にも貴方様がこうして無事にいらしてくださったので助かりましたが、あと少し遅かったら大変な事になるところでした」

「それって、オレがここに来なかったら……どうなるの？」

「守屋家は衰退する事でしょう。いえ、もっと不幸な事になっていたかもしれません」

「嘘……」

龍聖は驚いてしまった。今でも十分に守屋家にとっては不幸続きだ。会社が潰れたり、父が事故で亡くなったり……という事は、それらはまさか龍聖が18才で儀式をしなかったからなのだろうか？

「あ、だけど、父が亡くなったのはオレが13才の時で……祖母はそのすぐ後に亡くなったし……18才になる前に守屋の儀式を知っていそうな人がいなくなってて……あ！」

そこで龍聖は、母の言葉を思い出した。母は知っていたのだ。儀式の事もそうなる事も……『守屋家は滅びるかもしれない』と言っていた。『儀式をしなかったから』と言っていた。そして『貴方を失いたくなかったから』と言っていたのだ。その意味がなんとなく分かってきたような気がした。あまりにも現実離れしている話だが、あの漆の箱にあった秘密も、母に投げかけた疑問への答えも、今のこの男の話となんだか通じる。そして箱の中にあった家系図に記された代々の『龍聖』の名前も、これで説明が付く。

「ウチは……これからどうなるんですか？」

「貴方様が生存している間は、繁栄が約束されます。貴方様がこの世界へ無事に来たからには、守屋家はこれからはきっと良い事が続くでしょう。貴方様の身内に不幸が続き、儀式を知る者がいなくなってしまったのは、恐らく貴方様の前のリューセー様が、こちらの世界で事故で早くに亡くなってしまわれたためではないかと思われます」

「事故？」

その問いには、彼は答えてくれないようで、少し顔を曇らせて目を伏せた。

「だ、だけどそれにしたって、リューセーがいなくなったら守屋が滅びるなんてひどすぎるじゃないか……繁栄がなくなるのは仕方がないとしたって、不幸にする事はないじゃないか」

「それは仕方がありません。守屋家は、もともと山間の小さな村の庄屋の家柄だったと聞いています。ホンロンワン様と契約した事で、本来ならばあり得ないほどの財産や幸運を貰っているのです。400年もの間の繁栄です。引き換えに反動として災厄が起きたとしても仕方がない事です。こちらも無理に罰を与えているというわけではないのです。それが自然の摂理なのでしょう」

龍聖は言葉をなくして俯いてしまった。ご先祖はなんて事をしてしまったのだろうと思った。これでは『生け贄』も同然だ。

「でもリューセー様は儀式を行ってこの世界にいらっしゃいました。ですからご家族もきっと幸せになりますよ」

気落ちしてしまった龍聖を慰めるように、男性が慌ててそう言ったが、龍聖は俯いたままでいた。

「オレ、儀式っていうのやってないし……鏡と指輪を見つけたのは偶然だったから、家族はオレがこの世界に来た事を知らないんだ。今、貴方がしてくれた話を、家族に教えないと……」

龍聖が俯いたまま呟くように言ったが、男性は表情を曇らせたまま首を振った。

「もう戻る事は出来ません。戻る術はないと聞いています」

龍聖はそれを聞いて、ハッとしたように顔を上げた。

「オレが死んだら……その後はどうなるんですか？」

この問いにも、男性はしばらく答えをくれなかった。だが龍聖にはなんとなく予想は出来ている。

多分もう終わりなのだ。この400年も続いた守屋家の秘密を知る者も伝える者もいない。

あの箱を見つけ出したのは偶然だった。母が隠していたらしいし、本来ならば、きっと神棚にでも置かれていたのだろう。

開けたあの箱は、龍聖の部屋にそのままある。母はきっとそれを見てすべてを悟るだろう。そしてまた蔵に隠してしまうかもしれない。それっきりになってしまうだろう。もうこれっきり……。秘密は母の胸の内に隠されて、弟達には知らされる事もなく、きっともう次の『龍聖』は、たとえ将来生まれたとしても、その身の秘密を知らないまま一生を終えるだろう。偶然ここへ来る前の龍聖のように……そして家は衰退していくのだ。

「今の世の大和の国は……昔のように、家の伝統というものを残さないのですね」

答えの代わりに彼がそう言った。それが良い事なのか悪い事なのか、今の龍聖には分からなかった。

「貴方は……何者なんですか？」

龍聖の問いに、その男性は改まって深々と礼をした。

「貴方様の側近として仕えますシュレイと申します。これから貴方様がこの国に早く慣れるように、それからフェイワン様の妃となるための教育をいたします。そして私がすべてをかけて貴方様をお守りします」

「シュレイ」

龍聖は呆然となりながらその名前を小さく呟いた。ようやくハッキリと自覚してしまった。もう家には二度と帰れない事を……。

第2章　赤い髪の竜王

爽やかな朝の目覚めだった。

パチリと目が覚めて視線を動かして辺りを見て、自分の部屋ではない豪華な部屋が視界に入り、やはり昨日の出来事が夢ではなかったのだという事を確認して、ハアと溜息をついた。

おおまかな説明は、昨日シュレイから聞いた。

認めたくはないけれど、目の前の現実を認めるしかなかった。ここはどう考えても日本ではないし、空を竜が飛んでいるし、一瞬にしてこの世界に来ている自分がいるのだから、これは常識では考えられない事が我が身に起きたのだと……映画や本の世界で言うのならば『異世界へトリップ』というのをしてしまったのだと認めるしかなかった。

昨夜は夕食を振舞ってもらった。意外にも和食だったので驚いたが、「これはリューセー様用の食事ですので」とシュレイが説明してくれた。この国にある材料で、出来る限りの和食を作れるように研究したそうだ。作り方は、代々のリューセーから習ったらしい。そのせいか、どこか懐かしいような料理だった。

その料理を食べたら急激に眠くなってしまった。

「もしかして、一服盛られたのかな……」

ポツリと呟きながらベッドから降りた。窓の外が明るいから、外はもう朝なのだろうと思う。窓辺まで歩いて、窓を開けようとして手を止めた。

『貴方様は竜を呼ぶのですから、むやみに外に出てはいけません』というシュレイの言葉を思い出して、開けるのをやめた。

竜が危害を加えないとは言っても、あんな見た事もない大きな生き物には、とてもではないがすぐに慣れそうにない。犬猫ではないのだから懐かれても困る。

部屋を見まわして、豪華な調度品を眺めた。

昨日は気づかなかったが、引出しのたくさんあるタンスのような物（金で飾られた綺麗な家具をタンスなどと呼んでいいのか分からないが）の上に時計があった。この世界の時計かと思って、興味を持って近づいて見たが、書かれている数字のような文字は分からなかった。数字の位置は龍聖の世界の物に似ていて、丸い盤の上に綺麗に並んでいた。

「12、13、14……この世界は14時で半日なのかな？」

数字らしき文字を数えたら14個ある。針は長針と短針があって、今まで見慣れている時計とまったく変わらないので驚いた。

今は、短針が六つ目を指していた。

「6時って思って良いのかな……」

そんな事を考えながら、ズボンの後ろポケットからスマートフォンを取り出した。今となってはこれは時計の代わりでしか機能がなくなってしまった。しかしそれも電池が続く限りだ。

「え!?　なにこれ!!」

スマホのディスプレイを見て驚いた。土曜日の20時34分だったからだ。日付も同じだ。あれから2時間半しか経(た)っていないだなんておかしい。少なくとも、シュレイとの話だって1時間近くしたし、食事だってゆっくり食べたから1時間はかかっていたはずだ。その上、こんなに熟睡したのだ。それが2時間半だなんて有り得ない。

ぼんやりとしながらベッドに腰を下ろした。なんだか驚く事ばかりだ。

シュレイ以外にも、昨夜は食事を運んできた召使達が何人かいた。彼らの外見は自分と変わらない人間だった。

シュレイの話によると、言葉が違うらしいので、これから覚えなければいけないそうだ。シュレイはリューセー付きの側近となるために、日本語を勉強したらしい。とりあえずは今は彼だけが頼りだ。すべてを掛けて守ると言ってくれたのだ。彼を信頼するしかない。

それにしても……人生って本当に何が起こるか分からないなと思った。自分のこの身に起こった事を、彼の世界の誰が理解してくれるだろうか？　母にしても、こんな世界に息子が行ってしまうだなんて思ってもみなかっただろう。『生け贄代わりに息子の身を差し出す』と思っているのだとしたら、どうなると思っていたのだろうか？　それも今となっては聞く事も出来ない。

スマホの時計が狂っていないのだとしたら、今、日本では夜の8時過ぎ……彼女との約束をすっぽかしてしまって、怒っているだろうか？　だがもう彼女に謝る事も出来ない。

家族が龍聖の失踪に気づくのはいつだろうか？　月曜日、銀行を無断欠勤してしまう事になる。そういえば来週から営業強化月間が始まるのだった。そんな事をぼんやりと考えてしまっていた。

その時ドアをノックされた。

「はい」

返事をするとドアが開いてシュレイが入ってきた。

「おはようございます。よくおやすみになれましたか？」

「はい……でも、もしかして昨夜の食事に薬を入れられていたのでは？　と思ったんですが……」

龍聖の言葉を聞いて、シュレイは少し驚いた顔をした後、ニッコリと微笑んだ。

「リューセー様は、とても勘が鋭いですね。確かによくお休みになれるように、食事に薬を入れさせていただきました。しかしとても軽い薬ですので、体には差し障(さわ)りのない物です」

「なぜそんな事を？」

シュレイは抱えてきていた衣服らしい布の塊をベッドの上に乗せながら、龍聖の問いに申し訳なさそうな表情になって頭を下げた。

「申し訳ありません。悪意はないのです。初めにご説明すれば良かったのですが……昨日はここに来たばかりで、かなり混乱していらっしゃるようでしたし、下手に話すと逆に警戒なさるのかもと思いまして。この世界と、リューセー様の世界では、時の流れが違うのです。ですから最初は薬を使ってでも夜に眠る習慣をつけなければ、お体を悪くしてしまわれるので、仕方なく薬を盛らせていただきました」

それを聞いてさっきの時間の違いにハッとした。

「時差ボケになるって事か……」

「ジサボケ……ですか？」

龍聖の言葉にシュレイが首を傾げた。また知らない単語らしい。そういえば家系図で見た最後の『龍聖』は、曾祖父の兄弟だったからおそらく明治時代の人だ。シュレイが習ったという日本の文化や言葉などの知識が、そこまでのものならば、現代語や造語を知らないのも仕方がない。

「えっと、生活の時間が急に変わってしまって、昼と夜が突然逆になるとか……そういうので、体がついていかなくなる事って意味です。例えば朝から旅立って、半日かけて別の土地に行ったら、自分の中ではもう夜になっているはずなのに、その土地ではまだ朝で、もう一度一日を過ごさなければならなくなったりしたら……体は夜と思っているから眠いのに、世間は朝で、体調を崩してしまう事があるんですよ。それを時差ボケっていうんです」

「ああ……確かにそういう事ですね。リューセー様の世界では、そんな事があるのですか？」

「地球は広いから、国によって時差があるんですよ。でも今は飛行機という空を飛ぶ乗り物があるから、車や馬では何十日もかかるような遠い所に、ほんの数時間で行く事が出来るんですよ」

「それはすごいですね。では竜よりも速いのですね」

「そうなるのかな？　竜に乗った事がないから分からないけど……」

龍聖の言葉にシュレイが微笑む。

シュレイはとても物腰が柔らかくて、人当たりが良い。なんだか普通に話が出来るようになっているから不思議だ。

「どうぞお召し物をお着替えください。その前にお風呂に入られますか？」

「え!?　風呂があるの？」

「はい、そちらのドアの向こうに、リューセー様用の風呂場がございます。すぐにお湯の用意も出来ますが……」

それは嬉しい。この国にも風呂の習慣があったなんて意外だったが、それももしかしたらリューセーのために作られたのかもしれない。

「じゃあ、お風呂に入ろうかな」

「かしこまりました。しばらくお待ちください」

彼はそう言って部屋を出ていくと、しばらくして大きな壺を抱えた数人の召使を引き連れて戻ってきた。

壺にはお湯が入っているらしい。さすがに蛇口から給湯というわけにはいかないようだ。しばらく遠巻きにそれを眺めていたが、召使達が部屋を出ていき、シュレイが「用意が出来ましたのでどうぞ」と言ったので、その『風呂場』へと向った。

シュレイに促されて中に入るなり、龍聖は思わず笑い出してしまった。

「どうかなさいましたか？」

「いや、ごめん……なんかすごいね！」

そこは確かに『風呂場』だった。木で作られた大きな湯船が部屋の真ん中にあり、なんだか『檜風呂』を連想させる。床は石が敷いてあり、木で作られた洗い椅子や手桶まであった。まさしく日本の『風呂場』で、洋風な部屋のバスルームにはなんとも不似合いな光景だ。

「リューセー様の心が落ち着くようにと、日本の風呂場に似せて作られています」

「そう、ありがとう」

なんだか笑みが零れてしまう。本当にこの世界では、リューセーは大切に扱われているのだと思った。『王の妃』というのさえなければ、結構良いものかもしれないと思えてきた。

「どうぞお入りください」

「えっと……あ、一人で入れるからいいよ」

「いえ、お世話をさせていただきます。リューセー様はお嫌かもしれませんが、すべての身の回りの世話をさせていただくのが私の務めです。お休みになられる時以外は常にお側におります」

シュレイが真面目な顔でそう言ったので、龍聖は溜息をついた。きっと断固としてするつもりなのだろうから、ここで駄々を捏(こ)ねても無駄だ。まあ男同士なのだし、恥ずかしがる事もないと、龍聖は諦めて服を脱ぎはじめた。

脱いだ服をシュレイが受け取って、綺麗に畳んでくれた。それを籐籠(とうかご)のような物に仕舞うのを見ながら、全裸になると流し場へと足を踏み入れた。

風呂場の中は不思議な香りがした。龍聖の家の風呂は檜風呂だから、檜の香りは知っている。ここの香りはそれとは違ったが、とても良い香りがした。

振り返るとシュレイが上着を脱いで、半袖の下着のような姿になり、ズボンの裾を捲っているところだった。どうやら本当に背中を流してくれるつもりらしい。

『殿様にでもなった気分だな』と思った。

とりあえず大人しく従う事にして、椅子へと腰を下ろした。

シュレイが後ろへ立ち、手桶を取ると、湯船からお湯をすくって背中にそっとかけてくれた。

「お湯加減はいかがですか?」

「うん、ちょうど良いよ」

背中を丁寧に流してもらい、石鹸のような物で洗ってくれた。

「前は自分でするから良いよ」と断ったが、前まで洗われてしまった。股間まで洗われてとても恥ずかしくなって、思わず目を閉じてしまう。男相手だから、そんな所を触られても感じたりはしないのだが、なんだか変な気分だ。

泡を綺麗に流されて「ありがとう」と礼を言うと、シュレイは黙って微笑んだ。

湯船に身を沈めたら、とても気持ち良くて「やっぱり日本人だよな～」としみじみと思った。恥ずかしながら海外旅行をした事がないのだけれど、自分は異国の地でなんか暮らせない。シャワーだけなんて我慢出来ない。そう思っていたので、この世界にこんな風呂場を作ってくれて本当に嬉しい。

シュレイの言った「リューセー様の心が落ち着くようにと、日本の風呂場に似せて作られています」という言葉は確かに当たっている。

「それにしても本当に見事な文様ですね」

突然、脇で控えていたシュレイがそう言った。

「え？」

「その腕の文様です」

「ああ……これ？」

龍聖は、左手の刺青のようなその模様を手を上げてみせた。

「はい」

「見事って、そんなものなの？」

「はい、それは聖人の証で……リューセー様にしか現れない文様なのですが、そんなに見事な文様を見たのは初めてです」

「聖人にしかない文様ならば、これ自体を見たのもシュレイは初めてなんでしょ？　他の聖人の文様って、みんな違うの？」

龍聖の言葉に、シュレイが思わず笑った。

「もちろん私は、他のリューセー様にお会いした事はありませんが、代々のリューセー様の文様は、資料として残っています。この国の花嫁達は、リューセー様を崇(あが)めて、結婚式の時にその左腕に、リューセー様の文様を真似して染め粉で描くという風習があるのです。文様は、代々のリューセー様それぞれで違うので……柄の人気も色々とあったりするんです。貴方様の文様はとても見事なので、きっと今年の流行になるでしょう」

「そうなの？」

それもなんだか不思議だなぁ～と思いながら、しみじみと自分の腕を眺めた。

「ねえ、さっき召使の中にもいたけど、この国には女性がちゃんといるんですよね？」

「はい」

「男性と女性が結婚するんですよね？」

「はい、確かに……まあ一般的にはそうです。ですが衆道を好む者もいます」

「それは王様も？」

「それはちょっと違います。王の妃はどうしてもリューセー様でなければならないのです。シーフォンは、男女で婚姻しますが……王だけは別なのです」

昨日もそれに近い話を聞いたが、その辺りがどうしてもよく分からない。

この国では、一般の国民とシーフォンと呼ばれる人々は別の種族なのだという。シーフォンと呼ばれる種族の男達は、皆生まれつき自分の竜を持っている。彼らはこの国の貴族階級で、この王城のように岩山に作られた住居に住んでいるそうだ。そして岩山に周囲を囲まれたこの国の中央にある僅かな平地の街に住んでいるのがアルピンと呼ばれる一般の国民で、彼らは普通の人間らしい。シュレイもアルピンなのだと言った。城に仕える召使達は、皆アルピンなのだそうだ。

『普通の人間』と『シーフォン』の違いが、今ひとつ理解出来ない。『生まれつき竜を持っている』ということの意味もなんだか分からなかった。

「リューセー様。あまり長く入られていては、湯あたりしてしまわれますよ？」

「あ……うん」

そういえばぼんやりしてきた。龍聖が慌てて風呂から上がると、シュレイが体を拭いてくれて、服を着せてくれた。豪華な民族衣装で、仮装をしているみたいでちょっと恥ずかしい。でもたくさん重ね着する割にはとても軽くて肌触りの良い着物だ。

「朝食を召し上ってください。その後から、勉強を始めます。お尋ねになりたい事があればいつでも何でも私にお聞きください」

「はい、ありがとう」

テーブルにまた和食が並べられた。

それを食べながら、側に立つシュレイが気になった。

「シュレイさんは食べないのですか？」

「私は別にいただきますので……それから私の事はシュレイと呼び捨てになさってください」

「一緒に食べませんか？　一人で食べるよりその方が美味しいから……」

龍聖の言葉に、シュレイは少し困った顔になったが、微笑んでから「かしこまりました」と言った。

しばらくして、向かいの席にシュレイの食事が並べられた。それは見た事もない料理だった。

「それはこの国の料理なのですか？」

「はい……我が国の一般的な食事です」

「美味しそうですね」

「お召し上がりになってみますか？」

「うん、是非」

龍聖が笑って言うと、シュレイも微笑み返した。

「では昼食は、この国の料理を用意させましょう」

シュレイの提案に、龍聖は笑って頷いた。

常に前向きなところが長所だと、龍聖は誰かに言われた事があった。家計が困窮して、自分が働いて家族を養わなければいけないと覚悟した時も、すぐにそれを受け入れてあまり悩む事がなかった。いつだって、あまりクヨクヨとしない事にしている。今の状況で、いかに楽しい気持ちで暮らせるかを考えるようにしていた。

この世界で暮らさなければいけないと覚悟したからには、この世界に早く慣れる事が大事だと思った。シュレイはとても良い人だし好感が持てるし、彼とはすぐに親しくなれそうだ。今は彼しかいないのだから、友達になる方が早い。彼と親しくなって、もっと色々と腹を割って話し合う事が出来れば、もっと良い方向に向く事があるかもしれない。『王の妃』にならなくて済む方法とか……。

食事の後、勉強会が早速始まった。

渡された本に書かれた文字は、何が何だか分からない文字だった。英語の筆記体に似ているといえば似ているし、ミミズの這ったような字だと思えばそうだった。不思議な形の文字。その隣のページには、日本語が書かれていて驚いた。

「これは?」

「私が日本語を習った時にも使いました。昔のリューセー様が作ってくれた物だそうです」

シュレイの話を聞いて「へえ」と感心する。自分の遙か昔の祖先が書いた文字。

簡単な会話からまずは始まった。発音自体はそんなに難しくはない。これならば、なんとかなるかもしれないと思う。

しばらく会話の練習をしていたら、目が痛くなってきた。龍聖は、シパシパと目を瞬きして目頭を押える。

「目が赤くなっていますが、痛みますか?」

シュレイが心配そうな顔で、こちらを覗き込んだ。

「ああ……ずっとコンタクトを入れっぱなしだったから、ちょっと目が乾いてきたんだ。ここには目薬もないですよね?」

「目薬? どんな目の薬ですか?」

「えっと……」

どう説明すれば良いのか分からなくなって、ちょっと困った。

「と、とりあえず、何か小さな入れ物に水を入れてきて欲しいんだけど」

「分かりました」

シュレイはすぐに用意をしてくれた。

渡された小さな小鉢のような入れ物に、外したコンタクトレンズを入れる。

「そ、それは何ですか？」

シュレイが目を丸くしてみつめている。目から透明で丸い物が外れて出てきたので驚いたようだ。

「ああ、コンタクトレンズって言って、悪い視力を補う物です。これはハードだから小さいですけど」

龍聖の説明を、驚いた顔のまま聞いている。

「視力が悪いのですか？　目が見えないのですか？」

「いや、見えるけど近眼だから、遠くの物がよく見えないんですよ」

「ああ……それならば良い薬があります。すぐに目が良くなりますよ」

シュレイはそう言って、部屋を出ていった。

しばらくして戻ってきたシュレイは手に何かを持っていた。

「ベッドに横になっていただけますか？」

「あ……うん」

龍聖は言われるままにベッドへ移動すると、ごろりと横になる。

「失礼します」

シュレイがそう言って隣に座り、手に持った小さな瓶の蓋を開けた。龍聖の瞼を指で開いて、目に直接小瓶の中身の液体をポトリと落とす。

「うあっ……」

「ちょっと染みると思いますが我慢なさってください」

染みるなんてものではない。ビリビリと目が痛んだので、思わず龍聖は手で目を擦ろうとして、それを制されてしまった。

「そのまま目を閉じていてください」

言われなくても痛くて目が開けられない。どうなるのだろうと不安になる。涙が自然と流れ出るのを拭われて、閉じた瞼の上に何か塗られた。そしてその上に湿った布が当てられる。

「このまましばらくじっとしていてください」

布の上に、そっとシュレイの手が添えられているらしい。龍聖はズキズキと目の奥が痛んできて、熱を持っているように感じていた。頭痛までしてくるようだった。とんでもない事になってしまった。視力は0・2だけど、今までコンタクトもあったし、あまり不自由をした事がなかったのに、このまま失明してしまったらどうしよう。

どれくらいの時間が経ったのか、次第に痛みが引いていき、同時に熱も引いていくようだった。

「いかがですか？」

シュレイに声をかけられたので、大きく深呼吸をした。

「もう、痛みはなくなりました」

「そろそろ大丈夫でしょうか？」

シュレイは独り言のように呟いた。時計でも見ているのだろうか？　そっと布が取られて、瞼をそれで拭われた。

「目を開けてみてください」

言われて恐る恐る目を開けた。最初は目になんだか膜が掛かっているような感じがして、ぼんやりとしていた。何度か瞬きをすると、次第に視界がハッキリとしてくる。

「いかがです？」

いかがですと言われても……と思いながら起き上がって、辺りを見まわした。部屋の様子がハッキリと見えた。遠いはずの部屋の奥までもがよく見える。驚いた。

「見えます」

「見えますか？」

「え？　なんで？　視力が良くなってる」

龍聖は、驚いて辺りをキョロキョロと見まわした。良く見える。とても良く見えるのだ。コンタクトをしていた時と同じくらいに見える。その様子に、シュレイはクスクスと笑った。

「我が国の秘薬です。竜の体からは、色々な薬が作られます。万病の薬になります」

「竜の体から!?」

「竜は死ぬと、その体を色々な物に使われます。鱗は楯や鎧になります。爪や骨は加工して剣になります。内臓は薬になります」

「そ、そうなんだ」

「はい、1頭の竜から、たくさんの物が作られますが、竜は長生きですし、亡骸はそうそう手に入る物ではないので、貴重品です。私達アルピンの間では、とても高価な物として売買されています」

「竜ってどれくらい生きるの？」

「そうですね……4～500年は生きます」

「4～500年⁉　すごいね」

「シーフォンも同じだけ生きられますよ」

「シーフォンって、王様や貴族達の事？　そうなの？　アルピンは？」

「私達はどんなに長くてもせいぜい100年程度ですよ」

「そお、じゃあオレ達と同じなんだね」

シュレイはニッコリと笑って頷いた。

「竜から作られる薬の中には、長寿の薬もあります。僅かしか作れないとても貴重な薬です。私はそれをいただきましたので、多分200年は生きられると思います」

「え⁉　そうなの⁉　すごいね」

「はい、リューセー様の側近ですから特別です」

「どういう事？」

その説明に龍聖は首を傾げた。

「リューセー様もシーフォンと同じくらい生きられるようになるので、側近の私も長く生かされるのです」

「ええ‼　オレ、そんなに生きないよ」

「聖人の契約をなさっているので、シーフォンと同じだけ長生きされますよ」

シュレイはそう言って、龍聖の左腕の文様を指した。龍聖もつられて自分の腕を見て、呆然としてしまった。そんな事にまでなってしまっているなんて、もう本当に元には戻れないのだと思った。

「オレ……どうしても王様の妃にならないとダメなの？」

「はい」

シュレイは穏やかに答えた。龍聖は小さく溜息をついた。

「もし、どうしても嫌だと言ったら？」

「残念ながら、リューセー様にはその選択をする事は叶いません。お気持ちを決められる事を願います」

「それでも……どうしてもどうしても嫌だったら？」

龍聖の問いに、シュレイは困った顔をして目を伏せた。しばらく考えてから、改めて龍聖をみつめた。

「どちらにしても、リューセー様は、元の世界へ帰る事は一生出来ません。妃になられる事をどうしても拒まれた場合は……罪人として、一生を牢に監禁されるでしょう。もっとも今まで拒まれた方はいらっしゃらないので、私も拒まれた場合どうなるのかは、正直なところ分かりません」

一言一言、慎重に言葉を紡ぐシュレイの沈痛な面持ちを見て、それは余程の事なのだろうなと龍聖は思った。

現代に生きる龍聖には分かり得ない事ではあるが、江戸時代やそれ以前に生きていた者ならば、人質や生け贄など当たり前の事で、ましてや代々家のしきたりだったりしたのならば、そうなるべく生まれた者は、それなりの教育を受けただろう。だから今までの『リューセー』達はみんなこんな疑問などは持たなかったのかもしれない。

もう二度と元の世界には帰れないのだ。そして妃にならなければ、罪人となるのだ。龍聖がどんなに救いを求めても、もう取る道はひとつしかないらしい。

「オレが妃になったら、日本の守屋家は、また豊かになるのかな？」

「はい、かならずその加護があるはずです」

「そう……」

なんだかそれは諦めにも似ていた。きっと最初からそうなる運命だったのだ。元の世界にいた時から、家族のために働いてきた。それで時々周りから「犠牲になっているの？」と言われる事もあった。自分ではそんなつもりもなかったし、家族のためになる事は苦ではなかったのだけれど、今の状況も結局それに似ている気がした。

「なんだ……」

そう思って呟いた。要はもっと良い方向に考えれば良いのだ。

妃になるという事が、どうなる事かあまり想像はつかないけれど、働いて家族を養っていた時と同じように、あまり苦に思わずに、自分も幸せになれば良いのだ。

もう元に戻れないのならばそうしようと思った。ここで殺されていたら、それこそ自分の運命がバカらしい。悲劇的すぎる。そんな運命は嫌だ。

「王様にはいつ会えるの？　結婚式とかやるの？」

「リューセー様がもう少しこの国に慣れたらお会いになれます。ただそんなに時間はないのですが……」

「どういう事？」

シュレイが顔を曇らせたので、龍聖は不思議に思った。

「王は……今、お体の具合があまりよろしくないのです。最近は部屋に籠られる事が多く、国政にもあまり関わられておりません」

「それって大丈夫なの？」

「リューセー様にお会いになれば……元気になられるのですが……」

「え!?　じゃあ早く会った方がいいんじゃないの？」

「それはそうなのですが……」

シュレイは何か言いにくそうに目を伏せる。

「何？　何か問題でも？」

「以前の……前の代のリューセー様の事故以来、リューセー様の扱いを慎重にしなければいけないと決まったのです。もう大和の国では時代があまりにも変わりすぎていると……聖人をお迎えするのが難しくなってしまったと……だからこの国にいらっしゃったリューセー様には、まずはお立場をご理解いただき、心穏やかに受け入れていただけるように、慎重に対応しなければならないと決まったのです」

「それって……慣習というか、家のしきたりの事？」

シュレイはコクリと頷いた。

「現にリューセー様も、儀式をされるのが10年も遅れてしまった。もう守屋家では、この古い掟を守り伝える習慣がなくなっているのでしょう？　リューセー様はまったく何もご存知なくこの世界にいらっしゃいました。王の妃になるための心得も持っていらっしゃらない……そんな状態で、王に会わせる事は危険だと判断したのです」

そのシュレイの説明には、とても重大な意味が含まれているのだと感じた。龍聖はしばらく考えて、一番聞きたいけれど、聞くのが危険かもしれない質問を口に出してみる。

「オレの前のリューセーの時に、それに近い問題が起きたって事ですよね？　リューセーが亡くなった事故って……なんなんですか？」

途端にシュレイの顔色が変わった。

「教えてください!!　何があったんですか？　オレにも聞く権利はあるはずです！　それを聞かないと、オレは納得出来ません」

シュレイは緊張した面持ちで、しばらく黙り込んでしまった。随分間があってから、ようやくシュレイが口を開く。

「前のリューセー様は……自殺なさったのです」

「自殺!?」

それは意外な言葉だったので、龍聖はとても驚いた。

「き、妃になりたくなくて自殺したの？」

「いいえ……そうではないのですが……」

「じゃあなぜ？」

それはさすがに言えないらしく、シュレイは苦悶の表情で俯いてしまう。

「申し訳ありません。これ以上は言えません」

あまりに苦しそうなシュレイの様子に、もうこれ以上は聞けないなと諦めた。

「分かったよ。でも、そのうち教えて欲しい……」

シュレイは頷いてはくれなかったが、ダメだとも言わなかった。

◆

その次の日も、次の日も、エルマーン語の勉強と、国にまつわる色々な事についての勉強をした。ずっとシュレイと1対1の日々。部屋からは1歩も出してもらえなかった。

「どうして部屋から出られないのかな？　城の中を見てまわる事も出来ない？」

「外は危険です」

シュレイは決まってそう言うのだ。意味が分からない。

「いつも危険危険って……どう危険なの？　城の中なのに？」

「はい、貴方様は命を狙われているのです」

「え!?」

初めてシュレイがそう言った。龍聖は驚いた。命を狙われているだなんて、誰にだというのだろうか？

「誰に？」

当然ながら質問していた。

「それは……王の座を狙う者にです」

「王の座を狙う者？」

「まだ、誰とは分かっていませんが……王の座を狙っている者は間違いなくいます。その者にとってリューセー様の存在はとても邪魔なのです。貴方様があのままこの国に現れなければ、間違いなくあと5年の間に、王は命を落としていました。そうすれば王になれたはずの者が……候補として3人はいたのです。おそらく彼らのうちの誰かが……狙っているのは間違いないのです」

「それ、どういう事？」

「竜の聖人がいなければ、王は成り立ちません。聖人が現れなければ、王は死ぬしかないのです」

「王様が死ぬ？　どうして？」

「竜の聖人は……王に『魂精（こんせい）』という精気を与える役目があります。それがなければ王は衰弱して、やがて死んでしまいます」

『精気？　衰弱？』意味が分からない。とにかくこの国に来てから分からない事が多すぎだ。

「じゃあ、今、王様の具合が悪いのも……オレのせいなの？」

「はい」

そう聞いてもどういう事なのかまだ分からなかった。

「王に直接手を掛ける事は出来ません。手を掛けた者は呪われてしまうと言われています。だが今ならば貴方を殺す事で、自動的に王を亡き者に出来ます」

「そんな……」

「だから終日私が貴方のお側にいるのです。ドアの前では兵士が常に2名交代で見張りに立っています。私のいない夜間は、10人が廊下に並んで見張っています。私は隣の部屋で寝泊りしています。窓から侵入出来ぬように、この部屋のテラスは、他より幅も狭く小さく作られています。竜が降りられぬように……」

「そこまで……」

龍聖は驚いた。そんなに厳重に守られているとは知らなかった。本当に危険なのだ。

「それでも……敵が入ってきたら？」

「私が身代わりになってでもお守りします」

「シュレイ」

その忠誠心が、龍聖には驚きだった。まだ会ってから3日しか経っていないというのに、なぜそこまで忠誠を誓えるのだろう。彼の瞳はまっすぐで、何の曇りもない。

「それは王様の命令だから？」

「私はリューセー様の側近となるべく教育をされました。貴方様だけの家来です」

「じゃあ、王様よりもオレに従うって事？」

「はい」

「じゃあ、もしもの時は、王様よりもオレを守ってくれるの？」

「はい」

思わず龍聖は、シュレイに抱きついていた。

なぜそうしたかは分からない。ずっと我慢していたけれど、とても心細かったのだと思う。突然訳の分からない世界に連れ込まれて、訳の分からない運命を背負わされて、家族とも離れ離れになって……シュレイしか信じられる者がいなかった。

男に抱きついたのは初めてだ。そんな趣味もないのだけれど、安心してしまった。シュレイは龍聖より10センチほど背が高く、抱きついた体は思っていたよりも引き締まって硬い。

「リ、リューセー様……」

シュレイはとても驚いているようだったが、龍聖は気にしなかった。28才にもなって、大の男が男に抱きつくなんて変なのかもしれない。

「リューセー様……このような事は、いけません」

「ごめんね、気持ち悪いよね。変な意味はないから……ただ、ちょっとの間だけこうさせてよ」

すがるように言われてシュレイは大人しく従うしかない。龍聖はじっとシュレイの胸に顔を埋めて目を閉じた。

この安心感は、父親の胸に抱かれているようなものだと龍聖は思う。守られている安心感がそこにはあった。

しかしすぐに邪魔が入った。ドンドンドンと荒々しくドアが叩かれる。

「誰だ」

シュレイが大きな声を上げて、龍聖の体を引き離すと足早にドアへと向かった。

「シュレイ様！　シュレイ様！　大変でございます」

シュレイが眉間を寄せながらドアを開けると、そこには少し年老いた男が立っていた。

「王が……王がとてもお体の具合が悪く、お倒れになりました。早くリューセー様をとお呼びでございます」

シュレイはハッとした顔になって、ちらりと龍聖の方を見た。

「しかし、リューセー様はまだ……」

「一目でかまいません。どうか王にお引き合わせください」

「しかし……」

シュレイは困惑の表情をしていた。

「シュレイ！　オレ、王様に会うよ！」

龍聖がそう言ったので、シュレイは驚いて振り返った。

「オレ……王様に会います」

龍聖はもう一度キッパリとした口調でそう告げた。


王様に会いに行く。

この国に来て3日目。王の妃として、この国に呼ばれて3日目。ようやく王様に会うのだ。

シュレイが、着替えを持ってきた。今着ている服よりも、ずっと華美な柄の服だ。絹のような気持ちの良い肌触りの生地で出来ていて、淡い紫の生地に、銀糸で細かい刺繍（ししゅう）が施されていた。襟のない丸い首回りで、胸元中央には10センチ程の切り込みが入っている。スッポリと被るように着るゆったりとした形の上着は、膝上くらいまでの長さがあり、生地は二重になっているようで、少し厚めだった。ズボンはたっぷりと幅があり、それを足首の所でキュッと締めている。

龍聖がただひとつだけ、この世界の服装でどうしても我慢出来ない事があるとしたら……下着がないという事だ。ズボンがゆったりブカブカしているせいもあって、なんだかひどく落ち着かない。

でもここに来る時に着ていた龍聖の服は、シュレイがどこかに隠してしまった。「下着だけでも」

と頼もうと思ったが、未だに言い出せずにいた。

着付けを終えたシュレイが立ち上がって、龍聖の顔をじっとみつめた。とても深刻な顔をしているので、龍聖の方が思わず笑ってしまった。

「リューセー様？」

「王様に会うだけなのに……オレよりシュレイの方が深刻になっているからさ。シュレイは、オレを王様の妃にするために教育を任せられているんでしょ？　それとも今のオレを王様に会わせるのはマズイ？　王様……ガッカリしちゃうのかな？」

龍聖はニッコリと笑ってそう言った。シュレイは一瞬驚いた顔をしたが、すぐに穏やかないつもの顔に戻った。

「いいえ、リューセー様はとても素敵です。それにとてもお美しい。陛下もきっと一目で気に入られる事でしょう」

「じゃあ、なぜそんな顔をするの？」

龍聖があまりにもまっすぐな目をして尋ねたせいか、シュレイは少し動揺したように視線を泳がせた。龍聖の目をみつめ返せずに、ゆっくりと目を伏せた。

「王様ってどんな人？　怖い人？　歳は？」

「陛下は素晴らしい方です。代々の王の中でも、その勇ましさと聡明さは一番と言ってもいいでしょう。それに慈悲深い方です。我々アルピンをとても大切にしてくださいます。ただ……非常にまっすぐな方なので、思った事は隠さずハッキリと言われます。それがどんな相手であったとしても……ですから敵を作りやすくもあります。でも決して怖い方ではありません。誤解を受けやすいだけなのです」

龍聖は目を伏せたまま王の話をするシュレイの顔をみつめていた。

「分かるよ。職場の上司にそういう人がいるから……でも仕事は出来るんだよね。そういうの慣れているから大丈夫だよ」

龍聖の言葉にシュレイは視線を上げて、龍聖の目をみつめた。

「それだけ？　シュレイが心配しているのは？」

「いえ……心配などは……」

「じゃあそんな顔をしないでよ」

龍聖は微笑んだ。シュレイはまた少し困ったように眉を少しだけ下げた。

「リューセー様が王に会うという事は……」

シュレイは何かを言いかけて、口を噤んでしまった。また迷っているように視線を泳がせる。その形の良い眉を時々寄せたりする。シュレイらしくない。まだ3日しか一緒に過ごしていないのだけれど、いつも冷静で穏やかでキチンとしているシュレイらしくない……そう思うくらいに動揺している。彼がこんな顔をするなんて、一体何があるというのだろう。

「オレが王に会うという事は……どういう事なの？」

「妃としての務めを求められるかもしれません」

「妃としての務め？」

「リューセー様は、男性とキスをしたり、性交渉をする事をどうお考えですか？　現在の大和の国では、そういう事はもう行われていないのでしょうか？　王の妃となるための心得や覚悟を教わっていないリューセー様には、とてもお辛い事になるかもしれません」

シュレイはとても言いにくそうにそれだけの事を告げた。

龍聖は目を丸くしてそれを聞くと、「そうか」と小さく呟いた。困ってしまって、龍聖も少し俯いて床をみつめた。

そうだ。王の妃……つまり『妻』になるからには、そういう事になるのだと改めて気づいた。王は男で、自分も男……友達になるというわけではないし、家来になるというわけでもない。『夫婦』になるのだから、そういう事になるのだ。

「え、あの……今から初対面なのに、いきなりそんな事になっちゃうの？」

龍聖はちょっと動揺して、目をウロウロとさせて、床をみつめたまま尋ねた。

「いえ、今日、いきなりそんな事にはならないと思いますが……ただまったくそうならないとも……」

「え!?」

シュレイの口籠もった言葉に、龍聖は驚いて顔を上げた。

「こんな事を私が申し上げるべきではないのですが……もう私にはどうする事も出来ないので、申し上げますが、そういう事になるかもしれないという覚悟だけはお持ちになってください。陛下のご容態が悪く、リューセー様をお呼びになっているという事は、魂精を求められているのだと思います。魂精は体の接触で与えられるものなので……抱擁（ほうよう）や口づけ、性交渉などになります。ですから……たぶんなんらかの行為を求められるかもと申し上げたのです」

「ま、ま、待ってよ!!　オレ、男となんて嫌だよ!!　いきなりそんな……無理だよ!!　拒んだら殺されたりするの？　絶対それを受けないとダメなの!?　拒否出来ないの!?　第一、王様は具合が悪くて倒れてるんだろう？　それなのに、そんな事になるかもしれないって……嘘だよね？」

龍聖はとても慌てた。妃になる覚悟さえも出来ていないのに、王と会うだけで、いきなりそんな事を言われれば、誰だってうろたえるはずだ。第一ゲイでもないのに、男と愛し合えと言われて、「はい、分かりました」とすぐに受け入れられる人がいたら会ってみたいものだ。

「それは……私にはなんとも申し上げられません」

「シュレイ!!」

龍聖は、シュレイの腕を摑んで訴えるようにすがりついた。シュレイはじっと龍聖の目をみつめた。

「本当に、これればかりは私には分からないのです。いじわるで申し上げないのではありません。貴方は『リューセー』なのです。竜の聖人なのです。その力は、アルピンである私には、理解出来ないのです」

シュレイも少し声を荒らげていた。思わず感情的になってしまったようだ。

「なに？　それどういう事？　それとなんの関係があるっていうんだよ」

「ですから。貴方様は『リューセー』。この世でただ一人、竜王のためだけの者……唯一無二の人物なのです。その力は王のための力。貴方が王に会えば、その力が現れるでしょう。それは貴方と王にしか分からない。他のシーフォンには影響を与えますが、アルピンには分からないのです。そして私にはそれを止める力はありません。何かが起きたとしても……多分……貴方自身にすら、それを止める事は出来ないでしょう」

「だ、だからそれは……なんの事？　全然意味が分からないよ!!　王に会うだけでしょ!?　それがなんだっていうんだよ!!」

「それは……」

シュレイが何かを言いかけた時、ドアが激しく叩かれた。

「シュレイ様!!　支度はまだですか！」

「はい！　今、参ります」

シュレイが慌てて答えた。

「リューセー様……とにかく、覚悟だけはなさっていてください」

「シュレイ!!　オレを守るって言ったじゃないか！　王よりもオレを！　あれは嘘なのか!?」

龍聖の必死の言葉に、シュレイはグッと言葉をなくして眉を寄せた。

「では、どうしても嫌だと思ったら、私に助けを求めてください。私は貴方の命令に従います」

「本当に？」

「はい」

龍聖は少しだけ安心した。

シュレイに促されて、ドアへと向う。先を歩くシュレイがドアを開いた。初めて出る部屋の外。ドアを開くと、ズラリと兵士が並んでいた。皆、龍聖に傅く。

シュレイに手を引かれて廊下に出ると、周りを兵士に取り囲まれた。全部で10人以上はいると思う。前も横も後ろも、しっかりと兵士に守られて、龍聖はシュレイと共に、長い廊下を歩いた。廊下には他に誰もいなかった。龍聖達の足音だけが響き渡る。

なんとも物々しいと思った。シュレイが言った通り、『命を狙われている』からだろうか？　もう龍聖は何がなんだか分からなくなっていた。

途中何箇所か、左右に廊下が交わっていたり、階段があったりしたが、その角にはかならず数人の兵士が立ち、龍聖が廊下を通るために、他の者の進入を防いでいるようだった。

しばらく歩くと長い廊下の先に、大きな両開きの扉があった。多分そこが王の部屋なのだろう。次第に龍聖は、心臓がバクバクと鳴り始めていた。緊張してくる。どうしようと思った。

龍聖達の集団が扉の前に辿り着くと、兵士がその扉をゆっくりと開いた。扉の向こうは、とても広い部屋になっていた。王の部屋なのか、置かれているテーブルや長椅子は、龍聖のいた部屋と同じように、金や彫刻などの豪奢な装飾の施された高価そうなものだ。だが人の姿はない。その部屋を横切ると、さらに奥の扉が開かれる。その向こうにはまた広い部屋があって、真ん中に大きな天蓋付きのベッドが鎮座していた。

ベッドの周りには、数人の者達が立っている。

「陛下、リューセー様をお連れしました」

隣にいるシュレイが、龍聖には分からない言葉を話した。この国の言葉だ。習ったばかりの自分の名前の発音だけが理解出来た。

入口に立ち尽くしていると、天蓋から下がっていたカーテンのような物がお付きにより開かれて、ベッドに座る人物の姿がようやく現れた。

大きな枕をいくつも重ねて、それに背を預けて座っていた。

最初に目に飛び込んだのは、眩しいほどの真っ赤な髪だった。『燃えるような赤』とはまったくこの事だ。人の髪の色としてはありえない色だ。こんな真っ赤な髪、今まで見た事がない。でもとても綺麗で目を奪われた。次に驚いたのはその姿だ。龍聖の想像を超えたその王の姿。

龍聖が声もなく立ち尽くしていると、王は龍聖を見てニヤリと笑った。

「ようやく来てくれたのだな……もっと近くに来て、その顔をよく見せてくれ」

王は思ったよりも通る声で、そう告げた。が、もちろん龍聖には何と言っているのか分からない。

「リューセー様、王が近くに来て顔をよく見せて欲しいと申されています」

シュレイが、龍聖に通訳した。

「リューセー様？」

龍聖の返事がないので、シュレイも不思議に思って、隣に立つ龍聖の顔を覗き込んだ。龍聖は目を大きく見開いて、ポカンと口を開けて王をみつめている。

「どうした？　シュレイ、我が妃にこっちに来るように言ってくれぬか」

「は……はい」

シュレイは慌てて頷くと、龍聖の肩にそっと触れて、「リューセー様」と耳打ちした。

「え？」

ようやく龍聖はハッと我に返った。

「王が、近くに来て欲しいと申されています」

「シュレイ……あのベッドにいるのが王様？」

「はい、そうです」

「だけど、子供じゃないか……」

「リューセー様」

「なんだ……心配して損した。シュレイもそれならそうと言ってくれれば良いのに……王様ってまだ小さな子供じゃないか！　ああ、良かった」

龍聖は、少し大きな明るい声でそう言うと、ホッと安堵の表情になった。ベッドに座るその赤い髪の人物は、どう見ても10歳やそこらの少年だった。ふんぞり返って偉そうな雰囲気ではあるけれども、声も少年の声だし、少年特有の細い腕や小さな肩をしている。

遠目ではあるが、凛々しい顔の美少年だと思った。太めの眉は男らしくキリリとしていて、大きな目は凛として、その意思の強さを伺えた。あと10年もしたらハンサムな男性になるだろう……が、28歳の龍聖からすれば、お子様の部類だ。たとえ彼が、シュレイの心配するような『夫婦の営み』を求めてきたとしても、軽くかわせる気がして、思わず笑みが零れてしまった。

シュレイも人が悪い。あんなに散々心配させるような事を言って……。

「シュレイ、リューセーは、今、なんと言ったのだ？　なんで笑っている？」

王は、不機嫌そうに眉を寄せて、シュレイに尋ねた。シュレイはとても困った顔になって、どう伝えるべきか躊躇した。

「リューセー様は……王のお姿をご覧になって……その……『小さな子供だ』と申されたのです」

『心配して損した』と『ああ、良かった』は省略した。それでもきっと王の逆鱗に触れる事は覚悟して、隣で呑気にニコニコしている龍聖をよそに、シュレイは眉を寄せて固く目を瞑った。

「だ、誰のせいでこうなったと思っているんだ!!」

それは部屋の外まで響き渡るほどの大声だった。王の怒鳴り声に、龍聖はとても驚いて、ビクリと震えて目を丸くした。

言葉は通じない。だが、シュレイと王が会話をした後、いきなり大声で王が叫んだので、何かあったのだとは理解した。心配そうな顔で、隣りにいるシュレイの顔を見た。

「シュレイ……王様は何を怒っているの？」

「リューセー様が言った言葉を伝えたので……お怒りになられてしまったのです」

「オレの言葉？」

「小さな子供だという言葉です」

「え……だけど……」

「何をごちゃごちゃ言ってるんだ!! いいから早くこっちに来い!! シュレイ! 何をやっている!! オレは死にそうなくらい具合が悪いんだ!! これ以上、待たせるな!! オレを殺すつもりか!!」

王は怒りが収まらぬ様子で、さらに大声で喚き立てている。声変わりもしていない、かわいい少年の声で怒鳴り散らすさまは、子犬がキャンキャン鳴いているようだと、龍聖は思って首をすくめた。

「リューセー様……王が近くへとお呼びです。どうか、お行きになってください」

「うん、分かった」

龍聖は、もうすっかり安心したので、躊躇する事なくしっかりとした足取りでベッドへと歩いていった。龍聖が近づいてくると、ベッド脇に立っていた者達がいっせいに、部屋の隅へと去ってしまった。

ベッドのすぐ側まで近づいたところで、龍聖は何か違和感を覚えた。「なんだろう？」この胸の動悸はなんだろうと思う。何だか分からないが、急に胸が痛いくらいにドキドキしてきた。それに何か良い香りがする。この香りは思考を朦朧とさせるような気がした。無意識の部分で、「近づいてはダメだ」と警鐘が鳴っていた。

王に近づくにつれて、その香りは濃くなっていき、意識が朦朧としてきた。香りは王の体から匂う。ぼんやりとする意識と視界の中で、なぜだか王の姿だけがハッキリと見える。真っ赤な髪は、背中まで届くほど長かった。その大きな瞳は、金色をしていた。その瞳に捕らわれて吸い込まれてしまいそうだった。

龍聖はゆっくりとベッドに歩み寄ると、王のすぐ横に立ち、じっとみつめた。王も龍聖をじっとみつめている。

王が手を差し出すと、龍聖はその手を取って、ベッドにゆっくりと乗り上がった。

「リューセー、随分長い事待たされたぞ……どれほどお前のその美しい顔をこの目で見たいと思った事だろう」

王は龍聖に囁いた。言葉は分からない。だが王の声は体中に染み渡り、体の奥が熱くなった。かすかに残る意識が、とても混乱していた。どうして自分はこんな風に王に身を寄せようとしているのか？　どうしてこんなに体を熱くして、まるで恋しい人に愛を求めるように何かを求めようとしているのか？　自分の体なのに、まるで夢でも見ているように自由にならない……体の奥から、ふつふつと欲望が沸き上がってくるのを感じる。この初めて会った少年に欲情し、淫らな事を求めようとしているのを感じて、かすかに残る理性が「やめろ」と叫んでいた。

「我が王……」

龍聖はそう呟いて、自ら顔を近づけて、王に唇を重ねた。重ねられた唇から、ビリビリと熱い何かが流れ出ていくような錯覚を覚える。それはまるで射精感にも似た恍惚とした快楽だった。キスでこ

んなに気持ちが良いと感じた事はない。背筋が痺れて、甘い疼きが奥から湧き上がってくる。もっともっとと唇を求めた。

王の細い腕が、龍聖の背中に回りギュッと抱きしめた。舌を絡め合い、激しく求め合うように強く吸い上げる。あまりの快楽に意識を失いそうになった。

「シュレイ!! お二人を引き離せ!! いきなり一度には、どちらの体にも差し障る!! 王は、渇いていらっしゃるのだ!! リューセー様のお体が危ない!」

主治医がそう叫んだので、シュレイや医師達が慌てて駆け寄り、二人を無理矢理に引き離した。引き離された途端、龍聖は意識を失ってガクリとシュレイの腕の中に倒れた。

「リューセー様!!」

シュレイの呼びかけに反応はなかった。グッタリと青い顔でその身を委ねている。王もまた意識を失ってベッドに横たわっていた。医師達は慌てて王の体を診ている。

「シュレイ、リューセー様を早くお部屋へ!!」

「はい」

シュレイは龍聖の体を抱き上げると、兵士達と共に、駆け足で王の部屋を飛び出した。

第3章　誘惑の香り

　目を覚ますと、見慣れた自分の部屋だったので驚いた。起き上がってキョロキョロと辺りを見まわす。見慣れた天井、見慣れた風景。明治時代に建てられたこの家は、最近の家ではすっかりめずらしくなった土壁で、何度か補修なんかをしたけれど、柱との境目辺りからボロボロと崩れて、しょっちゅう掃除機をかけないと、畳が屑だらけになる。我が家特有の壁……それが目の前にある。大きく深呼吸をしたら、懐かしい我が家の匂いがする。

「戻ってきたんだ」

　嬉しくて呟いた。ベッドに座ったままぼんやりとしていると、ドンドンとドアを叩かれた。

「お兄ちゃん！　起きてよ！　遅刻するわよ!!」

　妹の声だ。慌てて立ち上がり、ドアに駆け寄って勢い良く開くと、ドアの前で妹が驚いたように目を丸くしていた。

「なによ……びっくりするじゃない」

　妹は口を尖らせて文句を言った。それを見て、龍聖は嬉しくなってフフフフッと笑い出した。

「なによ……気持ち悪いな……」

「なあ、オレっていなくなったりした？」

「なに言ってんのよ。寝ぼけているの？」

「だからさ、オレがいなくなってたかって……あ、今日は何曜日だ？」

「金曜よ……」

「金曜？」

彼女は眉を寄せながら、兄の不審な行動に、恐る恐る答える。

「そうよ……明日は業者の人が蔵の中を見に来るからデートはダメよ？」

「あ……」

龍聖は大きく口を開けた。これはあの前日なのだ。という事は時間までもが戻っているという事だろうか？　これからやり直しが出来るのだろうか？

「お兄ちゃん？　なによ……まさか忘れていたの？」

訝（いぶか）しげな様子の妹をよそに、龍聖はアハハハハと笑い出した。

「すべて夢だったのかな。すげえ夢見ちゃったよ。竜だぜ！　竜!!」

そう言いながら大笑いする龍聖を、妹は呆れて見ていたが、次第に心配そうな顔になっていった。

「お兄ちゃん……大丈夫？」

「大丈夫、大丈夫……アハハハ……もう傑作!!　ちょっと頬を抓（つね）ってみてくれよ!!」

「え？」

「いいからさ」

妹は言われて、恐る恐る龍聖の頬を抓った。しかし痛くない。

「もっと強く抓ってよ」

言われて妹はギュッと抓った。頬が引っ張られている事は分かるのに痛くない。急に龍聖の笑いが止まった。

「痛くない」

「お兄ちゃん?」

「じゃあ……こっちが夢って事?　そんな～……」

ガクリと項垂れると、視界がぼんやりとしてきた。

なんだか眩しい気がして、ハッと目を開けた。すると、最近ようやく見慣れてきたベッドの天蓋が目に飛び込んだ。これが現実。大きく目を開けて天蓋をみつめてから、やがてハアと溜息をついた。

なんて夢を見たんだろう……余計に脱力してしまった。そう、何度寝て、何度起きたって、この現実は変わらない。まるで夢みたいな世界だけど、これは間違いのない現実なのだ。龍聖はゆっくりと体を起こした。

「リューセー様!!　お目覚めですか!!」

シュレイが慌てて駆け寄る。その顔を見て龍聖は不思議そうに首を捻った。

「何をそんなに深刻な顔をしているの?」

のんびりと尋ねる龍聖の様子に、シュレイは安堵したのかハア～と大きく溜息をついた。

「お体の具合は大丈夫ですか?　どこか辛いところなどありませんか?」

「いや……別に……あれ?　オレって何やってたんだっけ?　そういえば王様に会ったんだっけ?」

ふと思い出した。そうだ。王様に会いに行ったのだ。そうしたら王様は小さな少年で、驚いて……

それから……それから……。

「お倒れになって、ずっと眠っていらしたんですよ」

考え込んでいたらシュレイがそう説明した。

倒れた？　なんで倒れたんだろう？　龍聖は、そこの辺りがなんだかぼんやりとしている。眉間を寄せて考え込んだ。

真っ赤な髪の少年王。とても印象的だった。側に来いと言うから行って……そこからが急にぼんやりとする。王の側に行って……それからどうしたんだっけ？　王様がオレに何かを言ったような気がする。そういえば、瞳が金色だった。とても綺麗だった。なんだか瞳に吸い込まれるような感じがして……それからすごく良い香りがして……やはりどうしても思い出せない。

「リューセー様？　いかがなさいました？」

「シュレイ、オレ、あんまり覚えていないんだけど……なんで倒れたのかな？」

シュレイはその問いに、顔を曇らせた。答えに困っているようだった。

「その辺の事は、後でゆっくり話しましょう。お腹は減っていらっしゃいませんか？」

「そういえば、すごく減ってる」

「すぐにご用意いたします」

シュレイはそう言うと、部屋を出ていった。

龍聖はベッドを降りようとしたが、目眩がして、右腕もなんだか痛んだ。袖を捲って見ると、注射の跡のような痣が関節の所に出来ていた。それを擦りながら首を捻る。しばらくして着替えを持ってシュレイが戻ってきた。

「お風呂にお入りになりますか？」

「シュレイ、この痣どうしたの？　注射でもしたの？」

「はい、栄養剤を注射いたしました」

「栄養剤？」

「リューセー様はお倒れになってから……5日も意識を失っていらしたのです」

「ええ!!」

それを聞いて驚いた。そりゃあ誰だって驚くだろう。5日だって!? 驚いてポカンとしたままでいる龍聖を見て、シュレイは困った顔で微笑んだ。

「さあ、お風呂の用意を今いたしておりますので」

シュレイはそう言いながら、手を差し出して龍聖の腕を摑んだ。先ほどシュレイと共に入ってきた侍女達が、風呂場から出てくると一礼して部屋を後にした。

「なんで5日も」

龍聖はまだ呆然としながら呟いたが、シュレイに手を引かれて大人しく従った。いつものように服を脱ぎ、シュレイに体を洗ってもらい、湯船に浸かる。ふう……と息をついてから、湯気越しにシュレイをみつめた。

「今、考えていたんだけど……オレ、気を失う前に、王様とキスをしたような気がするんだけど……」

「隠しても仕方ありませんので申し上げますが……その通りです」

「あちゃぁ〜〜」

龍聖は、湯船の中に顔を沈めた。ブクブクと息を吐いてから、ぷはぁっと顔を上げる。

「男とキスしちゃった……最悪……」

それは小さな呟きだった。シュレイには聞こえたと思うが、多分彼なら大丈夫だろうという安心感からだ。仮にも相手はこの国の王様であるという事は、さすがの龍聖も肝に銘じている。滅多な言葉を口にするものではないと自覚していた。

「だけどなんでキスしちゃったんだろう。別に王様に迫られたわけじゃないと思うんだけど……そういえば、すごく良い香りがして、そしたらなんだかクラクラしちゃったんだよね」

「それは……陛下とリューセー様の互いを呼び合う香りです」

「互いを呼び合う香り？」

「陛下とリューセー様が近くに寄ると、互いの体から、互いを良い気持ちにする香りが出るそうです」

「そうなの？　シュレイは何も匂わなかった？」

「はい、私はアルピンですので……」

「そう……それってフェロモンみたいなものなのかな……」

「ふぇろもん……ですか？」

シュレイが首を傾げたので、龍聖はクスリと笑った。

「うん、動物や昆虫なんかが、異性を誘惑するために、体から特殊な分泌物を出したりするんだ。それの事だよ。人間も多少は出すなんて言われているけど……実際は香りを感じるほどのものは出ていないはずなんだけどね。そうか、でも確かにすごく良い香りだったよ」

「リューセー様は、これからお気をつけにならないといけません」

シュレイは急に真面目な顔になってそう言い出したので、龍聖は不思議そうな顔になって、湯船から少し身を乗り出した。

「何が？」

「その……ふぇろもんとかいうものが、それに当たるものだとしたら……リューセー様のそれだけは特殊だからです」

「特殊？」

「陛下のそれは、リューセー様にしか香りませんし、リューセー様しか良い気持ちになりませんが……リューセー様のそれは、他のシーフォン達全員に有効なのです」

「え!?　どういう事？」

「リューセー様は竜の聖人ですから……竜を持つ者には、皆リューセー様のその香りが感じられて、誘惑されてしまいます。皆、それを知っているので、向こうから近づく事はありませんが……万が一という事もあります。お気をつけください」

「それって、オレがみんなを誘惑してまわっちゃうって事？」

「そうなりますね」

「ねえ……前に、シーフォンの男はみんな竜を持っているって言ってたよね？　という事は、オレに誘惑されるのはみんな男って事？」

「はい、さすがリューセー様は、勘が鋭いですね。女性は竜を持っていませんから、男性だけです」

「……最悪……」

龍聖は再び湯船の中に顔を沈めてしまった。

よりにもよって、男限定のプレイボーイになるだなんて……そりゃあ、自分が同性愛者だったらハーレムかもしれないが、ノーマルな龍聖にとっては、最悪の状態だ。全然嬉しくなんかない。ぷはあっと勢い良く顔を上げると、心配そうな顔のシュレイが目の前にいた。

「そろそろお上がりになりませんと、茹ってしまわれますよ？」

「あ……うん」

龍聖が立ち上がると、シュレイが体を布で包んでくれて、丁寧に拭いてくれた。服まで着せてもらいながら、『こんな事をしてもらうのに慣れるなんて、オレも変わったよな』と思った。まあ楽だからいいんだけど……。

「ねえ、シーフォンには女性はいないの？」

「もちろんいらっしゃいます。ですが……男よりも短命な上に、出生率も低いので、全体の数からすると3分の1ほどです。ですから次第にシーフォンの数も減りつつあります」

「そういえば、全員で１００人いないって言っていたよね」

「はい」

「シーフォンがいなくなると、この国はどうなるの？　シュレイ達みたいなアルピンはたくさんいるんでしょ？」

「はい……この国の人口は約８０００人、それほど大きな国ではありません。そしてそのほとんどが我々アルピンです。昔は、シーフォンも２０００人ほどいらっしゃいました。我が国は、シーフォンに守られた国、シーフォンがいてこその国です。もしもシーフォンが滅亡してしまったら……多分我々アルピンも生きてはいられないでしょう」

「どうして？　アルピンだけの国を作ればいいじゃないか」

二人は風呂場を出て、いつの間にか食事の用意がされているテーブルへと移動した。

「それは不可能です」

「どうして？」

「この国の歴史はとても古いのです……今までアルピンはずっとシーフォンの庇護の下で生きてきました。それは生活の上でもそうだし、信仰にも繋がります。窓の外の景色をご覧になっても分かるように、この国は、周囲をグルリととても険しい岩山で囲まれています。これによって他国からの侵入は、容易ではなくなっていると共に、こちらから外へ出るのも困難です。それを自由にしているのは『竜』です。我々にはシーフォンの竜がある。竜のひと羽ばたきで、岩山などすぐに越えてしまいます。平地の少ないこの国では、畑も少なく、自給自足は不可能です。他国からの物資の搬入は、竜を使って行い、他国からの人の入国は、2箇所に掘られた長いトンネルを通ってのみ……関所は山の向こうに作られていて、そこも竜が監視しています。ですから国内を襲われた事は、建国以来一度もないのです」

「すごいね」

シュレイはコクリと頷いた。

「竜の力は、他国にとって脅威で、人の力ではまったく敵いません。あの硬い皮膚は、弓矢も槍も利きませんし、大砲の弾は軽々と避けてしまいます。竜が空高く舞い上がれば、どんな弓も弾も届きません。しかし竜の羽ばたきで、木は容易に折れるし、爪は岩をも砕きます。火竜という種類は、口から炎を吐きます。竜のおかげで、他国からの侵略は一度もありません。ですがその竜がいなくなれば……まず我々はこの厳しい環境の地では生きていけませんし、他国からの侵略に対抗する事は出来ません」

「でも兵士はいるんだよね？」

「城に仕える兵士はたくさんいます。関所を守る者もいます。ですがそれは、城に侵入した不穏な輩や、密使を捕らえるための兵士……戦争をする必要がないため、それほどの力は持ち合わせていません」


龍聖は食事をしながら真剣にシュレイの話を聞いた。この国の成り立ちがなんとなく分かってきた。アルピンの事も、シーフォンの事もなんとなく分かってきた。きっとシーフォンもアルピンも、互いの種族だけでは生きられないのだ、互いに共存をし合っているのだ。竜という力を持つシーフォン……だが繁殖力は弱いようだし、他にもきっと色々と秘密がありそうだ。彼らだけでは繁栄できない秘密。だからアルピンとの共存をしているのだろう。アルピンはほとんど龍聖と変わらない普通の人間のようだ。

考えながらも、パクパクと料理をあっという間にたいらげてしまった。やはりかなり空腹だったようだ。お腹がいっぱいになったら、なんだか急に食べすぎたせいで、胃の辺りがキュウッと痛くなってきてしまった。


「イテテ……」

「大丈夫ですか？」

「あ、うん、大丈夫。ねえ、ところで、王様って一体何歳なの？」


シュレイはじっと龍聖をみつめた。

「リューセー様はおいくつでいらっしゃいますか？」

「え？　オレ？　28歳だけど」

「では大体同じくらいだとお考えください。１５２歳ですが、そちらの国の年齢で言うと30歳くらいでしょうか」

「ええ!!」

驚いた。どう見ても10歳くらいの子供だったからだ。声だって綺麗なボーイソプラノだった。

「あのお姿を見て驚かれたと思いますが……あれは王の本当のお姿ではありません」

「どういう事？」

「リューセー様のお越しが遅れてしまったため、あのような姿になってしまわれたのです」

「オレのせい？」

「本当はリューセー様には、18歳でこちらにお越しいただくはずでした。ですが向こうの世界の時間で10年も遅れてしまった。こちらの時間でいうとそれは50年近くの年月になります。王はリューセー様がいなければ、やがて死んでしまうのです。それは前にも話しましたね？」

龍聖はコクリと頷いた。そうだ、その意味がなんだかよく分からなかったのだ。

「王はシーフォンの中でも特別な存在です。それは王の持つ竜が、竜王だからです」

「竜王？」

「ええ、竜達を治める竜の王です……」

「特別な竜なの？」

「特別な竜です」

シュレイは真面目な顔で答えた。特別な竜ってなんだろう？　全然想像もつかない。龍聖は首を傾げた。

「じきにご覧いただけると思いますよ」

「その特別な竜とオレと何か関係があるの？」

「竜を持つシーフォンは、竜と一体なのです。もちろん体は別々ですが、しかしひとつなのです。上手く説明出来ませんが……生まれた時も死ぬ時もいっしょなのです。そして普通のシーフォンはともかく、王は特別です。竜王は、普通の竜の何倍もの体をしており、それを維持するためには、リューセー様の『魂精（こんせい）』が必要なのです」

「こんせい？　なに？」

「我々の言葉では魂の精と書いて『魂精』と言います。日本語での上手い言葉が見つからなかったので、単純に言葉に合う漢字にあて嵌（は）めただけなのですが……魂の力のようなものです」

「生命力って事？　生体エネルギーみたいなもの？」

シュレイは首を振った。

「えねるぎーというものが何か分かりませんが……すみません。上手く言えないのですが、その『魂精』をリューセー様から貰わなければ、王は竜王との二人分の体を維持出来ずに、やがて衰弱死してしまうのです……フェイワン様が、子供の姿でいるのもそのためです。成長が出来なくなり、大人の体を維持出来ずに、若退化してしまったのです」

「ご飯じゃダメなの？」

「普通のシーフォンは、食物とジンシェという特別な果物によって補（おぎな）えるのですが、王にはそれは効きません。リューセー様の魂精が必要なのです」

「なんでそれがオレ？　日本人で……女性ではダメなの？」

「日本人の魂精が一番甘美で濃厚なのです。純度も高い。それも女性より男性です」

「やっぱり分からないよ」

龍聖は溜息をついた。

「今もあるのか分かりませんが……日本には、古来より『大和魂』という言葉がありますよね？　多分それに近い物だと思うのですが……日本の男性の魂精はとても強くて力がみなぎっていて、純粋なのです。それが王にはとても良いのです」

その説明で、少しばかり分かったような気がした。魂の力……それならなんとなく分かる。但し自分に『大和魂』があるのか？　と聞かれると、ちょっと自信がない。

「リューセー様が先日倒れられたのも、王がリューセー様より魂精を吸い取られたからです。王は渇いておいでだったので、急激に大量に吸おうとしてしまった。それが初めてだったリューセー様の体は対応出来ずに、意識を失ってしまわれたのです」

あのキスで？　と思って、龍聖は変な顔になってしまった。キスで魂精とやらを吸われてしまうだなんて……なんだか怖くなった。

「吸われすぎて、オレが死んじゃう事はないの？」

「血液や生命力とは違いますから、吸われる事でリューセー様が死んでしまったり、衰弱する事はありません。ただ先日のように突然大量に……となると、体が驚いてショックを受けます。それで意識をなくしたりしてしまうのですが……まあそれはあまり体に良い事ではないと思います。ただ、今まででこんな状況になった事がないので、なんとも言えませんが……とにかく死ぬ事はありません」

その言葉に、安堵していいのかどうか困ってしまった。いやそれ以前に、今後も彼からキスをされ続けるのだろうか？　妃になるのだから、性的な営みの覚悟を……とシュレイに言われたのはそういう事だったのかと改めて気づかされた。聞くのが怖いが、どうしてもハッキリとさせたい事を聞く事にした。

「シュレイ、その……王様がオレから魂精を貰う時って……性交渉をしなければいけないの？」

シュレイはしばらく黙り込んでしまった。

「そういう事になります」

「ええっ!!」

龍聖が思わず叫んだ時、ドアがコンコンとノックされた。

「はい」

シュレイが答えながらドアの側に歩み寄る。

「シュレイ様……あの……陛下がおいでなのですが……」

「え？　陛下が？」

シュレイは驚いた様子で聞き返した。

「シュレイ、オレだ！　リューセーは目を覚ましただろうか？　心配になって見舞いに来たのだが……」

「陛下!!」

「どうしたの？」

龍聖は彼らのやり取りが分からないので質問した。シュレイがなんだか慌てているのも気になる。

「陛下が……フェイワン様が、お見舞いにいらしているのです」

「ええ!?」

『噂をすれば』とはまさしくこの事で、たった今、色々な事情を聞き、かなり動揺しているというのに、心の準備もないままに当の本人が現れてしまった。

それは龍聖だけではなく、シュレイにも予期せぬ出来事だったらしく、彼もまた動揺しているように見えた。

しかし部屋の前で、王を待たせっぱなしにするわけにはいかない。シュレイは、龍聖の方を振り返り「もう少し後ろの方に下がっていてください」と小さな声で言った。

龍聖は言われた通りに、数歩後ろに下がって扉から出来るだけ離れた。シュレイはそれを見届けてから、ゆっくりと扉を少しだけ開けると顔を出した。

「陛下……」

そこには家臣達を数人従えた王が立っていた。

「陛下、もうお加減はよろしいのですか?」

「ああ……昨日まで、体中がミシミシ言っていたが、もうすっかりこの体にも慣れた。もしかして、リューセーはまだ意識を失っているのか?」

「いいえ、先ほど気がつかれまして、お食事を召し上がっていたところです」

シュレイの言葉を聞いて、「やはりな」と王は小さく呟くとニヤリと笑った。

「この部屋にたくさんの侍女達が出入りしていたと聞いたのでな。もしやと思って来てみたのだ」

王は自慢気な顔でそう言った。シュレイは真面目な顔のままで王の話を聞きながら、ゆっくりと扉の外へと出て、そのまま扉を閉めた。

「しかし陛下もすっかりお元気になられたご様子……安心いたしました。ここまではご自分で歩いてこられたのですか？」

「ああ、もう誰の手を借りずとも、以前のように普通に歩けるし、息も乱れないぞ……なんなら走ってみせてもかまわん」

「急に無理をなさってはいけません。お体に障ります。ですがそのご様子でしたら、じきに政務も出来るようになられますね」

「ああ、仕事が溜まっているから忙しくなりそうだ。ジンヨンも早く飛べるようになれば良いと思うのだがな」

　王の話にシュレイは穏やかに頷いて見せた。

「ところで……リューセーに会わせてはくれぬのか？　なぜ扉を閉める」

　ちょっと不服そうに王が呟いたので、シュレイは恭(うやうや)しく一礼をした。

「陛下のご心中は重々お察ししております。しかしリューセー様は、5日間も意識を失っておられました。まだお体も本調子ではありません。ですから今お会いになるのは、得策ではないかと思われます」

　シュレイの話を聞きながら、王は腕組みをして眉間を寄せた。

「そんな事は、お前に言われずとも分かっている。ただ、オレは、リューセーの体を心配して、元気になったようなら、その様子をこの目で確認したかっただけだ。別にまた魂精を取ろうというわけではない」

　王はシュレイを睨みつけた。シュレイは、それに真っ向から対峙(たいじ)するように、まっすぐな瞳でみつめ返した。しばらくみつめ合ってから、シュレイは深く頭を下げた。

「恐れながら申し上げます。ではこの扉から中へはお入りにならないとお約束ください」

王に対して、家臣がこのような事を進言するのには、かなりの覚悟が必要だった。シュレイはリューセー付きの側近で、家臣の中でも選ばれた者であり、位もそれなりに定められている。だが特別待遇をされているわけではなく、これは処罰をも覚悟の上での進言だった。

シュレイの言葉に、他の家臣達が息を吞んだ。しばらく緊迫した空気が流れる。王は腕組みをしたまま眉根を寄せて、じっと頭を深く下げたままのシュレイをみつめていた。

「お前に言われずとも、最初からそのつもりだ。リューセーを一目見られればそれで良い……でしゃばりすぎるな」

「はっ」

シュレイはさらに深く頭を下げた。王の声音は、特に怒ってはいないようだ。一同も内心ホッとしていた。シュレイは姿勢を戻すと、扉を大きく開けた。

「リューセー様、陛下がリューセー様のお見舞いにいらっしゃいました。何もなさいませんから、どうかそのお姿を陛下にお見せください」

扉の向こうに消えたっきり、戻ってこないシュレイを心配していた龍聖は、戸惑いつつも、扉の向こうに立つ王の姿を見た。そして息を吞む。燃えるような深紅の髪は、あの時と同じだ。だが大きさが違う。あの時見た王様は、まだ10歳かそこらの少年だった。だが今そこに立つ王様は、15～6歳くらいに見える。背も伸びているし、顔つきもさらに凛々しくなっていた。成長しているのだ。

「リューセー……元気そうだな。安堵した」

「リューセー様。王が、元気そうで安堵したと申されています」

シュレイが通訳をしたので、龍聖は我に返った。

「あ、ああ、うん……ありがとうございます。陛下もお元気そうでなによりです」

龍聖の言葉を、シュレイが通訳して王に伝えた。王はそれを聞いて満足そうな笑顔になる。

「お前は本当に美しい……見ているだけで、我が心が休まる……ずっとお前に会いたいと思っていた。早くお前ともっと分かり合えればと思っている」

王の声は以前聞いた声と少し違っていた。それはもう少年の声ではなかった。よく通る凛とした少し低めの声。言葉は分からないけれど、その王の言葉には、何か胸が騒ぐような思いが込められているような気がして、真剣に聞き入った。そのすぐ後にシュレイが通訳をしてくれる。それを聞いて、なんだか愛の告白のようで少し恥ずかしくなった。

「あの……この国の言葉を、早く覚えるように努力します」

龍聖がそう答えて、それをシュレイが通訳すると、王はたいそう喜んで満面の笑顔になった。

「今、お前を抱きしめたくて堪(たま)らない……実に残念だ」

王は笑いながらそう言うと、側にいる家臣に何かを耳打ちした。

「では、また来るよ」

王はそう言い残して、家臣達と共に去っていった。シュレイは礼をしてそれを見送ると、扉を閉めて龍聖の方に向き直った。

「大丈夫でしたか？」

「なにが？」

龍聖はキョトンとしながら答えた。

「香りは……しませんでしたか?」

シュレイが言いにくそうに言った。

「うん、平気、これだけ離れていると大丈夫みたいだね……だけど驚いちゃったな～」

それを聞いて「ああ」と思う。

「王の姿ですか?」

シュレイに言われて、龍聖はコクリと頷いた。

「リューセー様に貰った魂精で、少しずつですが体が戻りつつあるのでしょう。あのようにお元気になられて、ご自分で歩かれているのを見るのは久しぶりです」

龍聖はそれを聞きながら食事をしていたテーブルの所まで戻ると、椅子に座った。

「じゃあ……オレは妃として、やっぱり王様に魂精を与え続けなければいけないんだね」

飲みかけだったお茶を一気に飲んでポツリと呟いた。シュレイは、側に立ったまま何も言わなかった。

「王様はオレの事を好きみたいだ」

「それはそうです……陛下は、リューセー様を心から愛しておられます」

「だけどそれは本当にオレを好きなわけではないでしょ?」

「そんな事はありません」

シュレイは真面目な顔で答える。その顔を龍聖はじっとみつめてから、クスリと笑った。

「オレには……今の王様の気持ちって、シュレイの気持ちとそんなに変わらないように感じるんだよ」

龍聖は微笑みながら、シュレイをみつめて言ったので、シュレイは不思議そうに首を傾げた。

「どういう事ですか？」

「……シュレイはオレの事好き？」

「はい、もちろんでございます」

「そんな風に堂々と言えるのは、そこに疚しい感情がないからだよ？　『主人を慕い敬う』という意味の好きだったり、友人としての好きだったり、人として尊敬するって意味の好きだったり……好きがイコール恋愛感情ってわけではないでしょう？　王様は、今まで夢にまで見た自分の妃という存在に恋しているだけだよ。一生懸命愛そうとしてくれている気持ちはすごく伝わったけど、オレの事を愛しているわけじゃない」

　龍聖の話を聞いて、シュレイはとても驚いた顔になった。

「オレはゲイじゃないから、男性との恋愛なんて、未だにどうしていいか分からないし、実は覚悟もないんだけど、妃としてこの国に来て、これからそうやって生きていかなければいけないのならば、それも仕方ないのだろうってぐらいには思っている。だからさ、それならそれで、愛されたいって思う。オレの使命が、王に魂精を与える事で、それが性交渉に関わる事なのだとしたら……やっぱり愛されてそうなりたいと思うよ。オレは娼婦でもなんでもないんだからさ。生きるためってだけで、そんな事はしたくない」

　シュレイは驚いた顔のまま、じっと話に聞き入り、少し困惑したような表情になった。

「お言葉ですが……陛下はとてもリューセー様を愛していらっしゃると思うのですが……」

　龍聖は微笑みながら首を振る。

「オレも伊達に28年生きていないしさ、とりあえず大人だからそういうのは分かるよ。シュレイは恋愛をした事ないの？」

龍聖はニッコリと笑いながら尋ねた。するとシュレイはとても真面目な顔になって目を伏せた。

「申し訳ありませんが……私は恋愛をした事がありません」

「え!?」

意外な返事に、龍聖は驚いた。こんなにハンサムなシュレイが恋愛をした事がないなんて……年齢だって龍聖と同じくらいだと思っていたから、それは本当に意外な返事だった。

「嘘……全然ないの？」

「はい」

シュレイはいたって真面目に答える。

「シュレイって歳はいくつ？」

「今年で61歳になりますが……リューセー様の世界の年齢にすると、多分リューセー様と同じくらいか少しだけ上になると思います」

「それなのに恋愛した事ないの？」

「申し訳ありません」

どこまでも真面目なシュレイだ。龍聖はどう言えば良いのか分からずに困ってしまった。

「いや、別に謝る事じゃないいんだけど……あ！　そうか、この世界では色々とそういうのに厳しいしきたりがあったりするとか」

「いいえ、決してそういうわけでは……アルピンの男女は普通に恋愛をいたします。それは龍聖様の世界と変わりません。ただ私は幼い頃より、リューセー様の側近となる教育を受けるため、城に仕えて参りました。私の今までの人生も、これからの人生も、すべてリューセー様のためにあります。ですから、個人的な交友関係などは一切ございません」

それを聞いて、龍聖は口をあんぐりと開けながら呆然としてしまった。

『今までの人生も、これからの人生も、すべてリューセー様のためにあります』だって??

なんだか愛の告白みたいで恥ずかしくなる。この不思議な世界での事はともかく、日本で普通の生活をしていれば、一生こんな台詞を言われる事なんてないだろう。それは男女関係なくだ。

「え、じゃあ……これからもずっと？　一生恋愛や結婚などはしないの？」

「はい」

「それでいいの？」

「私は今の職務に大変満足しています。何よりもお仕えする主人が貴方様で本当に良かったと感謝しています」

そういえば、イギリス貴族に仕えるバトラーは、一生独身だと聞いた事がある。これってそんな世界なのだろうか？

だけど一般庶民だった龍聖が、いきなり家臣に傅かれて、その上『一生を捧げる』と言われてしまうなんて……どう対応すればいいのか、未だに慣れずに戸惑うばかりだ。「ありがとう」より「申し訳ない」という想いの方が強くなる。

「でもなんだか申し訳ないよ。オレのためにそんな……あのさ、言いにくいんだけどさ。シュレイって……童貞？」

「はい」

龍聖が言いにくそうにその言葉を出したのに、シュレイがキッパリと答えたので、またまた驚いてなんだか赤面してしまった。こんなに格好良いのに童貞なんだ。そう思ったら、どんな顔をしたら良いのか分からなくなってしまった。

「えっと……オレに性交渉の事とか言ってたって事は知識はあるんだよね？」

「はい」

「シュレイの立場って、恋愛はともかく、そういう経験もしてはいけないって事じゃないよね？」

「出来ないのです」

「え？」

「してはいけないのではなく、出来ないようになっているのです」

シュレイが真面目な顔で言うので、龍聖は思わず聞き返してしまっていた。

「出来ないってなにが？　どういう事？」

「私はリューセー様の側近となるべく選ばれて、この城に召し抱えられた時に、去勢手術を施されています。ですから私の男性器は、その用を成さないのです」

頭を大きなハンマーで殴られたような衝撃を受けてしまった。今、シュレイは何と言ったのだろうか？　聞き間違いだろうか？　『去勢』って言った？　『去勢』って……アノ事だよね？

「なんで？」

なんだかおうむ返しで質問を繰り返している。

「アルピンである私には、リューセー様の誘惑の香りは効きませんが、リューセー様はとても美しい方……何か間違いが起きてはいけませんので……この国に限らず、王妃や姫君などに仕える側近は、去勢する事が、どこの国でも当たり前の事です」

「そんなの嘘だよね……え、だって……え？」

龍聖はかなり混乱してしまっていた。犬や猫ではあるまいし、去勢だなんてあり得ないと思っていた。動揺する龍聖をみつめながら、シュレイはとても落ち着いた様子で、上衣の裾を上げ、ズボンの紐を外すと、前を開いてみせた。

「ご覧ください……このようになっております」

言われて思わず視線を向けてしまった。露になったシュレイの股間。そこには痛々しい手術の痕のような傷跡があり、普通とは違う状態の男性器があった。それは、陰嚢がなく、ペニスも排泄目的程度の大きさの物がついているだけで、正常な成人男性のペニスの大きさはしていなかった。

龍聖は驚いて、しばらく凝視していたが、ハッと我に返りシュレイの顔に視線を向ける。シュレイは微笑みながらズボンの前を閉じた。

言葉もなかった。重い空気が龍聖を包んだ。それは簡単には受け入れられない事実だった。この国のしきたりや、風習にどうこう言う事は出来ないのだが、自分が一人の男性の生涯すべてを犠牲にしてしまっているという事実を突き付けられて、現代人の龍聖にはとてもショックだった。

「リューセー様？　いかがされましたか？」

「ごめん、シュレイ……ごめんね」

他に言葉がなく、ただ愕然として呟いていた。

日々が、なんだか流れるように過ぎていく。

それは日常ではない日常のせいだろうか？　日々新しく知る事が多くて、驚きも多くて、きっと脳みその処理能力が限界まで来ているんじゃないかってくらいに、本当に一日が目まぐるしくて、ホームシックになる暇もなく、それどころか家族の事を思い出す事もなくなっていた事に気づいた。

ふと一人になった時に、ベッド脇にある小物棚の一番上の引出しを開けて、その中に入っているスマートフォンを取り出した。

消していた電源を入れると、ディスプレイに日付と時刻が浮かび上がる。電波なんて届くわけがないから圏外となっている。これは別にその機能を期待して大切に持っているのではない。こうして時々思い出した時に見て、現実の世界の日付と時間を確認する。

電池を少しでももたせるために、普段は電源を切っている。これを見る時に、確かに自分のいた世界は存在していて、こうやって時間が流れて、自分のいない世界が動いているのを確認する。こちらの世界に来て、もうひと月も経つのに、向こうの世界はまだ6日と数時間しか経っていない。不思議だと思った。すぐにまた電源を落として、引出しの中に仕舞った。

自分が消えてから6日が経った世界。みんなどうしているだろうか？　母はきっと何が起こったのか察しているだろう。弟や妹は心配してくれているだろうか？　銀行はどうなっているだろう？　麻衣はどう思っているだろう？

なんだか随分遠い世界の事のように思う。実際、遠い世界なのだろうけれど、それは距離ではなくて時空の事で、あの世界と本当に繋がっているのかさえも分からない。

ただ二度とこちらからは戻れないのだ。

忘れよう……もう何度も自分に言い聞かせた言葉。

この世界も慣れれば決して悪い世界ではない。もっと自由になれれば、また違うのかもしれないけれど、今もそれなりに居心地よく生活している。

エルマーンの言葉も、随分しゃべれるようになった……はずだ。もちろん片言で、単語を繋いだようなぎこちないものだけど。シュレイも普段の生活で、わざとエルマーン語で話しかけてくる。おかげで随分上達した。これで王とも直接話が出来るようになった。

王はあれからほとんど毎日のように訪ねてくる。二人は一定の距離を保って会話をする。彼はとても紳士的で、決して強引に近づいてこようとはしなかった。

こうやって時間をかけて、じっくりと互いを知る事は良い事だと龍聖は思っていた。自分が王にとってどういう意味の存在であり、何を求められているのかを知っている以上、やはりどこかで密接になる事に抵抗があり、警戒していたりする。だから王が龍聖に気を遣って、近づいてこない事にとても安心感を与えられていた。

王に対する好感度は確かに上がっていた。だけどやはりどう考えても、それは決して「恋愛感情」ではない。高校生くらいに見える王の事は、弟にしか思えない。

「シュレイ……このままってわけにはいかないって分かっているんだけどさ。王様の好意にずるずる甘えるわけにはいかないって分かっているんだけどさ。今の状態ってどうなんだろう」

日本語でポツリと呟いた龍聖に、シュレイは首を傾げてみせた。

「なんの事ですか?」

シュレイも日本語で答えてくれた。

「王様が毎日会いに来てくれて、たわいもない話をして……でも王様はドアの所からこっちに入ってこないだろう? オレにとってはとても安心な事なんだけど……本当は王様は、魂精がいるんだよね? そしてオレはそれをあげなければいけないんだよね? こんなに大事にされると、なんだか悪い気になってしまってさ……」

シュレイはしばらく考え込むように目を伏せていた。白い睫毛が頬に影を落としていた。シュレイはとても綺麗な顔をしていると思う。シュレイは、龍聖を綺麗だ綺麗だと言うけれど、シュレイの方がよほど綺麗だと龍聖は思っていた。

その柔らかな物腰や、穏やかな性格は、去勢しているからだろうか? とあの事実を知ってしまってから、そんな風に考えてしまっていた。

いつ去勢されたのかと聞いたら、割と大きくなってからだと教えてくれた。

リューセーの側近としての教育は、10歳の頃からで、それはシュレイだけではなく、アルピンの少年が5人ほど選ばれて、教育をされたらしい。5人の中でシュレイがもっとも成績が良かったので側近に選ばれた。それが16歳の時だったそうだ。その後手術を受け、延命の薬も貰った。

「切られるのは怖くなかった?」と聞いたら「ちょっと怖かった」と言って彼は柔らかく笑った。

龍聖はちょっと想像してみた。自分が16歳の時ってどんなだっただろう? まだ将来の事なんて何も考えていなかった。ただ父親が亡くなっていたから、私立の大学には行けないと思い、ものすごく勉強をしていたように思う。好きな女の子もいた。まだ童貞で、だけど友達同士で興味があるから、そんな話ばかりをしていた。そんな頃に去勢手術を受ける事になったら……やっぱりショックだよな……と思う。

龍聖がぼんやり考えていると、その様子を見てシュレイが僅かに首を傾げて口を開いた。

「ではリューセー様が、陛下の部屋に会いに行かれてみますか？」

「え？」

突然のシュレイからの提案に、龍聖は少し戸惑った。

「王様の部屋へ……オレが？」

「別にまた何かしろというわけではなくて……たまにはリューセー様が行かれるのも、お二人が親しくなれるきっかけになるでしょう。陛下もきっと喜ばれますし、リューセー様も、陛下に悪いと思っていらっしゃるのでしたら、それが良いのではないですか？」

龍聖は右手を口元に当ててしばらく考えた。

「そうだね……そうしてみようかな。それにちょっとだけなら魂精をあげても良いって思っているんだ」

「そうですか」

シュレイは微笑んだ。

以前に行った時のように、綺麗な衣装に着替えて、兵士に守られて、シュレイと共に王の部屋へ向かった。

王にはシュレイより、龍聖が行く事は事前に伝えてあった。多分仕事を中断して待ってくれているだろう。大きな扉が開かれて、シュレイに促されて龍聖は部屋の中へと入っていった。以前は通り過ぎた居間のような部屋のソファに王が座っていた。

「リューセー！　よくぞ来てくれたな」

「こんにちは。いつも陛下に来てもらって……オレも来たいと思って来ました」

片言のエルマーン語を話す龍聖に、王は嬉しそうに目を細める。

「さあ、こっちに来い……そちらの椅子に座りなさい」

王は、自分の座るソファの向かいの椅子を勧めた。少し間を離して置かれていた。これくらいの距離ならば大丈夫だろうか？

龍聖がチラリとシュレイを見ると、シュレイはかすかに頷いてみせたので、龍聖は自ら歩いてそこへ行くと一礼してから椅子に座った。ここ最近ではもっとも近くに来たように思った。

少年王の金色の瞳がハッキリと見えて、とても綺麗だと思った。真っ赤な髪もとても綺麗だ。このふたつは、龍聖もとても気に入っている。見れば見るほど魅力的だ。

一度その髪を触ってみたいとずっと思っていた。だけどそんなに近づいては危険な事も分かっている。猫っ毛のように割と細めの髪のようだから、触ったら柔らかくて気持ち良さそうだと思う。それにとても量が多くて、フワフワとしていそうだ。気持ちとしては、近所の毛並みの良い猫を抱っこしてみたいって心境に似ているかもしれない。

意志の強そうな凛々しい眉毛と、整った鼻梁（びりょう）、少しばかり肉厚の唇もとても形が良い。１００％ハンサムな顔だ。きっともうちょっと大人になったら、それは男前になるんだろうなと思う。自分がもしも女性だったら、こんなにハンサムな王様から求婚されたら、嫌な気はしないはずだ。

彼はとても嬉しそうに目を輝かせながら龍聖をずっとみつめている。

「オレなんか見て……楽しい？」

「楽しいわけではない。リューセー、そういうのは嬉しいと言うんだ」

王はゆっくりとした口調で、龍聖に分かるように話をする。

「リューセーは、本当に綺麗だ。別に顔の良さで好きになるわけではないが、こんなに見ていて惚れ惚れとするというのは、実に嬉しい……リューセー、愛しているよ」

王は龍聖に会うとかならず誉めて、甘い言葉を囁く。

どう見ても15～6歳の高校1年生くらいの少年で、そんな彼が生意気な言葉を言うから、おかしいような照れ臭いような不思議な気持ちになる。

『まったく生意気にさ』なんて思ってしまう。言葉もそうだけれど、表情がそんな時だけちょっと大人びた顔になるから、余計に生意気に見える。

『このマセガキ』と内心ついつい思ってしまう。それがなんだか心地よい感じで、微笑ましくもある。

「王様は……」

龍聖が言いかけたのを、王が手を上げて制した。

「リューセー、オレの事はフェイワンと名前で呼んでくれ」

なんだかその言い方もちょっと大人ぶっている子供みたいでおかしくなって、クスリと笑ってしまった。

「何がおかしい？」

「いえ、では、フェイワン……その、フェイワンは、魂精が欲しいのですよね？」

龍聖の言葉を聞いて、王は片眉を上げて、困ったように口の端を上げて笑みを作ると、右手の人差し指で、鼻の頭を擦った。

「まあ……欲しいが……」

言いかけて言葉を濁した。

気を遣っている。そう思う。王は優しい。なんだか弟のように思うと、どこからか父性愛のような感情が湧き上がってきて、彼が可哀想に思えて、何でもしてあげたくなってしまう。

別にキスくらいなら……そんな風に思う。今度キスしたら、彼はまた成長するのだろうか？　そんな事も思う。

「キスだけなら……いいですよ？」

「え？」

「あの……この前の……ダメですけど……えっと……少しなら良いです」

龍聖は慌てて『キスOK』の意味をフォローしようとしたが、上手く言葉に出来なかった。『軽いキスだけなら』と言いたかったのだ。

「分かった、分かった。無茶はしない。約束する」

途端に満面の笑顔になって、瞳をキラキラと輝かせる。それを見て、またおかしくなった。かわいいと思ってしまう。

「じゃ、じゃあ、こっちにおいで」

王が手招きするので、龍聖はちょっと考えてシュレイの方を見た。シュレイは、扉の近くに立っている。もしもの時はきっと助けてくれるはずだ。

龍聖は頷くと立ち上がって、王の側へと歩み寄ると、同じソファに座った。途端に、あの良い香りがしてきた。

『ああ……あの香りだ』そう思ったら、ズクンと体の奥が熱くなってきた。心地良くてうっとりとしてくる。

王が手を伸ばして、龍聖の頬にそっと触れた。龍聖は一度目を閉じた。香りに酔いそうだった。頬に添えられた王の手からも香りがして鼻の奥をくすぐった。指が動いて、龍聖の髪を撫でる。

目を開けて王をみつめると、その金色の瞳に吸い込まれそうだと思った。そんな事を考えるのは、意識の奥の方にいる自分で、今、体を支配しているのは別の自分……。これが『リューセー』かもしれない。

龍聖は体を王の方へと寄せた。

「フェイワン」

そう囁いて目を閉じた。王は顔を近づけると唇を重ねた。

溜息が漏れそうな感覚だった。ただのキスなのに、なぜこんなに気持ち良いのだろうか。唇を吸われて、舌が入り込んできた。それを受け入れるように舌を絡ませる。体が熱くて震えそうだ。絡まる舌が、舌の根元から先まで愛撫をしてくる。龍聖は、王の背中に腕を回した。気持ち良い。もっともっとキスをして欲しかった。

しかし王は絡めた舌を引っ込め、唇を離した。龍聖は目を開けて、うっとりとした顔で王をみつめた。その金色の瞳に映るのは自分の顔だ。もっともっと強請るように、龍聖は薄く開いた唇を王の唇へと近づけた。

「リューセー……これ以上はダメだ」

「フェイワン、もっと……もっとキスを……」

「リューセー」

王は、グッと堪えるように顔を歪めて、龍聖の肩を掴んで体を離した。

「シュレイ、リューセーを部屋へ連れて帰れ」

「はい」

呼ばれて慌ててシュレイが駆け寄ると、龍聖の体を引き寄せた。王に一礼をすると、抱えるようにして部屋へと戻る。残された王は、苦しげな溜息をついた。


「しっかりなさってください」

「シュレイ……シュレイ……体が熱いよ」

シュレイに抱えられて部屋へと戻ってくると、ベッドに降ろされ崩れるようになりながらうつ伏せに倒れ込み、ハアと甘い溜息をついた。こんな状態の龍聖を、シュレイはどうする事も出来ない。

王とリューセーの間に起こるこの現象は、誰にもどうにも出来ない。無理矢理引き剝がす事で、それを止める事は出来るが、体の変化を静める術はない。時間と共に落ち着くのを待つだけだ。

このように王と引き剝がした場合に、注意しなければならないのは、『香り』を放ち続けるリューセーに、他のシーフォンが寄ってこないようにする事だ。

「水をお持ちします。そのままでお待ちください」

シュレイはそう言うと、コップと水を取りに、寝室を出て居間へと向かった。残された龍聖は、はあはあと大きく息をつく。体がとても熱かった。前の時は意識を失うまで、キスをされ魂精を吸われたけれど、今日は途中で王がそれを自制した。そのせいだろうか、体がとても熱くて堪らなかった。

起き上がって、フラフラと窓辺へと向かった。窓を開けて、風を受けたかった。体が熱くて仕方ないのだ。

窓を開けるとビュウと風が入ってきた。とても心地良い。フラフラとテラスへと出て、風に吹かれながら体を落ち着けようと、大きく何度も息をした。するとヒュウと風の鳴る音がして、頭上を影が過った気がした。

龍聖が顔を上げると、頭上の遙か高いところから竜が一頭こちらへと向かって降りてくる。頭の奥で「危険だ」と思った。だが遅かった。竜のスピードはとても速くて、あっという間に近くまで降りてくると、龍聖の上に黒い影を落とす。

「リューセー様!!」

部屋の方からシュレイの叫び声が聞こえた。そう思った瞬間、ビシュッと激しい音がして、右の手首に激痛が走った。

「痛っ!!」

そう悲鳴を上げた次の瞬間、体がフワリと宙に浮いていた。

右手の痛みは、ムチのせいだった。革のムチが手首にグルグルと巻きつけられており、それで上へと引っ張り上げられている。

竜は再び高く舞い上がり、龍聖を空へと連れていく。右手で吊り下げられて、ムチが手首に食い込んで痛んだ。下を見ると、テラスにシュレイが駆け出してきたところだった。

「リューセー様!!」

シュレイが叫んでいる。銀髪に近い髪が風に舞っていた。

「シュレイ!!」

龍聖も叫ぶ。

「リューセー様を手に入れたぞ」

頭上から声がしたので見上げると、竜の背に乗った男の姿があった。彼の手にはムチが握られている。両手でムチを手繰り上げようとしていた。少しずつ上へと引っ張り上げられながら、龍聖は次第に意識がハッキリとしてきていた。

体の熱も冷めてきていた。それよりも突然この身に起きた事への恐怖に気が動転していた。

竜はどんどん高度を上げていく。下を見るのが怖いので上を見ていると、龍聖を引っ張り上げようとしている男の顔が次第にハッキリとしてきた。

明るい金色の髪の男だ。彼は嬉しそうにニヤニヤと笑っていた。

「なんて良い香りだ。噂には聞いていたが……これほどとは……甘い香りに興奮するな」

嬉しそうに呟く。

男はなおもムチを手繰り寄せてやがて手が届いた。龍聖の腕をグイッと掴む。その瞬間、ゾクリと背筋を悪寒が走って、龍聖は眉間にシワを寄せた。なぜだろう、この男に触れられて、とても嫌な感じがした。

「貴方を殺すつもりだったが……リューセー様の味を確かめてからでもよさそうだな」

彼がニヤリと笑ってそう言ったので、龍聖はもっとゾクリとした。

左の手が竜の体を触る。皮膚は金属のように硬い鱗(うろこ)で覆われていた。だがそれは無機質ではなく、不思議な独特の弾力があり、かすかに温もりも感じる。それが『生き物』であるのだと感じられるものだった。すぐ横では、大きな翼が時折上下する。そのたびに体が揺れた。

握られている右腕になんだか分からない嫌悪感を感じる。この男の事を嫌いだとか、怖いだとか、そういう気持ちよりも先に、得体の知れない悪寒が走る。その手を振り解いて暴れたいのだけど、ここが遙か空の上だと思うとそれさえも出来ない。

体に吹きつけてくる風が少し冷たかった。ずるずると引きずり上げられて、ついに竜の背中まで持ち上げられてしまった。落ちたくないから無意識に竜の背にしがみついて、自らもその背に跨(また)がる。

「ああ……実に美しい。芳(かぐわ)しい……これがリューセーか……」

男が改めて囁いた。龍聖はその言葉を聞いて、改めてすぐ側にいる男の顔をみつめた。金髪の長い巻き毛が風になびいている。凛々しい顔の男だった。シーフォンというのは、皆美形なのか？　と、ふと思う。40歳を過ぎた中年の男だったが、確かにハンサムだ。だが男の顔の良し悪しなど、龍聖にはどうでも良い。

「あ……貴方は……」

龍聖が相手の正体を尋ねようとした時、男の体から突然香りが湧き上がった。それは鼻につくほどキツイ香りだった。リューセーに反応するというシーフォン独特の香りなのだろうが、あまりにも強すぎて龍聖は思わず眉間にシワを寄せた。オバサンが使うキツイ香水の瓶が割れたかのような香り。

微量ならば良い香りなのかもしれないが、今の状態は不快以外の何物でもなく、龍聖は思わず顔を背けた。

フェイワンとの時もそうだったが、その香りは顔を背けたからと言って避けられるものではない。シュレイが言っていたように、実際に発散されている物理的な香りではないので、風上風下関係なく、側にいる限り否応なく感じられた。

「そんなに嫌がる事もなかろう。フェイワンなどやめて、オレのものにならぬか？」

男はそう言って、強引に龍聖の体を抱き寄せた。

「ラウシャン殿!!　待たれよ!!」

突然かけられた別の男の叫び声にハッとして、声のする方を見ると別の竜がこちらへと近づいてきていた。竜の背には青い髪の若い男が乗っていた。

「ユイリィか……邪魔をするな」

相手を見て、龍聖を捕まえている男が苦々しく舌打ちをする。

「ラウシャン殿！　何を血迷った事を!!　早くリューセー様を城へお返しになってください!!」

青い髪の男が必死の様子で叫んだ。だがラウシャンと呼ばれた金髪の男は、龍聖を抱きしめたままフンと鼻を鳴らした。

「お前には、リューセー様のこの芳しい香りに誘われるという事がないのか？　お前も欲しいと思うだろう」

ラウシャンの言葉に、青い髪のユイリィと呼ばれた男が眉間を寄せる。

「リューセー様は、フェイワン様のものです。我々が手を出して良い方ではありません。手を出せばどうなるか、知らないわけではないでしょう？」

「知っているさ、何度も聞かされた……だが、この香りを嗅いで正気でなどいられるものか……もともと殺そうと思っていたのだ。オレがどうしようとお前の知った事か」

「なんという事を!?　ラウシャン殿は先々王の弟君ではありませぬか！　貴方ほどの方が、そのような事を申されるとは、信じられません」

「リューセー様が死ねば、フェイワンも間もなく死ぬ。そうなれば、王位に一番近いのはオレ、その次がユイリィ……お前ではないか」

「私はそのような事などどうでも良い！　そのような考えは持たぬ事です。我々はフェイワン様を助けて、この国を栄えさせる事に力を注ぐべきだ。それでなくとも、我々シーフォンは滅びつつあるというのに……」

「ではなぜお前は結婚して、子を残さぬ？　シーフォンの先行きを案ずると言うのならば、アルピンの女でもかまわぬから、子を作れば良かろう。見せかけだけの正義を振るうな！　若造!!　お前もまた心の底で、王位を狙っているはずだ」

ラウシャンの言葉に、ユイリィはグッと言葉を詰まらせてしまった。突然の二人の諍いを、龍聖は呆然と見守っていた。どうする事も出来ない。それにラウシャンに抱きしめられたままだ。

「我々の本心など……今、ここで言い争う事ではありません。とにかく今は、リューセー様をお返しください」

「いや、これはオレのものにする事に決めた」

「いけません!!　それだけは!!　どうなるかご存知のはずだ！」

「ああ、分かっているとも、聞かされた。リューセーは『毒』だと……だが、こうも聞かされた。『毒を受け入れ、それに耐えれば我がものに出来る』とも……」

「危険だ!!」

ユイリィは叫んだ。

「リューセー様!!　こちらへ!!」

ユイリィが、竜を近づけ手を差し出した。龍聖は迷った。何を信じれば良いのか分からない。ラウシャンよりは、ユイリィという青年の方が信じられると思う。だけどあまり穏やかではない二人の会話を聞いた後では、誰を信じれば良いのか分からなかった。

それに『リューセーは毒』とはどういう意味なのだろう。先ほどからのラウシャンのキツイ香りのせいで、頭がぼんやりとしてきた。気分が悪い。

「試してみるか?」

ラウシャンがニヤリと笑った。

「よせ!!」

ユイリィが叫ぶ。グイッと体を引き寄せられて、ラウシャンの顔が近づいてくる。キスをする気だ。そう思って龍聖が顔を背けたが、顎(あご)を掴まれて強引に唇を重ねられた。

「んん……」

嫌だと抵抗したかったが、ラウシャンの力が強くて逆らえなかった。スウッと少し魂精が吸われたような感覚がした。なぜだろう?　フェイワンとの時のように、気持ち良くはならなかった。むしろ気持ち悪い。キスの上手い下手というわけではなく、なぜかその魂精を吸われる感覚が、不快以外のなにものでもない。そう思って強く目を瞑った時、事態が急変した。

「うぐっ」

突然ラウシャンの喉から苦しげな音が漏れて唇が離れた。驚いて龍聖が目を開けると、ラウシャンは眉間にシワを寄せて、苦痛に顔を歪ませている。龍聖を抱きしめていた腕を離して、自分の胸倉を摑んで苦しげに唸りはじめた。

「ど……どうしたんです？　うわあ!!」

突然、乗っていた竜が悲鳴のような声を上げて、グラリと揺れた。失速する。翼が畳まれて、まるで気を失ったかのように体を硬直させた竜は、龍聖とラウシャンを乗せたまま降下を始めた。

「うわぁぁぁぁ!!」

龍聖は叫びながら、竜の首にしがみついた。フリーフォールどころの話ではない。真っ逆さまに落下しているのだ。

「リューセー様!!」

ユイリィが、後を追って急降下してきた。必死に追いつこうとするが追いつけない。

龍聖が目を開けて上を見ると、必死に手を伸ばして名前を呼ぶユイリィの姿が見えて、思わず手を伸ばしたが遠かった。

「もうダメだ……」

そう思って目を閉じた。その時、オオォォォォォンという空に轟く咆哮を耳にした。なんだろう？　遠くなりそうな意識の中でそう思った。

一瞬ガクリと揺れて、落ちる速度が弱まったような気がした。目を開けると、乗っている竜の首に噛みついている別の竜の姿があった。尻尾にももう1頭噛みついている竜がいる。

2頭の竜が落ちる竜を引き止めようとしているように見えた。だが力尽きたのかすぐに離れてしまう。

「ああ……」

一瞬落ちる速度が緩んでいたと思ったのに、また落ちる!! そう思って龍聖は再び強く目を閉じた。するとまたガクリと揺れて、別の竜が代わりに尻尾や首を噛む。続けて、ドンッと何かにぶつかった。一瞬地面にぶつかったのかと思った。

「わああ!」

衝撃で龍聖の体が跳ねて放り出された。ゴロゴロと転がり落ちた先が地面ではないのでギョッとする。手触りが違う。驚いて目を開けると、そこは一面金色の世界だった。キラキラと日の光が反射するので、眩しくて目を細めた。それは地面ではなかった。規則正しくうねっている。

よく見ると、その金色の輝きは鱗だ。竜の鱗。驚いて体を起こした。すぐ側には、龍聖が乗っていた竜とラウシャンが倒れている。

「一体……」

そう呟きながら立ち上がった。放り出された時に腰を打ったので、少し痛んだ。腰を擦りながら辺りを見まわした。

それは、大きな大きな竜の背中の上だったのだ。驚きのあまり、あんぐりと口を開けて辺りを見まわす。大きな竜の周りを取り囲むように、たくさんの竜達が飛び交っている。周りの竜は、多分ラウシャンの竜と同じくらいの大きさだろう。それでも馬の3倍以上はある。だがその竜も、龍聖達も背に乗せて余りあるほどの巨大な金色の竜。

もしかして……これが竜王なのだろうか？

「リューセー様、ご無事で？」

声をかけられて我に返った。並行して飛ぶ竜の背に乗ったユイリィがそこにいた。

「ええ……はい、大丈夫です」

「リューセー様の危機にジンヨンが駆けつけたのです」

「ジンヨン？」

「その竜です。それはフェイワン様の竜……もう飛べるまでになっていたとは……安心しました」

ユイリィがそう言って微笑んだ。短く刈られた髪は、ビジュアル系のバンドマンの染めた髪のように真っ青だった。すごい色だなと改めて思う。歳は龍聖と同じくらいか少し上だろうか？　爽やか系の優しい顔立ちの美形だ。

金の竜はゆっくりと高度を下げはじめた。目の前に険しい岩山がそびえている。切り立った断崖の側面に、大きな城がまるで埋め込まれているように見える。その城から一際高くせり出すように立つ大きな塔があった。金の竜はそこへゆっくりと舞い降りていった。

塔の一番上には、大きな入口のような空間がポッカリと開いていて、金の竜はその上で一度旋回をしてから、中へと舞い降りた。まるで飛行機の格納庫のようだと龍聖は思った。

静かに着地してから数歩歩いて中央へと進み、金の竜は翼を畳むと床に体を伏せた。

「リューセー様!!」

シュレイの声だ。

「シュレイ!!」

龍聖はその名を呼んで辺りを見まわした。奥からこちらへ走ってくる何人もの人影があった。その先頭を走る銀色の髪の人は、間違いなくシュレイだ。龍聖は竜の背から降りようと思って下を見たが、結構な高さがある。少し考えて躊躇してしまった。

「リューセー様!!　ご無事ですか!!」

龍聖のいる場所の真下まで駆け寄ったシュレイが、上を見上げながら叫ぶ。龍聖はシュレイの顔を見たらホッとして安堵の笑みが零れた。

「リューセー！」

別の声で呼ばれたので、龍聖は声のする方を見た。奥の扉の所にフェイワンが立っていた。苦しげに肩で息をつきながら、ドアにしがみつくように寄りかかって体を支えていた。

「陛下!!」

シュレイが驚いてフェイワンの下へと駆け寄った。

「陛下！　そのようなお体で、動きまわられるのは無茶です」

シュレイがフェイワンの体を支えた。

「リューセー……すまぬ……このような状態でなければ……お前をすぐ助けに行ったのだが……怖い思いをさせた……」

やっとの思いで言葉を吐いているという様子だ。ただごとではない様子に、龍聖は戸惑いを隠せずおろおろとする。

「無事か？」

「は、はい、大丈夫です。あの、王様の竜が助けてくださいました。ありがとうございました」

「そうか……ジンヨンが間に合って……良かった……」

フェイワンは安堵した様子で、深く息を吐くとガクリと膝を崩した。それに驚いた龍聖は、堪らず竜の背から飛び降りた。着地の時少しよろめいたが、なんとか無事に降りると、フェイワンの元へと駆け寄ろうとする。だがフェイワンが苦しげな表情のまま右手を前に突き出して、それを制するポーズを取った。

「リューセーは……それ以上来てはならぬ……大丈夫だ」

「でも……」

心配そうな龍聖を見て、フェイワンは苦痛に歪む顔をなんとか笑顔に変えた。

「オレの事は良い……お前が無事ならそれだけで良い。本当に良かった。抱きしめたいところだが残念だな」

無理に笑ってみせながらフェイワンはそう言った。だが「ぐっ」と小さく呻いて胸を押さえて蹲ってしまった。

慌ててシュレイが引き起こす。

「早く、陛下をお部屋へ!!」

シュレイの命令で、兵士達が駆け寄ってくると、フェイワンの体を抱えて去っていった。龍聖は後を追うように走ったが、扉の所に立つシュレイに止められた。

「シュレイ……王様はどこか具合が悪いの？」

「いいえ。先ほど、リューセー様に魂精を貰われたので、お体が、元の大きさに戻ろうとしているのです。そういう時は、その状態にもよりますが、半日から1日以上、高熱が出て、全身が激しく痛み、起き上がる事が出来なくなられます。今もとても動けるような状態ではないはず。それなのにここまでお一人でいらっしゃるなんて……ここは塔の上ですから随分階段を上がります。無茶だ。信じられません」

「そんな……」

「それだけ、ご心配だったのでしょう。リューセー様の事が」

そう言われて、キュンと胸が締めつけられた。そんな風に大切に思われて嫌なはずがなかった。ずるいと思う。あんなに心配そうな顔で、あんなに必死になって駆けつけてくれるなんて、フェイワンが自分の事をどれほど想っているのか、見せつけられたような気がした。

兵士達が金の竜の背中からラウシャンを降ろすのを、シュレイに付き添われて遠巻きに見守る。それを待っていたかのように、金の竜がノソリと体を大きく揺らしてから、背にいるラウシャンの竜をドサリと床に転がり落とした。

床に横たえられたラウシャンの下に、シュレイがゆっくりと近づき跪くと、ラウシャンの状態を見た。

龍聖はそれを不安そうに遠くからみつめる。しばらくして、シュレイは立ち上がると、龍聖の下に戻ってきた。

「シュレイ」

「大丈夫です。気を失われているだけです。ラウシャン様に魂精を吸われたのですね？」

「うん……キスされた」

龍聖は悔しそうに呟きながら、服の袖で唇を拭った。その様子をシュレイが顔を曇らせながらみつめる。気づかうように、そっと龍聖の背中をさする。

「さあ、リューセー様も部屋へ戻られた方がよろしいです」

「うん……あ、待って！」

龍聖は、走って金の竜のところへと向かった。前へと回り込み、竜の顔の前へと立つ。

「ジンヨン！」

声をかけると、竜は閉じていた目を開けた。とても大きな金色の目だった。その金色の瞳はフェイワンと同じだと思った。

「助けてくれてありがとう」

龍聖がそう言うと、言葉が分かるかのように、その大きな目をゆっくりと瞬かせた。

「オレがこの世界に初めて来た時に会ったのは君だったんだね？」

真っ暗な闇に浮かんでいた大きな金色の瞳を思い出す。手を伸ばして、その鼻の頭をそっと撫でてみた。ざらざらとした鱗の感触がする。龍聖の背の高さよりも大きな竜の頭だった。グルルルルッと喉が鳴っている。怒っている声ではないよね？　と思いながら、鼻を撫で続けた。

「リューセー様……そろそろ……」

「うん」

龍聖はシュレイに返事をすると、ジンヨンにバイバイと手を振って駆けていった。

龍聖は部屋に戻ると、シュレイから休むように言われて、大人しくベッドに横になった。しばらくしてシュレイが、香りの良いお茶を運んできてくれた。

「これをお飲みになるとよく眠れますよ」

「薬?」

「いえ、眠り薬ではありません。ただお茶の成分に鎮静作用がありますので、疲れている時に飲むと良いお茶です」

龍聖は上体を起こしてベッドに座ると、カップを受け取る。お茶をすすると、不思議な味がした。不味くは無い。ハーブティーみたいなものかな? と思う。

「シュレイ、あの人……ラウシャン? 彼がオレに『リューセーは毒』って言ってたんだけど……どういう事? なんでオレにキスしてあんなに苦しんだの?」

「それはリューセー様が、フェイワン様のものだからです。王のものである刻印を体に刻みつけられていますから、王以外の者にはリューセー様の魂精が『毒』となります」

「刻印?」

首を傾げる龍聖の左手をシュレイが指した。それでハッと思い出した。刺青のような痣。

「死に至るほどの毒ではありませんが、気を失うほどの苦しみを味わう事になります」

「それでラウシャンは気を失ったんだ。そういえば、乗っていた竜も……」

「以前話したように、シーフォンと竜は一体ですし、特に魂精は、いわば魂の栄養のようなものですから、すぐに竜にも影響を与えます」

龍聖は、お茶をすすりながら考えていた。それはラウシャンの事だった。彼は龍聖の命を狙っていた。だがリューセーの香りに誘われてしまい、本来の目的を忘れてしまっていた。

「シーフォンはオレの香りに誘われるって言ってたけど……オレは、王様の時みたいに、シーフォンの香りには誘われなかったよ」

「それは当然でしょう」

シュレイがそう言って微笑んだ。

「リューセー様が誘われてしまっては大変です。陛下以外のシーフォンの香りは、リューセー様には不快な香りではありませんでしたか？」

「うん、気分悪くなった。じゃあそれも、オレが他のシーフォンと間違いを犯さないための防衛本能なのかな？」

「そうですね」

「ラウシャンって何者？」

「先々代の王弟殿下です。フェイワン様のお祖父様の弟……大叔父様にあたられます。一番若い大叔父様になります。父王よりもお若いのですから、大叔父様と言ってもピンとこられないかもしれませんが……現在ではフェイワン様の次に権威のある方です。色々と難しい性格の方ではありますが、あのような暴挙に出るような方ではないと思っていたのですが……」

シュレイが深刻な面持ちでそう答えた。

「あの青い髪の人は？　ユイリィとか呼ばれていたけど」

「ユイリィ様は、フェイワン様の従兄弟になられます。先代の王……フェイワン様の父王の妹君のご子息です。とても心優しい方です」

「オレを助けようとしてくれたんだ」

「そうですか、ユイリィ様が……。ユイリィ様は、普段南の関の警護をしていらっしゃるので、すぐに異変を感じられたのでしょう」

龍聖は飲み終えたカップをシュレイに渡した。シュレイは微笑みながら受け取ると、龍聖に寝るように促す。横になった龍聖に上がけをかけて、額にそっと右手を当てた。

「ご気分はいかがですか？」

「うん、もう熱も下がったみたい」

龍聖が微笑んで答えると、シュレイが優しくその額を撫でた。額を撫でられながら目を閉じる。とても安心出来た。やがて睡魔に襲われ、深い眠りへと落ちていった。

第4章　隠された過去

「リューセー様、ユイリィ様がお見えになっていますが……いかがなさいますか？」

「ユイリィ様？　ああ、ぜひ入っていただいてよ、お礼を言いたいから」

　窓辺で本を読んでいた龍聖は、笑顔になって答えた。あの大事件から2日、すでに周辺はいつものような穏やかな日常に戻っている。

　本を椅子の上に置いて立ち上がると、部屋の中央にあるソファの所まで移動した。扉が開いてあの真っ青な頭が現れる。入口から1歩入った所で、彼は深く頭を下げた。

「リューセー様、改めてご挨拶（あいさつ）に伺いました。ユイリィと申します。どうぞよろしくお願いいたします」

「ユイリィ様、先日はありがとうございました」

　龍聖も頭を下げて礼を言う。それを見てユイリィが驚いた。

「そんな、私は何もしていません、いえ、むしろお助けする事が出来ず、力不足を何とお詫びしたらよいか……」

「そんな事は……ああ、立ち話もなんですから、どうぞこちらにおかけください」

「え……ですが……」

　龍聖の申し出に、ユイリィは困ったようにシュレイの顔を見た。

「離れていれば大丈夫なんでしょ？　どうぞ、ユイリィ様はこちらにおかけください。オレは……そちらに座りますから」

龍聖はそう言って、先ほどまで座っていた窓辺の椅子を指差して、ニッコリと微笑んだ。それを見てシュレイも頷き、ユイリィに「どうぞ」と言った。

「失礼いたします」

ユイリィは一礼をしてから中へと入ってくる。龍聖も元の場所へと戻り、窓辺の椅子に座ると、それを見届けてユイリィも椅子に座った。

「さっきの話ですけど……本当に、ユイリィ様に来ていただけて、あの時は助かりました。その、オレもいきなりの事で混乱していたし、空を飛んだのも初めてだったので、ユイリィ様が来てくださらなければ、もっともっと怖い思いをしていたと思います。この国に来てまだ間もないですし……シュレイと王様以外にこの国の人に面識がなくて……他のシーフォンに会ったのは、あのラウシャン様が初めてで……きっとユイリィ様が来てくださらなければ、シーフォンは皆怖い人だと思ってしまっていたかもしれません」

龍聖の話に姿勢を正してとても真面目な顔で聞き入るユイリィには、とても好感が持てた。あの時は混乱していて、よくよく顔を見る間もなかったが、こうやって改めて見ても、爽やか系の男性ファッション誌の表紙を飾りそうな美男子だ。目にも鮮やかな真っ青な髪を除けば、その優しげな目元と自然と笑みの形を作る口元は、好青年の印象を持たせた。年の頃は龍聖と同じくらいに見える。

「ラウシャン様は、ご乱心されただけです。普段はあのような事をなさる方ではありません。頑固なほどに真面目な方です。どうかラウシャン様をお許しください」

彼は深く頭を下げる。

「オレは正直、よく分かっていないんです。なぜオレの命を奪うような事を言われたのかも分からないし……本当に二度としないというのであれば、もう忘れようと思っています。えっと……すべては王様の……処分に任せます」

時々エルマーン語が思い浮かばなくて、シュレイに助けを求めるように視線を送り、日本語で言うと、それを訳して伝えてくれる。

龍聖の言葉に、ユイリィが明るい表情になった。

「やはりリューセー様は、姿ばかりではなくお心もお綺麗なのですね」

笑顔でユイリィがそう言ったので、龍聖は驚いたように目を丸くした。

「オレが綺麗？　こうやって見る限りでは、シーフォンの方々の方が、皆綺麗な方ばかりだと思っています。王様もユイリィ様もとてもハンサムだし……」

龍聖の言葉に、ユイリィが笑った。

「そんな事はないですよ……それになにより、リューセー様のその真っ黒な髪が魅力的です。そのような美しい髪は、リューセー様だけです。この国には黒髪の者はいないのです」

「え!?　黒髪がいないの!?」

龍聖はとても驚いた。こんなに色とりどりの髪があって、黒髪だけないなんて驚きだった。本当にこの世界は不思議な事だらけだ。知れば知るほど、もっと疑問が広がっていく。

「ユイリィ様は、フェイワン様の従兄弟なんですってね」

「はい、私の母が、陛下の叔母になります。先王の妹なのです」

「他にご兄弟は？」

その質問に、ユイリィは苦笑しながら首を振った。

「シーフォンはなかなか子供が生まれなくなっています。二人以上の子供を持つ者はめずらしいくらいです。特に……王の直系の血族が少なくなっています。フェイワン様はお一人ですし……先の王の兄弟は、妹二人だけです。先々代の王には7人の兄弟がいましたが、今も健在なのはラウシャン様を含め3人だけです。他の兄弟が残した子孫も僅かです。このままでは先行きが不安でなりません」

ユイリィはそう言って顔を曇らせて俯いた。

「ユイリィ様は？　結婚はしているのですか？」

ユイリィは苦笑しながら首を振った。

「相手がいないのですか？」

「まったくいないというわけではないのですが……少し歳は離れますが、王の血筋の流れを汲む家の娘との話があります。いずれその方と結婚する事になると思います」

「どれくらい離れているのですか？」

「80歳ほど離れています。まだまだ幼い少女です」

彼はそう言って笑った。龍聖は一生懸命計算をした。ユイリィの歳がいくつか分からないけれど、見た感じの年齢から想定すると、相手の女性は多分13～4歳くらいという事だろうか？　と考えた。

「なんか……大変ですね」

「ええ、でも我々は、リューセー様に期待しています。先代のリューセー様はフェイワン様だけしか産まず、残念な事になりましたが……リューセー様ならきっと……」

「ユイリィ様！」

ユイリィが言いかけた言葉を、シュレイが大きな声を上げて制した。驚いたのはユイリィだけではない。龍聖は目を大きく見開いてシュレイを見た。シュレイは、厳しい眼差（まなざ）しをユイリィに向けている。ユイリィは「あっ」と小さく声を上げてから、シュレイに向かって頭を下げた。

「すみません、リューセー様。長居をしすぎました。そろそろお暇（いとま）いたします」

ユイリィがそう言って笑顔で頭を下げながら立ち上がった。

「え？　あ……まだ良いでしょ？」

龍聖も立ち上がって引きとめようとしたが、ユイリィはシュレイに連れられて扉へと向かっている。

「シュレイ」

「ユイリィ様はお帰りです」

シュレイはキッパリとした口調でそう答えた。

「それでは、また伺います。今日はたくさんお話しが出来て嬉しかったです。失礼いたします」

ユイリィが別れの言葉を告げて頭を下げると、シュレイがゆっくりと扉を閉めてしまった。

「シュレイ!!」

龍聖は不満を露にして、シュレイに詰め寄った。

「今、ユイリィ様は何を言おうとしたのさ？　何を隠しているんだよ」

「何もありません」

「じゃあ、なぜあんな追い返すみたいな事……」

「いくら離れているとはいえ、あまり長い時間シーフォンの方と一緒にいる事は良いとは言えません」

「大丈夫だよ！　なんでそんなに警戒するんだよ！　オレだって、色んな人と話しがしたい……もっと色々と知りたいんだ」

龍聖はシュレイにくってかかった。興奮すると無意識に日本語になってしまう。シュレイは顔色を変えずに、冷静に龍聖をみつめている。その態度になんだか腹が立った。グッとシュレイの腕を摑んで睨みつけると、シュレイは無言でみつめ返してきた。

「シュレイは、オレを守って大切にしてくれるけど、それじゃあまるで籠の鳥だよ！　オレにとって良い事しか教えてくれない！　もっとこの国の事をくわしく教えてよ！　良い事も悪い事も！　それに他の人と知り合いたいんだ！」

思わず興奮して声を大きくしてしまった。日本にいた頃だって、こんなに声を荒らげた事はなかった。自分でも分からない。ずっと閉じ込められた状態で1ヶ月以上を過ごして、少々欲求不満になっているのかもしれない。ラウシャンやユイリィとの接触によって、その気持ちが倍増されていた。

この国の話をシュレイはたくさん聞かせてくれたけれど、今ユイリィが話してくれたような話はひとつもしてくれなかった。『毒』の事も。過保護すぎるシュレイの態度に、不満が湧き上がっていた。

「貴方は……この国の事どころか、貴方自身の事すら何も分かっていないではありませんか」

シュレイは淡々とした口調で、じっと龍聖をみつめたままそう言った。だが、その声音は、何かイラついているようにも感じた。

「え？」

龍聖は驚いたように聞き返す。

「貴方は、貴方が思っている以上に……いや、その何倍も魅力的なんです。それはリューセーの香りがシーフォンを誘うからというだけではない。竜の聖人の影響を受けないアルピンだって、貴方の魅力に夢中になってしまうでしょう。私も……」

勢いで言いかけて、シュレイはハッとして口を閉じ、目を逸らした。

「え？　なに？」

龍聖は眉根を寄せた。『私も』の後、シュレイは何を言おうとしたのだろうか？

「貴方の……本来やるべき事は、陛下と早く親しくなられる事だという事を、お忘れにならないでください。いつまでも先延ばしに出来る事ではないのだと……心にお止めおきください」

シュレイは顔を逸らしたままそう言うと、腕を摑んでいる龍聖の手を無理やり外して、扉へと向かった。

「シュレイ！　どこに行くんだよ！」

「すぐに戻ります。リューセー様も、しばらくおひとりになりたいでしょう」

シュレイはそう言い残して、部屋の外へと消えていった。

❖

龍聖は窓辺に置かれた長椅子にもたれかかるようにして座り、少し離れた窓の外をぼんやりと眺めていた。すっかり見慣れた窓の外の風景。この世界に来てから龍聖の世界はこの部屋の中と、窓の外に見える風景だけだった。

危険だからと、テラスどころか窓辺に立つ事も許されず、外を眺めるのはこの長椅子からの距離がギリギリのラインだった。これより窓に近づいてはいけないと言われていた。だからいつもここから外を眺める。

天井までの大きな窓には、いつもレースのような薄い素材のカーテンが引かれていた。龍聖が望めば、シュレイが時々開けてくれる。この位置から見える物は、広い空と険しい岩山の嶺々(みねみね)。時折、鳥ではなく竜が遠くを飛んでいるのが見えるくらいで、他には特に珍しい物は見えない。

せめて竜が近くを飛んでくれればとも思うのだが、どうやらそれは禁止されているらしい(当然の話だが)。

先日、ラウシャンに攫(さら)われた時は、死ぬほど驚いたけれど、今にして思えば結構すごい冒険が出来た。初めて本物の竜の背に乗れたし、空も飛べた。高い空から眺めたこの世界は、とても綺麗だった。高く連なる岩山の群は、多分日本アルプスくらいはあるだろう。昔、友人達と黒部ダムまで行った事をちょっぴり思い出す。あの向こうに広がっていた黄緑色の平地は草原だろうか？　茶色の地面も見えたので、荒野なんかもあるのだろう。

それは明らかに日本の風景とは違う物だった。

このエルマーン王国という国は、険しい岩山に周囲をグルリと囲まれていて、まるで盆地のようになっているお椀の底のような僅かな平地に、街が広がっていた。

その風景も神秘的だったが、岩山の険しい山肌に、嵌め込まれたように造られたお城というのも、とても不思議な風景だった。空を埋め尽くすほどの、たくさんの竜の群もとても神秘的だ。この世界に生涯いると覚悟したのだから、もっとこの世界の事を知りたい。

未だにシュレイが、何かを隠しているという事実が、龍聖を不安にさせていた。シュレイを信じているのに……シュレイだけが頼りなのに……。

龍聖は溜息をついた。

初めてシュレイと喧嘩をしてしまった。シュレイが龍聖に対して、あんな風に声を荒らげたのにも驚いた。

彼は部屋を去ってから1時間ほどして戻ってくると、もういつものシュレイに戻っていた。しかしそれは、そう彼が演じているだけで、決していつもの彼ではない。彼は戻るなり、深々と龍聖に向かって頭を下げて「先ほどは、本当に申し訳ありませんでした」と謝った。

だが、それまでの事も一緒になかった事にされてしまったようだ。龍聖がまた言い出さないように、シュレイは謝りの言葉を述べただけで、話の内容には二度と触れようとはしなかった。

不満を残したままで、決してなかった事には出来ない龍聖は、シュレイのように謝る事は出来なかった。ぎくしゃくとした空気だけが残り、その後シュレイはいつものように、龍聖の食事の世話をし、風呂の世話もし、いつもよりも早めに部屋を去っていった。

一人部屋に残された龍聖は、ずっとこうやって眠る事なく長椅子に座り、窓の外の暗い夜空をみつめる。

知りたい。もっと知りたい。なぜシュレイが隠すのかが分からない。龍聖の前の代のリューセーが原因なのだろうか？　自殺をしたというご先祖様。彼はなぜ自殺をしてしまったのだろう？

ぼんやりと考える。

リューセーというのは、ずっとこうやってこの部屋から出る事が出来ないで一生を終えるのだろうか？　まさかそれを苦痛に思って自殺したというのだろうか？

龍聖は、ふとそんな事を考えてしまいゾッとした。

そんなのは嫌だ。龍聖は思わず身を起こす。両手の指を組むようにして握ると、ギュッと力を入れた。

こんな狭い空間で、一生を終えるのは嫌だ。元の世界に戻れない事よりも、男とセックスさせられそうになる事よりも、何よりもそれが一番嫌だ。いつまでここにこんな風に閉じ込められ続けるのだろう？　いつまで……そう考えると、漠然（ばくぜん）としていて、本当に一生出られないかも？　という気になってきた。

一見、龍聖は守られているようにも見える。でも裏を返せば、見張られている。閉じ込められている。自由ではないのだ。

ずっと一生こんなままなら、いつか自殺をしたくなってしまうのだろうか？

龍聖は今までの人生で、「死にたい」なんて事を考えた事は一度もなかった。平凡だけど、それなりに幸せだったし、苦労はしたけど苦痛ではなかった。

家族の事を思い出して、少ししんみりとしてしまった。弟と妹は、母を助けてがんばっていけるだろうか？　あの家はどうなるのだろうか？　考えれば考えるほど不安になってくる。今まで龍聖が家族を養ってきた。その龍聖がいなくなって、生活はどうなるのだろう？

繁栄していた守屋家が、あんなに落ちぶれてしまったのは、前のリューセーが自殺をしてしまったからだと聞いた。

そして守屋家が繁栄したのは、代々のリューセーのおかげだと……。

シュレイは、龍聖がその役割を果たせば、守屋家はまた元のように繁栄すると言っていた。本当だろうか？

龍聖が、この部屋に一生閉じ込められて、一生王に魂精を与え続ければ、守屋家は……母や弟妹達は安泰（あんたい）なのだろうか？

そう考えた時に『そんなのは絶対嫌だ』と強く思い、そう思っている自分に愕然とする。龍聖は頭を抱え込んだ。

守屋家の経済状況の苦しさは、龍聖が一番知っている。龍聖がいなくなって、そのすべてを弟達が背負うのかと思うと胸が痛む。苦労をさせたくない。そう思って今までがんばってきた。亡くなった父の代わりに、父親同然にやっていた。

でも一生をこの部屋の中だけで過ごすという覚悟は、そう簡単には出来そうにない。男性と関係を持たなければいけないのだって、相当な覚悟がいる。男相手にキスしたり、セックスしたりしなければならないのだ。

そういえば、リューセーの力のせいか、王とのキスは平気だったな……と思った。別に嫌ではなかった。『気持ち良い』が先行したせいかもしれないけれど……リューセーが王を拒んでは元も子もないから、拒まないような仕組みになっているのだろう。このままきっとズルズルと、王と関係を持ってしまうのかもしれない。

こんなに一人でゆっくりと考える事は今までなかったが、考えれば考えるほど、鬱（うつ）な気分になっていってしまう。こんなに後ろ向きに考えてしまうなんて、自分らしくない。

シュレイが悪いのだ。シュレイが何も教えてくれないから、悪い方にしか考えが及ばない。シュレイは誰よりも、龍聖の事を考えてくれているのだと思っていた。隠している事も、龍聖のためを思っての事かもしれないと分かっているけれど……大事にされすぎていて、むしろ不安になる。

シュレイがそんなに大切に龍聖を守りつづけるのは何のためだろう？　王に歯向かってまでも守るつもりでいるし、命に代えても守ると言ってくれた。

それは、リューセーの側近として、そういう風に教育されたからだろうか？　それだけではない、シュレイは『リューセー』ではなく、『龍聖』を特別大切にしてくれているのだと……心のどこかで、そんな期待をしてしまっていたのだろうか。だからあんなに腹が立ったのだろうか。

龍聖は深い溜息をついた。

その時、カチャリとドアの開く音がしたので驚いてそちらを見た。ドアの向こうから現れた相手を見てさらに驚く。龍聖が声を上げようとすると、相手が人差し指を立てて、静かにするようにジェスチャーをした。

彼はドアをゆっくりパタンと閉めると、微笑んでみせた。少しばかり姿が変わっていたが、その真っ赤な髪の持ち主はただ一人しかいない。

「フェイワン……」

龍聖が名前を呼ぶと、彼はニッコリと笑った。龍聖は、驚きのあまり続く言葉が出ない。驚くのは当然で、こんな夜中に王が一人で部屋を訪ねてくるのは初めてだ。第一シュレイさえもいない。

シュレイのいない夜間は、廊下の見張りも倍になり厳重になっていると聞いた。何かあれば、廊下の向かいにあるシュレイの部屋へとすぐに伝えられる。

それはたとえ王であっても、訪ねてくる事は出来ないはずだと龍聖は思っていた。いや、そう聞かされていた。

フェイワンは、ゆっくりと歩いて龍聖の元へと近づいてくる。龍聖は椅子にまっすぐに座り直すと、驚いた顔のまま身を硬くした。

フェイワンは、龍聖の側まで来て足を止めた。その距離は3メートルくらいだろうか？　微妙な距離だ。もしかしたら、二人が平常心で会えるギリギリのラインなのかもしれない。

「どうだ？　少しは落ち着いたか？」

優しい笑みを浮かべて王が龍聖に語りかけた。

「え？」

龍聖は驚いているせいで、すぐにその言葉を理解出来なくて首を傾げた。

「あんな怖い目に遭って……どうしているか心配していたんだ」

そこでようやく、あの攫われた日の事を思い出した。フェイワンは、苦しい体調を押して、塔の上まで心配して龍聖に会いに来てくれた。その光景を思い出した。

「陛下こそ……フェイワンこそお体はもう大丈夫なのですか？」

龍聖が尋ねると、フェイワンはニヤリと笑って両手を広げ、クルリとその場で回ってみせた。真っ赤な髪がなびいた。濃紺のマントも舞う。

「どうだ？　また少し成長しただろう？」

確かに2日前より成長している。背も伸びているように思う。2日前は14～5歳くらいに見えた。まだ少年っぽさがたくさん残っていた。だが今の彼は、18歳くらいに見える。すっかり『青年』といった感じだ。

中学生だったのが、2日で高校生になったという感じだから、明らかに違うのが分かる。嬉しそうに笑ってクルリと回ってみせた姿が、なんだかまだ子供っぽい気がして、龍聖は思わずクスクスと笑った。

「あ……それより、どうやってここに？」

和やかな雰囲気になった後、改めて龍聖が思い出したように尋ねた。

「シュレイもいないのに、こんな夜中にオレが一人で来たから驚いたか？」

「はい」

龍聖は素直にコクリと頷く。

「お前と二人っきりで会いたかったからだ。シュレイ立ち会いの下ではなく……お前とじっくりと話してみたかった。お前も随分この国の言葉が分かるようになったみたいだし、かまわないだろう？」

「でも……廊下の兵士は？」

フェイワンは、ニヤッと口の端を上げて目を細める。それがなんだかいたずらっ子のように見えた。

「兵はオレの兵だ。オレの命令を聞かないわけはないだろう？」

「ここには、陛下でさえも勝手に入る事は出来ないと聞かされていました。誰かが来れば、かならずシュレイが呼ばれるんだと……」

「確かにそうだ。だがそういう指示にしたのはオレだ。兵士達はオレの兵士であって、シュレイの兵士ではない。シュレイがいないと困るか？」

王はまっすぐに龍聖をみつめながら囁くように言う。その目にはとても力があって、有無を言わせない何かを感じる。龍聖は、こんな人と今まで話をした事がないな……とふと思った。現代の日本では、こんな風に相手を見据えて話をするような人物はなかなかいない。人の目を見て話さない者も多い。フェイワンのまっすぐな眼差しは、まったく曇りがなく、自信に満ちている。こういう人と話をするのは、ちょっと苦手だな……と思う。

別に嫌いという意味ではない。何もかも見透かされてしまうみたいで、誤魔化しや、上辺だけの話が出来ない相手だと思うからだ。こんなに子供っぽいところがあるのに、やはり彼は『王』なのだと改めて気づかされる。

「ちょっと……シュレイがいないと不安になります」

龍聖は、正直に話した。彼には隠しても仕方ないだろう。

「お前は、オレよりもシュレイを信じるのか？」

「信じる信じないというわけではなく……何も分からないから、シュレイに頼っています」

あまりに正直に言いすぎて、王を怒らせてしまうだろうか？　ここはお世辞でも、王を誉めた方が良いだろうか？　だがフェイワンは、微笑んだまま龍聖をみつめていて、怒っている様子はなかった。

「今のお前にはそれは当然だな。だが、オレだってお前に好かれたいと思うし、オレを頼って欲しいと思うからこうして来たんだ。リューセー……早くシュレイよりも、オレを一番に想って欲しい」

熱い眼差しで語られて、龍聖はドキリとした。

困る。

何が困るって、男性から『熱い眼差し』でみつめられて語られる事に、まだまだ慣れていない。

(いや、ゲイじゃないんだから、慣れるのもどうかと思うのだが)

「座っても良いか？」

フェイワンが穏やかにそう言ったので、龍聖は慌てて頷いた。彼はゆっくりと龍聖を遠巻きに歩いて、少し離れた所に置いてあるソファに腰かけた。

「これだけ離れていれば安心だろう？」

彼がそう言ってククククッと笑ったので、龍聖は苦笑した。王の気遣いが、余計に困惑してしまう。どう答えれば良いのか分からない。でも確かに距離を置かれて安堵していた。

「何か……オレに聞きたい事はあるか？　シュレイがいないのだから、何を聞いてもかまわんぞ？あいつは、監査官のように、質問のひとつひとつにもうるさいからな」

フェイワンはそう言うと、楽しそうに笑った。王の気さくな態度に、龍聖の気持ちも和む。シュレイが教えてくれない事はたくさんある。それを聞いても良いのだろうか？　少しばかり躊躇して、俯いて床の絨毯(じゅうたん)をみつめた。

「答えられる事は答えよう」

迷っている龍聖を見て、フェイワンが優しく促す。龍聖は何から聞こうかと迷いながら顔を上げた。王のまっすぐな瞳。きっと何を尋ねても、ちゃんとはぐらかさずに答えてくれそうな気がした。それはすべて龍聖の求める答えではないかもしれないが、ダメな物もなぜダメなのか言ってくれそうだと思った。

大きく息を吸い込むと、龍聖は尋ねる決心をした。

「ではお尋ねします。私の前のリューセーは、なぜ自殺をしたのですか？」

両手の平に、じわりと汗が滲んでいた。龍聖の質問に、フェイワンは特に顔色を変える事なく、しばらく考え込むように口を閉ざしていた。

「なぜだと思う？」

ようやく口を開いた王は、真面目な顔で聞き返してきた。

「分からないから尋ねているのです」

「それもそうだ」

王はそう言ってクスリと笑った。ああ……なんてこの人は大人なんだろう。その受け答えに龍聖は感心した。

ついつい見た目の印象に捉われて会話をしてしまっている事に気づき我に返る。頭では、彼が大人なのだと分かっているのに、こうやって対面をして話をすると、高校生の男の子を相手に会話をしているような気になる。だからその外見を裏切るような大人びた口調や仕草に驚いてしまう。

王は、そんな龍聖を余裕の表情で観察しているようにも見える。次の言葉を選ぶように頬杖をついて考えながらも、そのまっすぐな視線は龍聖を捉えて離さなかった。龍聖の方がなんだか緊張してしまって目を逸らす。

きっと答えてくれる。

龍聖にはそんな確信があった。ズバリと答えてくれるのか、遠まわしなのか、それは分からないけれど、きっと誤魔化さない。王はそんな人だ。そう思ったら、ますます緊張してきてしまった。

もしも……ショックを受けるような内容だったらどうしよう。龍聖はゴクリと唾を飲み込んで、膝の上に置いていた両手をギュッと握り締めた。

「前のリューセーが、なぜ自殺したのか……その真実は知らない。周囲の人々から話を聞いたが……

その内容も本当に様々で、正直オレもどれが本当なのか分からないんだ」

彼は穏やかな口調でそう語った。龍聖は驚いて顔を上げると、彼のまっすぐな視線を捉えた。誤魔化しているわけではない。本当に分からないのだろう。彼の目を見てそう思った。なんだかホッとしている自分に驚く。真実を聞くのが怖かったのかもしれない。

「なぜそんな事を聞く？」

王が再び尋ねてきた。

「それは……オレがもしも同じような状況になったら……怖いと思うからです」

「お前は死にたいのか？」

「いいえ」

龍聖は慌てて首を振った。

「そりゃあ、こんな事になって……困っています。元の世界に戻れるものなら戻りたい。でも、そんな事で死にたいとは思わない……でも……」

龍聖は続く言葉に躊躇した。王は、その凛々しい眉根を少し寄せた。

「でも……なんだ？」

「オレは、この部屋からこのまま一生出られないのかな？　とか考えてしまって……もしかしてそれが原因で自殺したのかな？　って……」

龍聖の言葉を聞いて、フェイワンはアハハハと高らかに笑い出した。びっくりしたのは龍聖の方で、キョトンとしたままその様子をみつめていた。

「この部屋から出られないと誰が言ったんだ？　そんな事はない。確かに、今はこうやって閉じ込めてしまってかわいそうだが……それは、オレがこんな姿だからだ。そのせいで、お前をこの部屋から出せないばかりか、国民達にもお前を見せる事が出来ずにいる」

「え？　どういう事ですか？」

「ほら、オレは今、お前から貰うべき魂精が欠乏しているだろう？　必要以上に欲しているから、お前の側に来ると互いに正常でいられなくなってしまう。オレとお前が香りを発し合うのもそのせいだ。その上お前の香りは、他の仲間達も正常でなくしてしまうからな。ラウシャンのように……。だからお前を外に出す事が出来ないんだ。だがオレが満たされて、元の姿に戻れて、お前がオレのものになれば、その香りもなくなる。シーフォン達の前に、お前は出られるようになる。そうすれば、自由に国の中を動けるようになる」

「本当ですか？」

「本当だ」

自由になれる。その言葉は、龍聖を元気づけた。ここに一生閉じ込められるわけではないのだ。

「お前だけが特別なのだ。今までのリューセー達は、この国に来てすぐに王と結ばれた。だからすぐに婚礼を挙げて、国民達にお披露目が出来たのだ。だがお前の場合は、来るのが遅れた分だけ……色々と厄介な事になってしまっているだけだ」

『お前がオレのものになれば』という言葉に引っかかった。龍聖とて、初心（うぶ）な生娘（きむすめ）ではないのだから、その言葉が何を意味しているのかは分かる。

龍聖は、改めて『オレのものになれば』という言葉の真意について思い、ゴクリと唾を飲み込んだ。

龍聖の表情を見て、フェイワンは口の端を上げた。

「怖いか？」

「え？」

「今の日本では、衆道についての教えを受けていないのだろう？　男同士での行為など想像もつかないか？」

図星を差されて龍聖は赤くなった。

「た、確かに、オレは守屋家が、こんな契約をしているなんて知らなかったから、龍聖って名前は貰っているけど、何も教わっていなくて……多分、祖母と父は知っていたはずだけど、ずっと前に亡くなってしまったから……でも現代の日本でも、その衆道……今はその呼び方をしないんですけど、そういう嗜好の人達もちゃんといるし、オレもなんとなくは知っています。経験はないけど……」

もじもじしながら答える龍聖に、フェイワンは目を細めた。

「オレの妃になる決心はついているのか？」

フェイワンの言葉に、龍聖は顔を上げてじっとみつめ返した。そこにいるのは18歳の男の子だ（『子』って言い方は悪いかもしれないけど、そうとしか思えない）。口調のせいで、とても生意気に見えてしまう。

彼の目も、口調も、有無を言わせない力を持っていて、龍聖はちょっと複雑な気持ちだった。

「妃にならなければ、幽閉されてしまうのでしょう？　それしか道がないというのならば、妃になります。それでオレの家族が救われるのならば、やむを得ないでしょう。でも正直、決心出来ているのか？　と言われると……まだ出来ていません。迷っています。ならなくていいものならばなりたくない」

「オレを好きになれないか？」

「そういう事では……ありません」

男にみつめられて、動揺するというのもおかしいのかもしれないし、今までそんな経験はなかった
龍聖は困って目を伏せた。フェイワンのその瞳でみつめられると、とても困ってしまう。

けれど、彼のようにハンサムで、魅力的な男性から、こんな強い眼差しでみつめられたら、きっと誰だってドキリとするはずだ。

「好きになって欲しい」

「好きです。貴方はとても素敵だし、同じ男から見ても、とても魅力的です。何より貴方はオレに好意を持ってくれている。そんな相手を嫌いになどなれるはずがありません。だけど性行為が出来るほどの意味で、好きというわけではありません」

龍聖は俯いたままで答えた。実を言うと、ラウシャンに攫われた事件の時、ひどい状態の体にもかかわらず、龍聖を案じて駆けつけてくれたフェイワンには、かなり心を奪われた。友人の好きよりも、もう少し心が愛の方へと揺れたのは事実だ。

でもだからと言って、彼に抱かれても良いとはまだ思えなかった。ちょっと我慢するだけ……と思えたらもっと楽になれるのだろうか？

28歳にもなって、大の男が、こんな事で悩むなんて……溜息をつきたくなる。

「実を言うと、最近少々焦っているのだ」

「え？」

突然、フェイワンがそう言った。顔を上げると、フェイワンは少し視線を逸らしていて、壁際に灯

るランプの火をみつめていた。

「オレもこういう経験は初めてで……もっと早くにお前に会えると思っていたから、お前と夫婦になるための心構えは、随分前から教えられていたのだが……こんな事になってしまって、せっかく首を長くして待っていたお前がようやく来たというのに、今度は思うように会う事が出来なくて……周りも、こんな事は初めてだからとても慎重になっていて……側にいるのに、会えないというのが辛い」

視線を逸らしたままそう語るフェイワンの顔は、少し照れているようにも見えた。片思い中の高校生男子のようにも見えるし、ふと見せる瞬間の表情に男の色気も感じる。龍聖は新鮮な気持ちで、そんなフェイワンをみつめていた。

「オレが思っていた以上に、オレはお前の事を愛してしまっていて……自由に会えないという事がじれったいのだ。お前の側にはシュレイがいて……シュレイにまで嫉妬(しっと)をしてしまう。まいった」

彼はそう言うと恥ずかしいのか、最後まで龍聖の方を見ようとせず、片手でペチンと自分の頬を叩いて頭を掻いた。なんだろう……やはりどうしても、高校生の男の子から告白をされているようで、とても照れ臭くなる。それにこんな風に言われて、ちっとも嫌な気分にならないから、また困ってしまう。普通なら男からこんな事を告白されたら、ドン引きするか、いたたまれない気持ちになるだろう。

フェイワンは、とてもまっすぐな人なのだと思った。こんな事を正直に告白出来るなんて、同じ男としてとても好感が持てた。もしも自分だったら、好きな人にこんな事を赤裸々に告白出来るだろうか？

「シュレイ？　なぜシュレイに嫉妬を？」

龍聖が笑いそうになりながら尋ねると、彼はこちらをチラリと見てからまた視線を逸らした。

「今は、完全にシュレイに負けていると思う。お前がこの国で今一番信頼しているのはシュレイだろう？　オレはまったく敵わない」

「そんなに……オレの事が好きなんですか？」

「好きだ」

キッパリと言い切られた。

龍聖は自分で聞いておきながら、恥ずかしくなって赤くなった。その目が悪い。先ほどまで視線を逸らしていたくせに、『好きだ』と言う時だけ、またまっすぐにみつめるなんて……龍聖からしてみたら、さっきの告白よりも、『好きだ』って言われる方が恥ずかしい。

「どうして？　まだそんなに知り合ってもいないのに……」

「一目惚れかな？」

フェイワンは、椅子の肘掛けに頬杖をついて、首を少し傾げながら、微笑を浮かべてそう言った。その表情があまりにも余裕ぶって、大人びていたから(しつこいようだが彼は大人だ)龍聖はカアッと赤面してしまった。

「正確に言うと、ずっとずっと憧(あこが)れ続けてきたまだ見ぬ人に、ようやく念願叶って会えたら、想像を遙かに超えて魅力的な人だったから、もう惚れるしかないって感じかな？」

「そんな……」

龍聖は赤くなったまま恥ずかしくなって俯いてしまった。信じられないと思う。どうしてここまで歯の浮くような台詞を、こうも堂々とした顔で言えるのだろう。まっすぐに相手の目をみつめたまま言えるのだろう。

龍聖は今まで付き合った女性に、こんな風に愛を打ち明けた事がない。恥ずかしくて無理だ。「好きだよ」が、せいいっぱい。「愛している」なんて面と向かって言えない。ベッドでの睦言で言うくらいで、あとは酒の力でも借りないと無理だ。

「大袈裟だよ」

龍聖は俯いたままそう言った。そうでも言って茶化さないと、恥ずかしくて場がもたないからだ。

「大袈裟ではない。我々シーフォンにとってリューセーというのは憧れの人だ。それも王だけが愛する事の出来る人。伝説の人だ。ずっとずっとそう思い続けて、周りからもずっと聞かされ続けて、知らないからこそ想像は膨らむものだ。それが想像以上だったら、惚れないわけがない。オレは今はもうお前に夢中だ。いつだって抱きしめて、ずっと側にいたいと思っている。それを毎日我慢するのがどれほど辛いか……お前に分かるか？　見せられるものなら、このオレの胸の中を見せたいものだ」

「待って……フェイワン……もうそれ以上は勘弁してください」

龍聖はそれ以上聞いていられなくなって、両手を前に出してそれを制した。恥ずかしいなんてものじゃない。逃げ出したくなるほどだ。

「じゃあ……早くシュレイよりも、オレを一番に想ってくれ」

「フェイワン……シュレイは別でしょう」

龍聖は真っ赤になって、下を向いたままそう答えたが、返事がないので恐る恐る顔を少し上げてフェイワンの顔を見た。フェイワンは、真面目な顔のままこちらをみつめていた。さっきまでの余裕の笑顔はそこにはなかった。

「フェイワン？」

龍聖は不思議に思って顔をそのまま上げて王の名を呼んだ。

「別じゃない」

「え？」

驚いて聞き返したが、また彼は黙り込んでしまった。

「どうしたんです？」

龍聖が首を傾げながら尋ねると、フェイワンはフッと表情を崩して苦笑してみせた。眉を寄せて、困ったような顔でクククッと笑うと額に手を当てた。

「すまん、分かっている。くだらない嫉妬だ。さっきも言っただろう？　自分でも本当にくだらないって分かっているんだ。シュレイはお前の側近。たくさんの候補の中から選ばれて、徹底的に教育をされて、リューセーを守るためだけにその存在がある。そんな彼に嫉妬するなんて……シーフォンの王が聞いて呆れる。だがなリューセー……オレはそんなばかげた嫉妬をするくらいに、余裕がなくなっている。お前を愛しているんだ。今のこのじれったい関係のせいで……本当に余裕がないんだ。だからこんな風に、権力を使ってまで、お前に会いに来ている。これがバレたら、シュレイはしばらくお前から離れなくなって、オレはしばらく会わせてもらえないだろうし、元老院のじじい達からも叱責されるだろう……」

「フェイワン……」

「だがな、リューセー。これだけは知っていて欲しいんだ。オレがお前をここまで欲しているのは、魂精が欲しいからではないという事を……シュレイや元老院のじじい達に決められた日程で、まるでエサを与えるように、定期的にお前と会わされて、魂精を与えるだけの儀式のように、ほんの短い時間に触れ合わされる。そんな関係だけでお前に会うのが嫌だったのだ。お前にオレの事をそんな風に思って欲しくない。オレはお前の魂精が欲しいのではない。性欲だけでお前を求めているのではない。本当に惚れているんだ。愛している。香りの力で惹かれ合うのではなく、心からお前を愛して抱きしめたい」

龍聖は、彼の情熱的な告白に、呆然として聞き入ってしまっていた。あまりの事に、さっきのように恥ずかしいと顔を背ける事さえ出来なかった。その熱い瞳に捕われて、目を逸らす事が出来ない。

「今夜は、どうしてもそれを伝えたくてここに来た。だから今夜はお前には触れずにこのまま帰る。また明日か明後日には、いつもの儀式のように、お前はオレの元に連れられてくるだろう。だが、今日のこのオレの言葉を忘れないで欲しい。オレにエサを与えるように、魂精を与えるためだけに来ないでくれ……少しでも、オレの事を好きになって欲しい」

彼はそう言い終わると、ゆっくりと立ち上がった。そして龍聖に向かって恭しく一礼をすると、微笑んでクルリと背を向けた。龍聖はぼんやりとそれをみつめていた。

「おやすみ」

フェイワンは後ろを向いたままそう言って、ゆっくりとした足取りで部屋を出ていった。龍聖はただただ呆然とそれを見送るだけだった。

あまりにも重い言葉だ。多分、龍聖の人生の中で、後にも先にも、こんな愛の告白を受ける事はないだろう。今はただ、それをどう受け止めれば良いのか分からずに、ぼんやりとするしかなかった。

第5章　シーフォン達

城の奥には神殿があった。そこには、シーフォン達が神として崇め奉る竜神が奉られていた。シーフォン達の始祖と言われている伝説の竜神。

遙かな太古の昔、繁栄を極め、数を増やした竜達はこの世で最も残虐で最も凶暴な生き物であった。空だけではなく、地上も竜達によって荒らされた。あらゆる生き物を殺戮し、食らい、地上を焼き尽くした。人間達は、その持てる限りの力で対抗し、竜達に対して唯一戦い反抗した生き物であったが、まったく敵わず、その凶暴な力の下に屈し絶えていこうとしていた。他の生き物もまた同じく絶滅の危機に瀕していた。

竜達は神の怒りを買い、互いに共食いをし、そのままこの世から消えよ……という運命を命じられた。竜達は自滅の道を取らされ、その所業を悔いながら自ら命を断ちゆく事となった。

竜の中で、最も強い力と体を持ち、最も知性豊かであった頭なる竜神が、神々の元へ命乞いに向かった。

そこで竜神は、神々に「どんな試練も宿命も受け入れる代わりに、絶滅だけは許して欲しい。竜達は生き続ける事で、その罪を償い続ける事だろう」と嘆願した。

神々は、竜神の願いを聞き入れ、絶滅の処罰は解かれた。その代わり、重い罪を償い続けるための呪いをかけた。

呪いの一つ目。竜の体は二つに分けられた。もともとの姿ともう一つは人の姿をしていた。命は一つで、体は二つ。どんな武器も受けつける事のない強靭(きょうじん)な体を持つ竜と、簡単に死んでしまう儚(はかな)い肉体の人間。しかし命はひとつなので、どちらかが死ねば、もう片方の命もなくなる。たとえ竜の姿が生き永らえたとしても、人の姿の方が、病やケガなどの不慮の事故で命を失えば、即、死亡してしまうという不自由な呪いをかけられた。

また食物は、竜の体では摂る事が出来なくなった。人の体の方でしか受けつけられず、人が食する事が出来る量と料理でしか食事は得られず、それによって二つの体を維持していかねばならなくなった。また獣を食する事を禁じられた。許されるのは植物と魚だけとなり、その代わり『ジンシェ』という特別な植物を与えられた。その植物の果実には、竜だけが得られる不思議な栄養素が含まれていて、竜の体を維持する事が出来た。

不老不死とまで言われていた竜達は、これにより命の期限を定められた。

人間の体は年を取り、老いを重ね、やがて天寿を全(まっと)うし、その生涯を竜の体と共に終えた。彼らはシーフォンと呼ばれ、新しい人間の種族に加えられた。

呪いの二つ目。シーフォンは、人間の種族の中で、もっとも弱く従順で温厚な種族アルピンと共存し、彼らをあらゆる敵から守り続けねばならないという呪いをかけられた。アルピンの繁栄がその使命であり、アルピンが絶えれば、シーフォンも絶える運命を定められた。

呪いの三つ目。シーフォンは人を傷つけ殺(あや)めてはならないとされた。その手で直接人間を傷つければ、そのまま自分にも同じ痛みが返ってくる。人間を殺めれば自らも死ぬという呪いがかけられた。

またシーフォン同士もそれは同様で、同族同士の争いも禁じられた。それは散々生き物を殺戮し続けた竜族達に、命を奪う事、傷つける事の贖罪を負わせる呪いとされた。

呪いの四つ目。もっとも大きな呪いは、竜達の命乞いをした竜神自身にかけられた。

竜神は、竜達を統率し支配する力を与えられた。竜達が二度と殺戮をせず、残虐になる事を止めさせ、アルピンを守り続けるように、統率するための力を与えられた。

竜神もまた、他の竜達と同じく、体を2つに分けられた。

ただひとつ違っていたのは、竜神がその命を維持するためには、『魂精』というものが必要になった事だ。

『魂精』とは、生きている人間の魂のエネルギーで、それを摂りすぎては、相手を殺しかねない。

アルピンの『魂精』はとても微弱であった。竜神がその命を維持するために、アルピンから『魂精』を得ようとすれば、何百人というアルピンを衰弱させ、殺しかねない事になり、それは2つ目の呪い『アルピンを守り繁栄させる事』に反してしまう。

また『魂精』は人間からのみ得られるもので、仲間であるシーフォンからは得る事が出来なかった。

そのため竜神は、『たくさんの魂精を持つ人間』を探さねばならなくなった。

この世界にいるアルピン以外の人間達を、何人も探し求めたが、どれほど探してもなかなか竜神を満足させるほど強く大きな『魂精』を持つ者を探し出す事が出来なかった。

呪いの五つ目。竜神は、その血族の末代まで、竜達を束ねる竜王としての力が約束されたが、竜神の血族を継ぐ子は、仲間のシーフォンからではなく、人間との間でしか成せないものとされた。その上竜神となるべき子孫が絶えた時、その時が竜達の滅亡の時という呪いをかけられた。

竜神は『魂精』を持つ人間を探しつつ、人間の女と交わったが、人間の女は人間の子しか孕まず、竜神の卵となるべき殻を育てる事が出来なかった。人間の男でも試してみたが、殻を育てるほどの魂精を持たないため、やはり卵を孕む事はなかった。

竜達に掛けられた呪いは、あまりにも困難な物で、それはほとんど「絶滅しろ」と言っているに等しかった。その償うべき罪の、あまりの重さを知り、竜神は絶望した。

唯一正しき理性を持ち合わせていた竜神を、見ていてあまりにも不憫に思った慈悲深き神の一人が、竜神に一度だけ機会を与えた。

「お前に、異世界へ行き来する力を与えよう」

「異世界？」

「この世とは違う別の世界に、『大和国』という国が存在する。そこの民は、多大なる魂精を持ち合わせている。その国の民を連れてくる事が出来れば、おまえの命は永らえるだろう……但し、お前に与えられた機会は一度だけだ。異世界へ行きいくらでも気が済むまで、向こうの世界でその者を探し続けても良いが、お前が異世界へ行き連れて戻ってこれる人間は一人だけ。一人だけだ。お前は賢い。その意味は分かるな？」

竜神は、深く考え込んだ。

「一度だけならば……たとえその民を攫ってくる事が出来たとしても、それはオレが生き永らえるためだけの糧……オレの子孫達はどうすればいいのか？」

竜神の言葉に、神は頷いた。

「大和人と契約を交わすのだ」

「契約？」

「大和人が、お前と契約を交わし、自らが望んでこの世界へと来る事を約束すれば、後の世も、お前の子孫のために大和人がこの世界へ現れるだろう」

神はそう言って、一つの指輪を竜神に渡した。

「この指輪を嵌めた者は、竜王のものとしての証を体に受ける。異世界にあってはならないその存在は、強制的にこの世界に引き戻される事になるだろう……つまり、異世界の大和人がこの指輪を嵌めれば、その者はこの世界へと飛ばされてくる。おまえに魂精を与えるために……よく考えよ……大和人との契約が失敗すれば、もうお前に魂精を与えられる者はいなくなる。大和人とて、異世界へ来る事は容易な事ではないだろう。大和人を納得させ、自らの意思でこの世界へ来るように出来なければ、無理矢理攫ってくるだけでは、お前は魂精を貰う事は出来ないだろう」

竜神は、神の力で異世界へと向かった。そこで大和の国をよくよく観察し、大和人達を見定めた。彼らは小さな体に反して、とても生命力に溢れた民族であった。よく働き、主君に忠誠を誓い、命をかけて戦っていた。

その一方で、身分の格差も激しかった。都から離れた山奥の小さな村で、飢餓に喘ぎ神に祈りを捧げる民達の姿に目を止めた。その頃の大和の国は、戦国時代であり、あらゆる地で戦が起こっていた。戦の通り過ぎた後は村も荒され、畑も荒され、働き手は戦に出され、小さな村は明日を生きる糧も失っていた。

その村でも同じように飢餓に喘ぎ、信心深き村民達は、彼らの信じる神に、生け贄を捧げて祈ろうとしていた。その村人の中に、とても強い魂精を持つ者がいるのを感じた。

名主の前に、竜神がその姿を現すと、彼は神が現れたと心から信じた。竜神は、生け贄を差し出す代わりに、彼らの繁栄を約束すると言った。名主はそれを了承し、生け贄にその村で一番美しい娘、名主の娘を差し出した。だがその娘よりも一緒にいた娘の兄の方が、より強い魂精を多く持っている事に竜神は気がついた。

竜神は、生け贄には兄の方を差し出すように命じた。生け贄に差し出された兄は、娘と同じようにとても美しい姿をしていたので、竜神はとても満足した。

竜神は、名主達の繁栄の約束に、自らの右目を刳り貫き、金の鱗と共に差し出した。金の鱗と右目は、銀鏡と指輪へと形を変えた。村長はその鏡と指輪を受け取り、竜神との契約を交わした。

名主・守屋家はその永遠の繁栄を約束され、竜神が気に入った生け贄となった息子と同じように、見目麗しい男子が竜神の証である痣を持って生まれれば『龍聖』と名づけて、18歳になったら指輪を与えて生け贄に差し出す事を約束した。

竜神の鏡と指輪は、守屋家の守りとして、代々神棚に奉られた。そして約束は守られ続けた。

◆

エルマーン王国の城の神殿には、始祖である竜神の像が奉られている。

真っ暗な神殿の中で、昼夜欠かす事なく灯された祭壇の蠟燭の火が、雄々しい竜神の像を浮かび上がらせていた。そしてその祭壇の前に跪き祈りを捧げる人の姿も照らしていた。

「誰か？」

ふいに声をかけられて、祈りを捧げていた男は体を起こして振り返った。その銀色の髪が、火を映してキラリと光る。

「こんな夜中に誰かと思えば……シュレイ殿ではないですか」

「バイハン様」

声をかけてきたのは、この神殿を任されている神殿長のバイハンだった。シーフォンでもっとも穏やかで慈悲深き男だと言われている。代々神殿を守り、竜神の伝説を語り継ぎ、竜王に助言をする役目を負っていた。

「どうかなさいましたか？」

初老のその男は、橙色(だいだいいろ)の髪に白い物が多く混ざっていた。ゆっくりとシュレイに近づいてくると、穏やかに微笑んで尋ねた。

「神に懺悔(ざんげ)をしていました」

シュレイは神妙な面持ちでそう告げた。バイハンは、何かを悟っているのか、目を少し細めてからそれ以上は何も聞かなかった。手に持つランプの炎がゆらゆらと揺れていた。

「もしもよろしければ、お茶でもいかがですか？　私もこの見回りが済んだら、一息入れてから帰るつもりでした。お茶の相手がいると嬉しいのですが……」

バイハンの申し出に、シュレイは目を伏せてしばらく考えてから頷いた。神殿の奥の部屋へと通されて、椅子を勧められた。

しばらく待っていると、バイハンが香茶を持って現れた。テーブルにカップを並べると、シュレイの向かいに座り穏やかに微笑んだ。

柔らかな香りが鼻をくすぐる。沈んでいた心が、少しばかり解されていくような気持ちになった。

バイハンの顔をみつめながら、シュレイの瞳が迷うように揺れる。

「バイハン様は、お口が堅いとお聞きしています」

ふいにシュレイが口を開いてそう言ったので、バイハンは、茶をゆっくりと口に含んでから頷いた。

「私は様々な人達の懺悔に耳を貸しています。助言をする事もありますが、その多くは、心の重荷となっている話を聞いて欲しいというものです。言葉にすれば、少しは心の重荷も軽くなるでしょう。もちろん他言はいたしません」

バイハンの言葉を聞いて、シュレイは大きく息を吐いた。

「バイハン様。バイハン様は、私の前の……リューセー様の側近もご存知でしょうか？」

「ええ、知っていますよ」

「彼も、私のような苦悩をしていたのでしょうか？」

「どういう事ですか？」

聞き返されてシュレイは一瞬口を閉ざした。まだそれを口にする事を躊躇しているかのようだった。

バイハンは催促する事もなく、黙ったまま茶をすすった。

「私は……リューセー様を心からお慕いしています。その想いが、ただならぬ想いになってしまうのは罪でしょうか？」

シュレイはそう言って、両手で顔を覆った。かすかに肩が震えていた。バイハンは、少しだけ深刻な顔になったが、何も言わなかった。

沈黙が流れる。

「代々の側近達が、どんな想いでリューセー様に仕えていたのかは定かではありません……前代の側近が同じように悩み、私に同じように懺悔をしたかどうかは申し上げる事は出来ません。ただ確かな事は、リューセー様はとても美しく、とても魅力的で、王でなくとも誰もが心惹かれる方です。だからこそ、王よりも一番近くに仕えるリューセー様の側近が、手術を施され、男であるその証を切り取られてしまうのでしょう。ですから、そういう想いを抱いてしまう事自体は罪ではありません。ただし何か行動を起こせば……罪になるでしょう」

バイハンはとても落ち着いた様子で、宥めるように語った。シュレイは目を閉じて、それを聞いていた。

「私は自分が怖い。この感情は、日に日に大きくなり、胸の内で暴れ狂っています。決してリューセー様に、この想いを悟られないようにしなければならないと分かっているのですが……抑えようとすればするほど、胸を焼き焦がすのです」

シュレイはそう言って、テーブルの上に置いた両手の拳を力一杯握り締めた。爪が食い込みそうなほどに、強く強く握り締めて肩を震わせた。こんなに心乱れた様子のシュレイを見るのは初めてだと、バイハンは思って内心驚いていた。

リューセーの側近となる者は、10歳くらいの幼き時に集められ、たくさんの修業と試験を受けて、篩にかけられて、たった一人が選ばれる。

選ばれた子は、徹底的な教育を受けて、完璧な側近として作り上げられる。その中には、感情の抑制をするような訓練もあるはずなのだ。どんな状況にも、慌てず心乱さず、冷静に判断出来るように……。

「それほどまでに、リューセー様を愛してしまったのですか？」

バイハンの問いに、シュレイは驚いたように一瞬目を見開いて、じっとみつめていたが、やがて眉間を寄せて、目を閉じると「はい」と苦しげに答えた。

再び沈黙が訪れた。

苦悩の表情で肩を震わせるシュレイを、バイハンはとても穏やかな表情でみつめていた。

「辛いですか？」

バイハンの言葉に、シュレイは頷いた。

「何が辛いのですか？　想いを遂げられない事が辛いのですか？」

その問いに、シュレイは顔を上げて大きく首を振った。

「最初から、リューセー様にこの想いを告げるつもりはありませんし、どうなろうとも思っていません。私はリューセー様を愛しく思いますが、性的な行為をしたいなどとはまったく思っていません。私が辛いのは、側近であるが故に、リューセー様に厳しくしなければいけない事があったりする時に……ついつい私的感情を優先しそうになってしまう事です。感情を上手く抑制する事が出来なくて、自分で自分が分からなくなりそうで辛いです。今日も……リューセー様に対して感情的になってしまいました。感情の暴走を止められなくて、もう少しで胸の内を吐き出してしまいそうでした。それで懺悔していたのです」

「リューセー様が、王と結ばれるのは辛くないですか？」

シュレイは首を振った。

「リューセー様が、本当に幸せになるのならば辛くはありません。今、ただ願うのは、前のリューセー様のようにはなって欲しくないという事だけです」

シュレイの言葉は、心からの言葉だった。バイハンは、じっとシュレイをみつめた。

「もしもリューセー様が、同じ事になったら……貴方も前の側近と同じ事をするのですか？」

神妙な面持ちで尋ねたバイハンを、シュレイはみつめ返してから、ゆっくりとだが確かに頷いた。

バイハンは『やはり』と思って目を伏せた。その答えは聞かずとも分かっていた事なのだ。同じ運命を辿ってしまう事は……。それは前の側近が、同じようにバイハンに胸の内を懺悔したからだ。

自殺をした前のリューセー……その側近は、後を追って自害した。今のリューセーが、自殺をしたら、きっとシュレイも後を追うだろう。

愛に殉ずる。

出来ればそんな事にはなって欲しくないと、バイハンは心から願った。

「辛くなったら、いつでもここに来なさい。相談に乗りますから」

「はい」

シュレイは深く頭を下げた。バイハンは、慈愛に満ちた眼差しでみつめていた。

心から神に願いたいと思った。同じ悲劇を繰り返さない事を……この純粋な愛が救われる時が来る事を……。


フェイワンが言った通り、彼がお忍びで来た翌日、龍聖はフェイワンの下へ行くように告げられた。

以前行った時と同じように支度をされて、シュレイと兵士達に伴われて、部屋を出た。

龍聖がずっと無言でいるのを、シュレイは少し気にしているようだった。龍聖は昨夜からずっと考えていた。

フェイワンの言葉。

『オレにエサを与えるように、魂精を与えるためだけに来ないでくれ』

そのフェイワンの言葉が、何度も何度も龍聖の頭の中で響いていた。とても重い言葉だ。そんな事、龍聖は一度も考えた事はなかった。今の龍聖にとっては、王に『魂精』を与えるという事が、唯一定められた務めだった。だから『エサを与える』なんて事、考えてもみなかった。今の王には『魂精』が必要なんだと言われたから、その務めに従っていただけだ。

そう思ってから、再びハッとする。

『務め』……龍聖はそれを『務め』だと思っている。それこそがフェイワンの言っていた『魂精を与えるためだけに来ないでくれ』という言葉に繋がる。

改めて、フェイワンの言葉が……想いが……胸に重く圧しかかった。

そんな気持ちで来ないでくれと言われても、龍聖はそれ以上の気持ちをまだ持ち合わせてはいない。『エサとは思っていない』というのは詭弁だ。彼に対して、彼の想いに応えられるほどの確かな気持ちを持ち合わせていないのだから、どんな言い訳をしたところで、彼の望みには応えられないのだ。

嫌いではない。むしろ好感を持っている。人としても好きだし、男としても格好良いと憧れる。王様としても尊敬出来る。それだけではダメなのだろうか？　龍聖は、胸の奥がギュウッと締めつけられるような気がして、胸を押さえながら目を閉じた。

龍聖が足を止めたので、兵士達も歩みを止める。

「どうかなさいましたか？」

シュレイが心配そうに龍聖に尋ねた。

「すみません。具合が悪いので……行けそうにありません」

そう苦悩の表情で答えた龍聖の青い顔を見てシュレイは慌て、兵士達に命じて龍聖をすぐに部屋へと戻した。


ベッドに寝かされて、医者が呼ばれた。シュレイの姿が見えなかったので、龍聖は少し不安になる。少ししてからシュレイが戻ってきた。ベッドのすぐ側に立つと、龍聖の体を診る医者の様子を心配そうにみつめている。

「少しお疲れのご様子ですね。睡眠不足のようですし、ご心労が重なったのでしょう。しばらくは、陛下へのご訪問や、リューセーとしての勉強を休まれて、ご養生された方が良いでしょう」

医者の言葉に、シュレイは安堵したように息を吐いた。龍聖は目を閉じて、今は何も考えたくないと思っていた。

明らかに仮病を使ってしまった。でも今は、こんな気持ちのままで、王の元へは行けない。彼の真摯な気持ちを聞いて、いい加減だった自分が恥ずかしくなったのだ。

心のどこかで、言われるままに魂精を与え続ければ、とりあえずは助かるのだ、なんて安易な考えを持っていた。キスくらいならば、別にかまわないとさえ、最近は思いはじめていた。気持ち良いし、別に傷つけられるわけじゃないし、それで彼らが満足するなら……自分がそれで助かるのならば……そして家族が救われるのならば……キスくらい容易い事だ。

そんな気持ちがあったのは確かだ。

だが、フェイワンにとっては、あれはとても神聖な儀式であり、龍聖とのキスはとても愛情を込めたものだったのだ。

「大丈夫ですか？」

シュレイの声に目を開けた。ベッド脇にシュレイが座り、心配そうな顔でこちらを覗き込んでいた。やはりシュレイがいると安心する。なんだか先日からぎくしゃくしてしまっていたけれど、こうしてとても心配そうな顔をされると嬉しくなる。

今、この国で、龍聖の事をかけ値なしで心配してくれるのは、シュレイだけのような気がした。

（もちろんフェイワンもなのだろうけど）

でも今、龍聖が思い悩んでいる事、フェイワンが訪ねてきて言った言葉、それらをシュレイに言う事は出来ないと思った。

相談出来れば楽になるだろうか？

しかしそれはシュレイに対して嫉妬を覚えると告白してくれたフェイワンに悪い気がした。男だから、そこら辺の男心は分かる。好きな子の口から、ライバルに自分の気持ちをバラされるのはいたたまれないだろう。

龍聖の立場は、その『好きな子』で、フェイワンにとってシュレイは『ライバル』になるはずなのだ。実際、この公式は当て嵌まらないのだけれど、フェイワンがそう思っている以上は、そうなのだろうと思う。

「ごめん、なんか色々と考えすぎちゃって……昨夜、あまり眠れなかったから」

龍聖は心配するシュレイに、そう言い訳をした。それを聞いて、シュレイが顔を曇らせた。

「すみません。それは私があんな事を言ったからですね」

「え？」

「あの時、私はどうかしていたのです。リューセー様が攫われたりして、動揺してて……色んな事に神経質になってました。貴方がすぐに知らなくても済む事なら、出来るだけ耳に入れたくないと思って……知りたがる貴方に対して、少し感情的になってしまいました。すみません」

シュレイはとても辛そうな顔でそう言った。そんな様子のシュレイを見ると、許さざるを得ないと思ってしまう。すべてを知りたいと思うのは今も変わらない。フェイワンに聞いて、少しは分かった事もあったが、シュレイはもっと色々な事を隠している気がした。

「ずっとオレに隠し続けるの？」

龍聖は思わず口にしていた。シュレイを責めるつもりはない。でもいつか絶対に教えてくれるつもりなら……時が来れば教えてくれるつもりならば、それをハッキリと知っておきたかった。

「ずっとではありません。本当は隠したくもないのです……でも、貴方はあまりにも、この世界へ来るという事を知らなすぎていて、心の準備もなく来てしまったという感じだったので、貴方には教える順序があると思っただけです。今、ここですべてを言ったからといって、きっと貴方はそれらを受け入れる事は出来ないでしょう。貴方は今でも、魂精を与える事を、すべて納得しているわけではないし、王の妃になる事も心から納得しているわけではないでしょう？」

シュレイにまっすぐにみつめられて尋ねられて、龍聖は否定出来ずに言葉を詰まらせて何も答えられなかった。そんな龍聖をみつめながらシュレイは言葉を続けた。

「そんな貴方にこの国のすべてを……リューセーのすべてを一度に教えるべきではないと思ったからです……。でもそのために、貴方を不安な気持ちにさせてしまっている……私は間違っているのかもしれません。でも……私が誰よりも、リューセー様のために良かれと思ってやっているという事を分かっていただきたい……私の忠誠心だけは信じて欲しいのです」

龍聖は目を閉じた。シュレイのまっすぐな心が痛くてせつなかった。

「リューセー様？」

「シュレイ、ごめんね」

龍聖はポツリと呟いた。

「リューセー様？」

「オレのために心を痛めさせて……苦しめて……ごめんね」

「リューセー様！」

シュレイは驚いて目を見開いた。

シュレイの言う通りだ。龍聖はまだ何も……何ひとつ受け入れてはいない。上辺(うわべ)だけ……いつだってそうだったではないか……そう思う。

龍聖はいつも無難(ぶなん)に生きようとしてきた。前向きでポジティブな性格。それは実は、何も執着せずに、諦めも早いというだけなのだ。

物心ついた時には、すでに日々の生活にも喘ぐような貧しさの中にいた。父を事故で失い、夢を見たり、何かを望む事を諦めた。「誰にでも優しくて、明るくて、社交的」なんていうのは、実は上辺だけなのだ。面倒な関係になるのが嫌で、人に嫌われないように振舞い、差し障りのないように無難に付き合い、物分かりの良いフリもしてきた。

そんな性格が、今になって仇となっている気がする。シュレイのように、全身全霊をかけて、龍聖に忠誠を誓う人など関わった事がなかった。フェイワンのように、まっすぐな瞳で、そのすべての愛情を注いでくれる人にも関わった事がなかった。

だから嘘偽りで作り上げた上辺だけの思いでは、彼らと付き合う事が出来ないと悟った。最初から……一からやり直そうと思った。

龍聖は体を起こして、ベッドの上に座った。シュレイが心配そうに体を支えてくれた。

「オレ、言ったよね、妃になるって……。どうせもう元の世界に戻れないのならば、覚悟を決めたつもりでいたんだけど……でもやっぱり本当は、全然覚悟なんて出来てなかったんだ。分からない事が多すぎて、それが不安で知りたがってばかりいた。だけど、知ったからってオレが本当に覚悟してないのならば、意味のない事なんだよね。ごめんね、シュレイ、いつだってシュレイは、オレの事を考えて、思ってくれているのにね」

龍聖が微笑んでシュレイをみつめたので、シュレイは言葉もなくただ目を伏せた。

「オレ、焦らないで、もう少しゆっくりと皆の事を知っていこうと思う。シュレイの言葉を聞いて、フェイワンの事を知って……そうやってこの国の事を覚えて、オレは本当のリューセーになるよ。エルマーン王国の国民になる」

「リューセー様」

龍聖は、シュレイの手を取って、ぎゅっと握った。

その時、ドアをノックする音がしたので、シュレイは龍聖から離れて扉の方へと向かった。やがてシュレイは、両手に抱え切れないほどの花束を持って戻ってきた。

「陛下よりのお見舞いです」

「フェイワンが？」

龍聖は驚いた。シュレイは花束をベッドの側に置いた。

「お手紙が付いてます」

シュレイは花束の中に埋まっていた手紙を取ると、龍聖に渡した。手紙を開くと、中には龍聖に宛てられた丁寧な文字があった。まだ文字はあまり読めない。

「お読みしましょうか？」

シュレイの申し出に、龍聖は首を振った。

「シュレイ、辞書を持ってきてくれる？　自分で読みたいんだ」

龍聖の言葉にシュレイは頷くと、辞書を取りに行った。戻ってきたシュレイから辞書を受け取ると、龍聖は手紙の翻訳を始めた。

「リューセー様、私はこの花を活けてまいりますね」

シュレイはそう言って、花を持ってその場を離れた。

フェイワンからの手紙は、そう長い物ではなかった。多分龍聖にも読みやすいようにと、言葉を選んで短く書いてくれたのだろう。

『愛しいリューセー　体の具合が良くないと聞いて心配している。君がもしもオレの言った言葉を気にして、心を痛めているのならば申し訳なく思う。早く元気になってくれる事を願う。フェイワン』

「フェイワン」

読み終わって、龍聖はその名を呟いた。とても素直な人だ。そう思って龍聖は微笑んだ。次に彼の元へ行く時は、『魂精を与えるため』ではなく、『彼に会うため』に行こうと決めた。

まだ彼への確かな恋愛感情はない。だから彼の想いには応えられない。でも彼に会いたいと思って行く事は出来る。

務めとしてではなく、心からフェイワンに会いたい……そう思ったら行こう。

「シュレイ、フェイワンに手紙の返事を書きたいんだ。道具を持ってきてくれない？」

花瓶に花を活けて、寝室へと運んできたシュレイに、龍聖がそう言うと、シュレイは微笑んで「かしこまりました」と頷いた。

「ユイリィ様」

呼びとめられて、ユイリィは廊下の途中で佇んだ。振り返ると、長い橙(だいだい)色の髪をフワフワとなびかせながら、柔らかな笑顔で駆けてくる青年がいた。まだ年若いその青年は、その表情にどこか幼さを残している。

「メイファン。お久しぶり……と言った方がいいのかな？」

ユイリィが笑いながらそう言うと、駆け寄ってきたその青年が零れるように笑った。

「久しぶりも久しぶりですよ。半年ぶりです」

「もうそんなになりますか。北部の仕事は慣れましたか？」

「はい、ようやく。城に戻るのは、仕事に就いてからこれが初めてです」

メイファンと呼ばれた青年は、乱れた息を整えるように大きく深呼吸をしてから、その大きな目をクリクリといたずらっ子のように動かして辺りを見た。

「僕のいない間に、色々と面白い事があったようですね？」

彼は少し声を潜めながら、それでもワクワクとした様子で、ユイリィに囁いた。長身のユイリィよりも頭ひとつ小さなメイファンは、ちょっと背伸びをしなければ、耳打ちする事が出来ない。ユイリィは微笑みながら、少し屈んでやるとコクリと頷き返した。

「話を聞かせてくださいよ。今、お時間はよろしいんでしょう？」

メイファンは、目をキラキラと輝かせて、おねだりするように言った。こういう仕草がまだ子供っぽいなと思って、ユイリィは微笑んだ。

メイファンは、ユイリィ達と同じシーフォンだ。シーフォンのほとんどが、何らかの血縁関係にはあるのだが、メイファンは、神殿長バイハンの長子にあたり、王族の血脈からいくと、少し遠いところにいる。フェイワンの従兄弟に当るユイリィからすれば、位がずっと下だった。しかしとても人懐っこいその性格は、誰からもかわいがられ、他のシーフォンの中でも割と年が近いという事もあり、なにかにつけてユイリィを慕ってついてまわっていた。ユイリィもそれを満更でもなく思っているから、結構メイファンをかわいがっている。

メイファンはまだ91歳で（人間でいうと18歳くらい）、ようやく成人したばかりだった。半年前にシーフォンの男性としての仕事を任せられるようになったばかりで、北の関所を見回る任務に就いていた。

「じゃあ、私の部屋に行きましょう」

ユイリィは、メイファンの肩を叩いて笑うと歩き出したので、メイファンは嬉しそうに子犬のように後をついていった。


部屋に入ると、メイファンは我が家のように、椅子に座ってくつろいだ。ユイリィは侍女を呼んで茶の用意をさせた。

「ユイリィ様は、リューセー様をご覧になりました？」

「ああ、拝見したよ。ご挨拶をして少しだけど話もさせて頂いた」

メイファンの向かいに座ると、穏やかに微笑みながら答えた。するとメイファンは、その大きな目をさらに大きく見開いて身を乗り出した。薄くそばかすが浮かぶ鼻をピクピクと動かして、ワクワク顔になっている。それは本当に子犬のようだと思って、ユイリィは微笑んでしまった。メイファンは、少女のようなかわいらしい顔をしている。まだまだ男らしさなどは、どこにも感じられない。彼のこの興味は、他のシーフォンの男達がリューセーに対して抱く物とは違うだろうと思った。子供が、めずらしい物に興味を示すそれにしか感じられない。

「どんな方でした？」

「とても美しい方だったよ」

ユイリィの返事に、メイファンはちょっと不満そうな顔になった。

「リューセー様がお綺麗な方だというのは誰もが知っている事です。そうじゃなくて……もっと他にあるでしょ？」

「伝説の通り、真っ黒な髪をしておいでで、肌がとても綺麗だった。それにとても優しい方で、気取ったところもなかった」

ユイリィが続けた言葉に、また目を輝かせる。メイファンは、想像を膨らませているようだった。

「まだ陛下のお手つきではないのですよね？」

「ああ、まだだね」

それを聞いて、メイファンは色めき立った。リューセーは、シーフォンの男達にとっては珠玉の宝石、どんな物よりも興味のある憧れの存在だ。若いシーフォン達にとっては、それこそ伝説の人で、未だその姿を見る事も出来ない。本来ならばこの世界に現れた時点で、王のものとなるべき存在だ。それがひと月以上にもなるというのに、未だに無傷のままで、誰のものにもならずに存在するのだ。皆が禁忌（きんき）としてあえて触れはしないが、内心では興味がないという方が嘘だろう。

人々の目の色が変わるのも無理のない話なのだ。

「ラウシャン様は気の毒ですが……気持ちは分かります。ああ、僕もリューセー様の香りを嗅いでみたいものです」

「物騒な事を言ってはいけないよ」

ユイリィが嗜(たしな)めるように言ったので、メイファンはペロリと舌を出して笑った。

「ラウシャン様のように乱心してもいいのかい？」

「リューセー様の香りを嗅いで乱心するのならば、それはそれで心地良さそうです。乱心するほどの快楽など、一生得られるものではないでしょ？」

そう言ってニヤリと笑ったメイファンの顔は、子供の顔ではなかったのでユイリィは驚いてドキリとした。

物静かで、生真面目で、穏やかな性格のユイリィには、そんな妄想も欲望も想像がつかない。ラウシャンの気持ちなど分かる事はないと思っていた。だがこの目の前の、子供だと思っていたメイファンが、リューセーの話になった途端にそんな表情になったのを見ると、ギクリとする。

「メイファン。忘れてはいけないよ？　我々にとってリューセー様の体は毒だ。現にラウシャン様は、リューセー様にキスをしただけで気を失ってしまわれた。起き上がれるようになるまでに、４日もかかったそうだ。私も見ていたけれど……ほんの軽いキスだったのだ。それなのに、たいそうお苦しみになっていた」

「ラウシャン様は今どこに？　なんらかのお仕置きがあったのですか？」

「10日間、北の塔に監禁された後、自宅に戻されたけれど、しばらくは謹慎するように言われているそうだ」

ユイリィの言葉を聞いて、メイファンは肩をすくめてから溜息をついた。

「やはりラウシャン様くらいの方だと、扱いが違うのですね。僕が同じ事をやったら、きっと極刑だ」

メイファンに悪気がないのは分かっている。相手がユイリィだからこそ安心してこんな事も言うのだ。ユイリィはそう分かっているので、あえてその言葉には何も言わなかった。

確かに、リューセーを攫ったのは重罪だ。それも殺そうとまでしたのだ。

もっともラウシャンに殺意があった事を知っていたのは、あの場にいたユイリィだけで、それを報告しなかったので、おそらくラウシャンは誘拐の罪だけを問われたのだろう。それでも普通であればただでは済まないところだろうが、ラウシャンはロンワンだ。フェイワンに次ぐ王位継承者であるから、おいそれと処罰は出来ない。ユイリィが、リューセー殺害計画についての報告をしなかったのは、ラウシャンは「殺す」とは言っていたが、殺意を感じられなかったからだ。乱心していたのだと思うが、何かが引っかかっていた。あの頑固なほどに真面目で沈着冷静なラウシャンが、なぜあのような行動を取ったのか、未だに信じられないでいるというのも本心だ。

「冗談でもそんな事を言ってはいけないよ？　ラウシャン様の事はともかく……リューセー様の香りで乱心したいなど……」

ユイリィは、メイファンの顔をじっとみつめてから、言い聞かせるようにゆっくりとした口調で告げた。メイファンはニッコリと笑ってみせただけで、肯定も否定もしなかった。それがまた引っかかって、ユイリィは眉間を寄せた。

「メイファン。まさかリューセー様に近づこうと考えているのではないよね？」

「別にラウシャン様のように、大事を考えているわけではないのですが、正直な気持ちを言えばお会いしたいです。だってリューセー様の魅惑の香りを嗅げるのは今だけ……フェイワン様の妃になってしまえば、もう香りを嗅ぐ事は出来ないのですから。ユイリィ様は本当に興味がないのですか？」

「私は……」

ユイリィは慌てて否定しようとしたが言葉を詰まらせてしまった。リューセーの見舞いに行ったのも、少しは興味があったからだ。噂に聞いた美しいリューセー。シーフォンの王に命を与える魅惑の存在。王以外のシーフォンにとって、『毒』だとしなければならないほどに魅力的なその存在がどんなものか……目の前でラウシャンが、その誘惑に負けてしまったほどの香りを放つリューセーに、興味を持ったのは確かだった。

「それに……毒もいずれは毒ではなくなるのですよね？」

メイファンが、ニヤリと笑って言ったので、ユイリィはギョッとした。本気なのだろうか？

確かに、リューセーは毒であるが、それに耐え続ければ、やがて体が免疫を作って、リューセーの魂精が平気になり『毒』ではなくなるのだと聞いた事がある。ただそれにはかなりの苦しみが伴うのを覚悟しなければならない。

「なんてね」

メイファンはそう言ってぺろりと舌を出して笑ったが、ユイリィは笑う事が出来なかった。

メイファンの気性の激しさは、彼の持つ竜が『火竜』であるというのも影響しているのだろうか？

シーフォンの持つ竜は、すべて背中に羽を持ち、空を飛べる竜であるが、大きく分けると、その種類は四つになる。

もっとも早く飛ぶ事の出来る『飛竜』は空中戦を得意としていた。

他の竜より一回りほど体が大きく、大きな手足を持つ『地竜』は、とても力が強かった。

『水竜』は、飛ぶだけでなく、水中に潜（もぐ）る能力を持っている。

そして『火竜』は、口から火を噴き、もっとも気性が荒く獰猛だ。

ちなみに、ユイリィの竜は『水竜』、ラウシャンの竜は『地竜』だ。

ユイリィは、気持ちを落ち着けるように、茶の入ったカップを持つと、ゆっくりと熱い茶を口に含んだ。それにならうように、メイファンも茶をすすりはじめた。メイファンは、コクリと一口飲み下してから、ふと口を離してどこへともなくぼんやりと視線を向けると、独り言のようにポツリと呟いた。

「でも危険だと分かっていても、それでも夢中になれるほどの恋が出来るのならば、してみたいものだな。もしもそんな相手が現れたならば……男なら、恋に命をかけてみるのも良いかもしれない……」

その言葉にユイリィはハッとした。驚いた顔でみつめていたら、その視線に気がついて、メイファンがこちらを向いた。笑みはなく、真面目な顔をしている。

「だってどうせ僕らはもう滅びゆく種族でしょう？　出生率も低下して、ただ子孫を残すためだけに、アルピンと婚姻する者まで現れて……どんどん純粋な血族がいなくなっている。ユイリィ様は位が高いから良いでしょう。許婚が決まっている。でも僕らみたいな下級のシーフォンは、一生独身でいるか、アルピンと結婚するくらいしかない。僕達の分までは、シーフォンの女性の数はいない。それだったら、野心を持ったっていいではないですか」

「メイファン、本気か!?」

二人の間に、一瞬緊迫した空気が流れた。しかしすぐに、メイファンがクスリと笑う。

「冗談ですよ。冗談……」

「メイファン。君にだけ言うけど……ラウシャン様は、王位を奪うという野心をお持ちなんだ。確たる証拠はないけれど、リューセー様を攫ったのもその野心からだと思う。だけどリューセー様の毒を受けて失敗してしまった……私は今でもラウシャン様が、あのような暴挙に出られたことが信じられない。でもあの時、一番近くにいた私には、ラウシャン様がただ乱心しているようには見えなかった。確かに野心を感じたんだ」

さすがのメイファンも驚いたように、その大きな目をさらに大きく見開いて、言葉もなくユイリィをみつめた。青い瞳を揺らしながら、しばらく呆然とした様子でいたが、やがて視線が定まると、キュッとその形の良い眉を寄せた。

「そんな話、僕なんかにして良いんですか?」

「君だからしたんだよ。君は賢い子だ。誰にも言わないだろうし……メイファン、あの堅物のラウシャン様でさえ野心に心を惑わされたんだ。だから君が同じように野心を持つのも仕方ないのかもしれない。私にはよく分からないけど、何かがおかしくなっているんだと思う。普通じゃない。今の話をよくよく考えて、冷静になって欲しいと思う」

ユイリィは、とても慎重に言葉を選びながらそう言った。その優しげな面立ちは、緊張で少しばかり強張(こわば)っていたが、冷静さを失ってはいなかった。

「ユイリィ様、お気持ちは嬉しく思います。でも、やはりリューセー様にお会いしたいという気持ちは変わりません。妃になられたリューセー様ではなく……今のうちに」

「メイファン」

フェイワンは、執務室で大量の書類に目を通していた。机の上には、読んでも読んでも、次々と諸国から届く書簡や、国中から届く報告書などが、積み重ねられていっていた。彼は、かれこれ2年近くも、公の場に姿を現していない。体が今のような状態になってしまい、謁見も憚られるようになったからだ。

リューセーがようやく現れて、多少なりとも魂精が貰えるようになって、ようやく動けるようになったので、今はこうやって、執務室での仕事に従事していた。

王としての職務は多忙だ。今はまだその多くを、大臣達に補ってもらってはいるが、自分で出来る事は可能な限りやっている。書類にサインをしながら、大きく溜息をついた。

「陛下、あまりご無理をなさらずに……お体の調子が良くないようでしたら、ほどほどになさいませんと」

「大丈夫だ。ちょっと一息つきたくなっただけで、まだ疲れてはいないよ」

心配する大臣に、フェイワンは笑顔を見せた。しかし大臣は、顔を曇らせたままだ。

「そろそろ、リューセー様にお越しいただいた方が良いのでは？」

ラウシャンによる誘拐事件の後、フェイワンは、皆に内緒でリューセーの下を訪ねていった。そこで気持ちのすべてを打ち明けた。あれはあれで良かったのだと満足している。リューセーがそれによって、どう思ったのかは分からないが、その後の王との面会を、体調不良との理由で拒んできた。

フェイワンの言葉で、リューセーが心を痛めたのかもしれないと思う。

リューセーからは、謝りの手紙が届いた。慣れない文字で、一生懸命に書かれたその手紙は、リューセーの誠意を表していた。嫌われているわけではないと思う。だがまだ彼自身が迷っているのは分かる。

「いや、オレは大丈夫だ。大丈夫だから、絶対にリューセーに無理強いするような事はしてはならないぞ?」

フェイワンは、大臣に念を押すように告げた。大臣は深く頭を下げる。

皆の心配は重々分かっている。少しばかり貰った魂精で、ようやく体が戻りつつあるが、これで安心だというわけではない。まだ体は完全ではないし、このままズルズルと……というわけにもいかない。何度も若退化を繰り返せば、肉体がもたないと医師からは言われている。リューセーがいる以上、早急に魂精を貰って、体を元に戻さなければ、このままではどちらにしても命を削る事になってしまうのだ。

リューセーを愛している。心から愛している。だがリューセーが現れる前はそうは思っていなかった。憎らしいとさえ思っていた。本来の来るべき時に彼が来ていたら、素直にそのまま愛せていただろう。けれどリューセーはなかなか現れず、時ばかりが過ぎていった。肉体は次第に若退化を始めて、体が縮み、やがて衰弱して歩く事も出来なくなり、確実に近づく死期を実感しはじめると、現れないリューセーを忌々(いまいま)しく思い、憎むようになっていた。

だからようやくリューセーが現れた時は、待ち焦がれていた恋人を思う悦(よろこ)びではなく、命の糧が現れたという悦びしかなかった。その時のフェイワンにとって、リューセーは『魂精をくれる獲物』でしかなくなっていたのだ。

しかし今は違う。リューセーを愛している。それは彼のリューセーとしての香りに捕われたからというわけではなかった。リューセーはずっと思い描いていた通りに、姿も心も美しい人だった。彼を想うと愛しさに胸が熱くなる。リューセーを想えば心が休まる。人を愛する喜びを感じる。

自分のあるべき意味を理解出来ずに、困惑し心細げにしているリューセーを見ると、かわいそうになってしまう。今は……リューセーがどうしても嫌だと言うのならば、このまま何もせずにいてもかまわないとさえ思いはじめていた。

それがたとえ命を削る事になったとしても……。

フェイワンは立ち上がると、ゆっくりと部屋を横切って、窓辺へと向かった。ガラスに映る自分の姿をしばらくみつめる。

若い姿。まだ成人もままならないような若造がそこにいる。フェイワンは笑みを浮かべた。もうこんな姿の自分を情けないとは思わない。これが自分の運命としてあるべき姿ならば仕方がない。視線をガラスに映る自分の向こうへと向けた。空を飛び交う竜の姿が見える。昔は、この国の空だけではなく、世界の空を埋め尽くすほどに繁栄していたシーフォンの竜達。今はまばらに空を舞う姿しか見られなくなった。フェイワンの黄金の竜王も、その翼を広げる事がなくなって久しい。

竜王が力を失って、他の竜達にも影響を与えてしまっている。このままでは竜達は昔の残虐な生き物へと戻っていき、やがては共食いを始めて絶滅してしまうだろう。あの堅物のラウシャンが野望を持ったのも、確かにそういう影響を受けてしまったからではないかと思う。そのうちラウシャンだけではなく、他のシーフォン達もおかしくなっていくかもしれない。

一刻も早く竜王の力を取り戻さなければと思う一方で、愛するリューセーに無理強いしたくないと思う。二つの想いに大きく心が揺れる。

フェイワンはゆっくりと窓を開けた。涼しい風が吹き込んでくる。フェイワンの真っ赤で豊かな髪が風になびいた。

もうこの空には、竜は必要なくなったという事だろうか？　そう思い空を見上げた。高く青い空が頭上に広がっていた。目を閉じて、ゆっくりと大きく深呼吸をする。

「リューセー」

愛しい気持ちを込めて、その名前を呟いた。

するとどこからか、遠吠えのような獣の鳴き声が聞こえてきた。あれは竜王ジンヨンの鳴き声だ。とても悲しい響きのする鳴き声だった。しばらくしてそれに呼応するようにあちこちから鳴き声が重なり合う。エルマーン王国の空に、竜達の鳴き声が木魂(こだま)した。


「シュレイ、あれは何？　なんか……動物の鳴き声のようにも聞こえるけど……高い声や低い声や……すごい、すごくいっぱい聞こえる」

龍聖は、本を読んでいたが思わず立ち上がって耳を澄ました。

「あれは竜の鳴き声です。めずらしいですね」

シュレイも驚いている様子だった。

「何かあったのかな？」

「さあ、でも以前聞いた竜の鳴き声とは少し違いますね」

シュレイの言葉を聞きながら、龍聖は離れた窓の方をみつめて胸に手を当てた。

「なんだろう……すごく悲しい声に聞こえる。なんだか胸が痛くなるよ」

龍聖は、ギュッと服の胸元を摑んでポツリと呟いた。

❦

今日の龍聖は、少し様子がおかしいと、朝からシュレイは思っていた。ぼんやりと考え事をしているかと思えば、そわそわと何度も窓の外を眺めたりする。言葉の勉強の時間もどこか上の空だ。

午前中の勉強会を終えると、昼食を二人で一緒に摂り、その後はしばらくの間部屋を空ける。毎日毎日、一日中を共にするのは、龍聖も窮屈だろうと思い一人の時間を作ってあげるようにしていた。シュレイも、その間に他の仕事をしたりする。

今日も昼食が終わって、龍聖を一人にする事にしたが、そのいつもと違う様子が気にかかった。聞くべきか、放っておくべきか、しばらく考えながらテーブルの上を片付けた。

すると今度は、シュレイの方を龍聖がチラチラと見ている。何か言いたげなように見えたので、シュレイは心の中で微笑んだ。

「では、私はしばらく退室しますが、何かありますか？」

「あ、うん」

龍聖はすぐには答えなかった。何か言いよどんでいるようだ。シュレイは、穏やかに微笑んだまま龍聖の反応を待った。

「あの、あのさ、オレはフェイワンの所にはいかなくていいの？」

「え？」

「ほら、魂精を与えに行かなくていいのかな？　この前、オレの具合が悪くなって、行かなかった時から、もう7日、いや8日は経っていると思うんだけど、そろそろ行かなくてもいいの？」

龍聖の言葉を最後まで落ち着いた様子で聞いたシュレイは、その穏やかな様子のままで、しばらく龍聖の顔をみつめていた。

「どうかした？」

龍聖は不思議そうに首を傾げた。

「いえ、フェイワン様の所へ行きたいですか？」

「え？」

逆に聞き返されて龍聖は困ったような顔になった。それがどういう事なのか理解出来ずに、答えに困っているようだ。

「行きたいっていうか……え？　行かないとマズくない？」

龍聖は恐る恐るといった様子で聞き返したので、シュレイは小さく微笑む。それは少しばかり溜息が混ざっていたかもしれない。

「陛下はまだ良いと申されていました」

「え？　どういう事？」

「さあ、お体の具合も良いので、そんなに頻繁に魂精を与えに来なくても良いという事ではないでしょうか？　私も詳しくは存じません」

落ち着いた様子でそう答えたシュレイの言葉に、龍聖はさらに戸惑った。

お体の具合が良いとは言っても、それが本当かどうかは龍聖だって疑わしいと思っている。何しろまだ体は元通りになっているわけではないのだ。18歳くらいに若返ったままで、それが具合良いとはとても思えない。つい先日まで、あんなに魂精を欲しがっていたというのに変だ。

やはりフェイワンが、龍聖の元を訪ねてきた時に言った言葉が関係あるのだろうか？　どうすればいいのだろう？　龍聖は俯いて床の絨毯をみつめる。

龍聖の方から行くと言えば良いのだろうか？　でもまだ心の整理がついていない。フェイワンが望むような気持ちで、魂精を与える事は出来ない気がした。

そんな風に考え込んでしまった龍聖を、シュレイは静かにみつめながら溜息を飲み込んだ。

「もう、よろしいですか？」

「あ、あの、竜王に会いに行ってはいけないかな？」

「え？」

突然龍聖がそんな事を言い出したのでシュレイは驚いた。思ってもみない言葉だ。

「ダメというわけではありませんが、今からですか？」

「うん」

「護衛の兵士を準備もしていないので、すぐには……」

「大丈夫だよ、竜王のいる塔までは近いし、ちょっとだけだから」

シュレイは腕組みをして考えはじめた。それを龍聖が心配そうにみつめている。

「そうですね。突然の事ですし……誰もリューセー様が部屋の外に出るとは思っていないでしょう。

少しの時間でしたら、大丈夫です」

シュレイは独り言のように呟いた。それを聞いて、龍聖は安堵した顔になった。

「よかった」

龍聖も呟いて笑みを漏らす。

そんな龍聖の顔を見て、シュレイは少しばかり顔を曇らせた。ほんの少し部屋を出るという自由が、今の龍聖にはまったくない。城の中、竜王のいる塔までのほんの僅かな外出でさえ一人ではままならない。これだけの事で、龍聖が嬉しそうな顔をしてしまうのは、とても不憫に思えた。

王と結ばれれば、すぐにでも自由になるその身。だが、果たしてそれが龍聖にとっての幸せなのか、それともこのまま貞操を守る事が良いことなのか、シュレイには判断出来なくなっていた。

王の気持ちも分からない。

龍聖が自ら訪れる気持ちになるまでは、魂精の事を強要してはならないと命令された。王が龍聖を大切に思っている事は分かる。龍聖の気持ちを優先している事も分かる。だが、このままというわけにはいかない事は、王自身が一番知っているはずだ。もしもこのまま龍聖が、拒み続けてしまったらどうなるのだろうか？　王は死をも覚悟しているという事だろうか？

もしも自分だったらと、ふと考えたりもした。愛する龍聖のために、この命を差し出す覚悟はとっくに出来ている。

でも、フェイワンはシュレイとは立場が違う。一国の王であるフェイワンには、一人の男としての勝手は許されない。愛する者のために命を投げ出すなど、許されない事のはずなのだ。たとえ身内を犠牲にしても、国を、国民を守る事が、王の務めであるはずだ。なにより、賢王として優れたフェイワンなればこそ、それは分かっているはずだ。

先日龍聖を攫おうとしたラウシャンのような者がいるのが分かった以上、今、もしも王が世継ぎを残さずに没すれば、国内に混乱が生じる事は誰の目にも明らかだ。ラウシャン以外にも、立身をもくろんでいる者がいないとも限らない。

それにこんなに聡明で謙虚な性格の龍聖が、リューセーになることをこれほどまでに拒絶してしまうという現代の大和の国は、以前とは変わり果てた世界のように思う。次の後継者が王の指輪を無事に引き継ぎ、もしも再び大和の国へと赴く（おもむ）ことが出来たとしても、守屋家に次ぐ新しい一族と、リューセーの契約を結ぶ事は、かなり困難なような気がしていた。

シュレイがそう思うのだから、フェイワンにはとっくに分かっている事だろう。それはシーフォンが絶滅するという事で、すなわちこのエルマーン王国が滅亡するという大事だ。

龍聖を愛しているのならば、なんとか説得するべきかもしれない。王と結ばれる方が、きっと幸せになれるはずなのだから……。

「シュレイ？　どうかした？」

ぼんやりと考え込むシュレイの様子に、龍聖が恐る恐る声をかけた。

「やっぱり、本当は難しい？」

「え？　あ、いえ、大丈夫です。参りましょう」

シュレイは慌てて返事をすると、龍聖を促して扉へと向かった。シュレイが先に立ち扉を開けると、廊下で見張りに立っていた2人の兵士のうちの一人に、一緒に来るように命じて、龍聖を連れて廊下を歩き出した。先頭をシュレイが歩き、その後ろに龍聖、最後を兵士が守った。

龍聖の部屋から、塔へと続く階段まではそれほどの距離はない。階段は螺旋状に上へと伸びていて、王の自室のあるこの階からしか、その階段へと入る入口はなかった。入口の前にも１人兵士が立っている。

「リューセー様が、竜王に会いに行かれます」

シュレイがその兵士に告げると、兵士は龍聖に向かって深く頭を下げて道を空けた。

「誰も他の者は通さぬように」

シュレイは見張りの兵士にそう告げてから階段へと向かう。

長く続く狭い階段を、ひたすら上へと昇った。グルグル回って、今どれくらい昇ったのか、感覚が分からなくなった時、ようやく頂上に辿り着いた。突然広がる広いその空間に、フウと息を吐く。

高い天井の近くに、明かりと空気を入れるためと思われる小さな窓がいくつか見える。そこから入る外の光で、部屋はうっすらと明るい。

部屋の中央に、金色の巨大な竜が、体を丸めて眠っていた。龍聖がチラリとシュレイの顔を見ると、シュレイは微笑んで頷いた。ゆっくりと龍聖が一人で歩み出て、竜王の元へと近づくと、大きなその顔の前で立ち止まった。

「ジンヨン、ジンヨン、寝ているの？」

恐る恐る龍聖が声をかけると、竜はその大きな目をゆっくりと開けて、ガラス玉のような金色の目を動かした。それを見て、龍聖は微笑む。背伸びして手を伸ばし、両目の間をナデナデと撫でると、竜王は目を閉じて大人しくされるままになっていた。

「この前なんだか悲しい声で鳴いていたから、ずっと心配していたんだよ？　体の具合がよくないのかと思って……元気がない？　大丈夫？」

優しく話しかける龍聖の言葉が分かるのか、返事をするかのように、グルルルっと小さく竜王が喉を鳴らした。龍聖は不思議とこの生き物が怖くなかった。こんなに大きな姿をしていても、犬猫のような愛しさを覚える。龍聖は動物が大好きだ。

竜王は再び目を開くと、地に伏せていたその大きな頭を、ゆっくりと動かして持ち上げた。龍聖は少し離れて、その動きに巻き込まれないようにした。

竜王はゆっくりと頭を上まで上げ、体を起こした。それから両方の翼もゆっくりと広げて、その部屋いっぱいになるほど、大きな体を広げてみせた。そのまま翼を閉じると、地に伏して、ゆっくりと頭を下ろす。

竜王はその鼻先を龍聖へと近づけると、匂いを嗅いでいるのか、鼻の穴からフンフンと時折風が起こり、龍聖の体に吹きかけた。

「ジンヨンもオレの香りを感じるの？」

龍聖がそう問いかけながら、その鼻先をペチペチと軽く叩いていると、大きな口が少しばかり開いて、大きな舌が現れ、龍聖の体をそっと触れるように舐めた。

「アハハハハ、ジンヨン、君に舐められたら、オレはビショ濡れになっちゃうよ」

大きな舌で舐められると、その力で押されて龍聖の体はよろめきそうになる。龍聖が笑ってそう言うと、竜王は舐めるのを止めて顔をまた地に伏した。

「大丈夫だって言いたいの？　うん、それならいいんだけど……フェイワンに、オレ、悪い事をしているからさ、だから君も元気ないのかと思ったんだ。でも君の顔を見たらちょっとホッとしたよ。元気なら良かった」

再び、竜王の顔を撫でながら龍聖がそう言うと、答えるようにまた小さく喉を鳴らした。それに対して龍聖は笑みを漏らした。

「じゃあ、また来るからね」

龍聖は、竜王の顔にチュッとキスをしてその場を離れた。

「ごめん、戻ろう」

龍聖はシュレイの所まで戻ってくると、ニッコリと笑って言った。シュレイは微笑んで頷いた。

「もう良いのですか？」

「うん、ちょっとジンヨンの様子が心配だったんだ。大丈夫みたいだから安心した」

階段を降りながら、龍聖がそう言うと、シュレイは黙って頷いた。

塔から降りて廊下へと出ると、そのまままっすぐ部屋へと向かう。

「リューセー様！」

突然声をかけられて、龍聖もシュレイ達も驚いて振り返った。廊下の反対側から、金色の豊かな巻毛の男が歩いてくる。ラウシャンだ。シュレイと兵士が身構えるように、龍聖の前に立った。部屋の前に立っていた見張りの兵も駆けつけた。

「リューセー様、早くお部屋へ」

シュレイが声を上げると、慌ててそれを制するようにラウシャンも大きな声を上げた。

「お待ちください！　リューセー様！　今日は謝罪に参ったのです。何もいたしませんから！」

ラウシャンの言葉に、龍聖は思わず足を止めたが、シュレイは龍聖に部屋へ戻るように促した。

「シュレイ、そう警戒するな。大丈夫だ。これ以上は近づかん。ここからで良いからリューセー様に一言謝らせてくれ」

ラウシャンが足を止めて言ったので、龍聖は困って、シュレイとラウシャンを交互に見た。シュレイは、まだ身構えたままだ。

「リューセー様、先日は申し訳ない事をした。私はどうかしていたのだ。心から反省している。もう二度とあのような事はしないから、どうか許して欲しい」

「え、あ……」

「ラウシャン様、今は自宅にて謹慎中の身のはず。どうぞこのままお引き取りください」

シュレイはそう言いながら、ラウシャンの方へと歩み寄った。ラウシャンは露骨に不機嫌な顔になってシュレイを睨みつけた。

「もう外出は許された。そう邪険にする事もあるまい」

「貴方様の行いが、すべて無罪放免になったわけではありません。当分の間、リューセー様に近づく事は許さぬと、王より命じられているはずです。騒ぎになる前に、どうか速(すみ)やかにお引き取りください」

「こうして離れた所から、謝罪する事も叶わないのか!?」

「ラウシャン様。それならば王の許しを貰ってからにして頂きたい。とにかく今日のところは……」

ラウシャンとシュレイは、声を潜めての言い合いになっていた。それを遠巻きにハラハラしながら、龍聖は事の成り行きを見守っていたが、ふいに不快な強い香りがして眉間を寄せた。これはラウシャンの香りだろうか？　しかし以前嗅いだ時の物とは違う香りだ。頭痛がするほどの甘い香り。ふいに人の気配が側でして、びくりとした時には遅かった。いつの間に背後に近づいていたのか、突然後ろから腕を摑まれて抱きつかれた。

「リューセー様」

「わっ！」

思わず龍聖は声を上げてしまった。それに驚いて、兵士達とシュレイ達もこちらを見た。

「リューセー様！」

シュレイが龍聖の名を呼んだ。視界に入ったのは、眩いほどのオレンジ。

「うわあああ!!」

次の瞬間悲鳴が上がった。その後に続いて、ドサッという大きな音。

「イテテテテテ……」

「リューセー様！」

悲鳴の主も、大きな物が落ちる音も、龍聖の物ではなかった。龍聖は、後ろから抱きしめられて、驚きのあまり相手を投げ飛ばしていた。フワリと容易に宙に舞った相手の髪が、眩いほどのオレンジだったのだけが、その瞬間に感じた事だ。龍聖が我に返った時には、相手は廊下に倒れていて、シュレイが駆け寄ってくるところだった。

「大丈夫ですか!?」

シュレイが心配して声をかけたのは、もちろん龍聖の方。龍聖は慌てて、床で腰を擦りながら悲鳴を上げる人物に声をかけた。

「ご、ごめんなさい……大丈夫？」

「い、いきなり……ひどいや……イテテテテ…」

「リューセー様？」

「あ、シュレイ。大丈夫だよ、いきなり後ろから抱きつかれて、驚いて投げ飛ばしちゃった。オレ、合気道やってたから」

「アイキドー？」

シュレイは、今一体何が起こったのか分からずに、龍聖と床で唸っている人物とを交互に眺めた。

「メイファン様。これは何事ですか」

シュレイは、眉根を寄せながらメイファンの腕を摑んで引き起こした。

「リューセー様、どうぞお部屋へお戻りください。すぐにです」

「は、はい」

さすがに良い状況ではないと思い、龍聖は足早に部屋へと戻る。

「ちょっと、リューセー様にお会いしたかっただけです。たまたま通りかかったら、偶然にもいらしたから……こんなチャンスはないと思って、声をかけるだけのつもりだったんですが、でも側に寄ったらとても良い香りがして、なんだかフラフラと……」

「小僧の分際で、立場をわきまえろメイファン」

ラウシャンが、不愉快そうに眉間にシワを寄せて言ったので、メイファンは口を尖らせた。

「ご自分だって、人の事は言えないでしょう？　それに貴方様とは違って、私は別に他意があっての事ではありませんから」

「なに!?」

「お二人とも、お控えください。ここで騒ぎをこれ以上起こされるようであれば、陛下の側近兵をお呼びしますよ」

シュレイの厳しい口調に、さすがの二人も口を閉ざす。ラウシャンが忌々しげにメイファンを睨んでチッと舌打ちをすると、メイファンはラウシャンを睨み返してから、プイッとそっぽを向いた。

「まったく、とんだ邪魔が入った。シュレイ、分かった。陛下に言えば良いのだろう？」

ラウシャンは不機嫌そうな顔でシュレイに言うと、クルリと向きを変えて去っていった。シュレイはそれを見送ってから溜息を吐く。

「シュレイ、あの、あのさ、今の事……どうか陛下には言わないでよ。悪かったと思ってる。もう絶対しないからさ」

「メイファン様」

「リューセー様にご挨拶をしたかっただけなんだ。本当にただそれだけなんだ。あんな抱きつこうなんて本当に思ってなかったんだ。自分でも気がつかないうちに、香りに誘われただけなんだ。ねえ、シュレイ、リューセー様に僕が謝っていたって言ってよ。それで、改めてご挨拶をさせてよ、ね？」

メイファンがあまりにも必死に言うので、シュレイは困ったように目を閉じて考え込んだ。

「今の事は陛下には伝えます。私が黙っていても、ラウシャン様がきっと言うでしょう。ですが私の方から上手く擁護しておきますのでご安心ください。リューセー様との面会の件は、陛下に伺っておきます」

「ありがとう、シュレイ！」

メイファンは、両手を顔の前で合わせて、拝むようにして何度も頭を下げた。

「それでは、失礼します」

シュレイは、メイファンに一礼してから、龍聖の部屋へと戻った。部屋の前には兵士が立ち見張りにつく。それをメイファンは見送ってから、その場を離れるように歩き出した。その口元はニヤリと不敵な笑みを作っていた。


「シュレイ、大丈夫？」

戻ってきたシュレイに、龍聖が慌てて駆け寄った。

「はい、お二人とも大人しく戻られました」

「オレが投げ飛ばしてしまった人は？　誰？」

「メイファン様とおっしゃいます。神殿長のご子息です」

「メイファン……随分かわいい人だったね」

「まだお若いのです。先日ようやく成人されたばかりです」

「投げたりして悪い事しちゃったな。突然でびっくりしたから」

「謝っていらっしゃいましたよ」

二人は顔を見合わせてクスクスと笑った。

「アイキドーとかおっしゃいましたね。驚きました」

「ああ、武道の一種だよ。子供の頃に習っていて……途中で辞めたけど、結構な腕なんだよ？　シュレイだって投げられる。やってみようか？」

「遠慮しておきます」

シュレイは笑って答えた。龍聖を部屋の奥へと行くように促して、ソファに座らせる。

「メイファン様は、一度リューセー様にご挨拶をしたかったのだそうです。他意はないので、許して欲しいとおっしゃってました。まあ、あの方の場合は、ラウシャン様とは違い、本当にただ好奇心でいらしたのだと思いますよ。とても人懐っこくて、皆様からかわいがられていらっしゃる方ですから……無邪気な方です」

シュレイの言葉に、龍聖は何度も頷いて微笑んだ。

「今度ゆっくりお話ししたいな」

シュレイも微笑んで頷くと、お茶の用意をした。龍聖は、ふうと一息ついて窓の外を眺めた。

「だけど、こんなに騒ぎになっちゃって……やっぱりもうオレは外に出ない方がいいのかな？」

ポツリと龍聖が呟いた。

「そんな事はありませんよ。今日はたまたま運が悪かっただけです。お気になさらないでください」

お茶の入ったカップを、龍聖に差し出しながら、シュレイが優しく告げたが、龍聖にはそれがただの慰めである事は分かっていた。

「でも急に竜王に会いたいなどと言われたので、正直私も驚きました」

「ああ、うん、この間からずっと気になってたんだ。シュレイも初めて聞いたって言っていたでしょ？　あんなに悲しそうな鳴き声……だから、会ったら大丈夫そうで安心したよ」

シュレイは微笑んで頷いた。

「きっと陛下も大変お喜びになられていると思います」

「フェイワンが？」

「はい、シーフォンは、皆、竜と一体ですから、ジンヨンが感じた事は、すべて陛下も感じていらっしゃいます。あのように優しく接していただけて、ジンヨンも喜んでいましたから、それは陛下も感じていらっしゃるはずですよ」

それを聞いて、龍聖は途端に恥ずかしくなってしまった。ちょっと顔を赤らめて、驚いたようにポカンとした顔になる。

「そっか」

ポツリとそれだけ呟いてから、恥ずかしそうに俯いた。

「どうかなさいましたか？」

「ううん」

うっかりしていたと龍聖は思った。そうだった。知っていたはずなのに、まだなんだかピンとこなくて、すっかり忘れていた。ジンヨンが、龍聖の訪問をどう思ったのかは分からないが、それがそのままフェイワンに伝わっているのかと思うと、なんだかとても恥ずかしい。

そんな様子の龍聖をみつめながら、少しずつだが良い方向に向かっているのだろうか？　とシュレイは少し安心していた。龍聖が自然とフェイワンを好きになって、抵抗なく受け入れるならばそれが一番良い。龍聖が不幸になるのが嫌だから、無理強いはしたくないし、シュレイ自身の私的な感情もあるが、リューセーとしていい方向に向かうのならば、それが本来のあるべき姿なのだと思う。

「あ、これはラウシャン様」

廊下で、ユイリィはバッタリとラウシャンに会ったので驚いた。深く一礼すると、ラウシャンも頭を下げる。

「久しぶりだなユイリィ」

「はい。ラウシャン様もお変わりなく」

「その節は、お前にも迷惑をかけたな」

「いえ、私は……」

ユイリィは薄く笑って俯いた。すべての事情を知っているユイリィには、ラウシャンとこうして顔を合わせるのがなんとも気まずい。だが真面目な顔で頭を下げるのを見て、いつものラウシャンに戻ったようだと思った。

「実は今、リューセー様の所へ行ってきたのだ」

「え!?」

ユイリィは、とても驚いて顔を上げた。ラウシャンはいたって真面目な顔をしている。その表情は悪びれた様子がなかったので、真意を汲み取れずにユイリィは首を少し傾げた。

それも仕方ない。ラウシャンが野心を持っている事は、あの現場に立ち会ったユイリィが一番知っている。そのラウシャンが、あんな事をした後にもかかわらず、リューセーに会いに行くなど、普通では考えられないからだ。

「謝りたいと思ったのだが……シュレイに叱られて追い返されてしまった」

ラウシャンはそう言って苦笑した。その顔は、少し痩せたようだとユイリィは思った。

「そうですか。私も以前、リューセー様に挨拶に伺って、シュレイに叱られましたから……リューセー様については、シュレイを怒らせてはダメですよね」

ユイリィが苦笑しながらそう答えたので、ラウシャンも頷いた。

「オレは本当に反省しているんだ。リューセー様をあんな危険な目に遭わせるなど、どうかしていたとしか思えない。だからただ、リューセー様に謝りたかっただけなのだ」

ラウシャンが真面目な顔でまた言った。ユイリィもなぜラウシャンがあんな事をしたのかと、ずっと引っかかっていたから、こうして以前のままの生真面目なラウシャンを見ると、元に戻ったのだなと安堵した。

むしろあんな横暴な態度や乱暴な言葉を放った時の方が、ラウシャンらしくなく、おかしかったのだ。

「それなのに、あそこで邪魔さえ入らなければ……」

「邪魔？」

「メイファンが邪魔に入ったのだ。リューセー様に抱きついた」

「ええ!?」

ユイリィは、また驚いて声を上げてしまった。まさかメイファンが本当に行動に出るとは思わなかった。

「そ、それでメイファンは？」

「リューセー様に投げ飛ばされていた」

「ええ!?」

またまた驚いた。投げ飛ばす？　あのリューセー様が？

「まったく、どういうつもりなんだか……」

ラウシャンは、まだ悔しいのか、舌打ちをしながら呟いた。それを横目に、ユイリィは冷や汗の出る思いだった。やはり彼は本気だったのだ。

「メイファンは、リューセー様に一目お会いしたいとは言っていたのですが……そうですか」

ユイリィは大きく溜息を吐いた。

「おまえは、特にメイファンをかわいがっていただろう。今度良く言い聞かせておくのだな……まあ、オレが言うのもおかしいかもしれんが……」

ラウシャンが苦笑して言ったので、ユイリィは真顔になってじっとみつめた。

「こんな事を伺うのは失礼だと思うのですが……ラウシャン様はもう、その、あの時のような野心はお持ちではないのですか？」

「まったくないと言えば嘘になる。ただオレは王位自体に興味があったわけではない。……今は少しばかり気持ちが変わったんだ」

「変わった？」

「リューセー様を殺そうという気はまったくなくなった」

「そうですか」

「そもそもなぜ殺そうなどと思いつめてしまったのか、実は自分でも分からんのだ。ただ先王があのような形で崩御（ほうぎょ）され、フェイワン王も衰弱し、おかげで国が乱れたから、このままではダメだと考えていた。このままでは本当に我々は絶滅してしまうと……それが王位を奪うなどという野心に繋がったのかもしれんが、だからといってリューセー様を殺そうなど……まあ毒のおかげで、オレの中の黒いモヤモヤとしたものはなくなってしまったが、代わりにリューセー様にすっかり惚れてしまった」

「え!?」

「謹慎している間中、ずっとリューセー様の事を考えていた。香りに捕らわれたのではない。あの方の魅力に心を奪われてしまったのだ」

「ラウシャン様」

　ユイリィは言葉を失った。思いがけない告白だった。それはどちらにしても許されない事ではある。だがラウシャンが、こんなに殊勝な様子で、真顔でそう言うのであれば、野心とは関係ない部分での気持ちなのだろうと思った。

「あれだけの騒ぎを起こし、リューセー様を危険な目に遭わせたというのに、処罰はそれほど厳しいものではなかった。まあ……北の塔への幽閉は、短い期間ではあっても、我々ロンワンにとっては、大変不名誉な事であり、これ以上にない辱めだ。しかしそれだけの事をしたのだから仕方ない。この程度の処罰で済んだのは、すべてリューセー様のおかげだと思ったのだ。あんな怖い思いをしたのに……恐らくリューセー様は、自分が殺されそうになった事を、陛下にも誰にも……シュレイにさえも言わなかったのだろう。オレのあの暴言の数々も、報告しなかったのだ。その事に気づいて、なんと心が広くお優しい方なのだと感動したのだ。だからずっとその事ばかりを考えていた」

　ラウシャンは表情を崩さず、真顔のままで淡々とそう述べた。だがその声色には、リューセーを敬うようなものが感じられた。

「なに、心配するな、別にだからどうしようというつもりはない。また攫おうなどと物騒な事は考えていないし、リューセー様と親しくなりたいとも思っていない。だが好きになるのは自由だろう。我々シーフォンは竜王を崇拝するが、オレはリューセー様を崇拝する事に決めただけだ。それならば問題ないだろう」

「は、はい」

あまりにも真剣にラウシャンが言うので、ユイリィは思わず頷いていた。

「しかし、不思議だな。我々シーフォンは、リューセー様の魅力の虜(とりこ)になる運命なのかもしれない。自分でもこんな気持ちになるとは思わなかった。あの方は、実に不思議な存在だ。お前もきっと好きになる」

「好きですよ。私だってもちろん」

「いや、だからそういう事ではなく……お前もきっと本気で好きになる」

ラウシャンの言葉に、ユイリィは答えられずに、ただじっとみつめ返した。

第6章　友の帰還

その日、西の空から4頭の竜が飛来した。それと共に、たくさんの兵士団が西の関より国内へと入ってきた。城内が一際賑(にぎ)やかになる。

「フェイワン！　まだ生きているか！」

「タンレン！　戻ったか」

フェイワンの執務室に、大きな声を上げて入ってきた男の姿を見て、フェイワンは嬉しそうに笑って立ち上がった。

「おお、少し成長したか？」

タンレンと呼ばれた男はそう言って笑いながら、フェイワンの肩を叩くと、安心したように何度も一人で頷(うなず)いていた。短く刈られた深い緑色の髪、背はフェイワンよりも頭ひとつ大きかった。甲冑(かっちゅう)に身を包んだ立派な体格の男だ。凛々(りり)しく男らしい眉と、彫りの深い面長な顔立ちからは、その意思の強さが伺(うかが)える。

タンレンは、フェイワンよりひとつ年下の従兄弟で、もっとも仲の良い友でもある。フェイワンが一番心を許している相手だ。

王命で、他国へ半年ほど遠征をしていて留守だった。

「リューセー様が現れたという知らせを聞いて、安堵(あんど)していたところだ。だがその様子からすると、まだあまり上手(うま)くいっていないのか？」

タンレンがフェイワンを気遣うようにして言ったので、フェイワンは微笑んで、タンレンの肩を叩き返した。

「いや、上手くいっているよ。それより話を聞かせてくれ、色々と収穫があるだろう」

「ああ」

二人は連れ立って、フェイワンの私室へと向った。居間に入ると、向かい合ってソファに座る。フェイワンはとても嬉しそうだった。

「いや、まあとにかくそうやって、元気に歩けるようなら、大丈夫なんだな。安心したよ」

「だから大丈夫だって言ったろ?」

タンレンは頷きながら、辺りをキョロキョロと見まわした。

「リューセー様は? 会わせてはもらえないのか?」

「ああ、すまんな、それがまだ会わせられないんだ」

「それは……まさかまだ?」

タンレンは、少しばかり表情を曇らせた、フェイワンは、穏やかな顔で微笑んでみせた。

「まあ、そう慌てる事ではないと思っているよ」

フェイワンの言葉に、タンレンは何も答えなかった。少し考えてから、「そうか」と小さく呟くように言った。

ずっとフェイワンの、一番近い所にいた。誰よりも彼の事を分かっているつもりだ。体の若退化が進み、もうダメだと絶望していた時も側(そば)にいた。彼が荒れていた時も側にいた。その彼が、こんなに穏やかな顔をしている。くわしい事はまだ分からないが、リューセーとの事は、それで上手くいっているのだろうと信じる事にした。

「周辺諸国の動向はどうだ？」

「ああ……あまり良いとは言えないな」

「そうか」

エルマーン王国の国内情勢があまり良くないらしいとの噂は、少しずつ他国へと広がっていた。他国が脅威に思っているのは、シーフォン達の竜だ。その竜が力を失えば、いつでも攻め込みたいと思っている国々はたくさんあるはずだ。それらの様子を調べるために、タンレンが部隊を引き連れて、牽制の意味を込めての諸国遠征だった。

「お前が早く元通りになって、表立って執政を行えるようになれば……また国も変わると思うのだがな」

「タンレン……オレにもしもの事があったら、お前に後の事を頼みたい。王の指輪はお前に渡すつもりだ」

「バカな事を言うな。リューセー様が来た以上は、もう何もないだろう。それにオレは継承権は3番目だ。ラウシャン様とユイリィがいる」

「ラウシャンは……先日問題を起こしたからな。今は安心して王位を譲れないんだ。彼は王の器ではあるが、アルピンを嫌っているのは事実だ。彼には国を任せられない。ユイリィは、気が弱すぎる。人格としては問題ない、アルピンを慈しむ事も出来る……だが王の器ではない。タンレン……お前ならば安心して任せられる」

「そういうバカげた話は聞く気にもならないな。そんな気弱な言葉、お前らしくない。とてもお前の言葉とは思えない。オレはフェイワン王には一生仕えるつもりだが、それ以外の事など考えた事はない。フェイワン、一体どうしたんだ？　リューセー様とは上手くいっているのだろう？　お前の顔を見れば分かる。満ち足りた顔をしている。リューセー様は、お前にとって良き存在なのだろう？」

「ああ」

　フェイワンは微笑んで頷いた。

「とても優しい心を持っているすばらしい人だ。昨日ジンヨンの所に遊びに行ったりしてくれた。本当に優しい人だ」

　龍聖（りゅうせい）の事を語るフェイワンの顔は、それはとても穏やかで幸せそうに見えた。タンレンはその顔を驚きを覚えながらもみつめていた。

「タンレン、オレがお前に頼みたいのは、国の事ばかりではないんだ。リューセーの事を頼みたい」

「え？」

「もしも、オレが死んだら残されたリューセーがどうなるか……それが心配なのだ。お前が王の指輪を継げば、新しくお前の伴侶を迎える事になるだろう。だが……どうかオレのリューセーの事を大切にして欲しいんだ。今までこんな事はなかったから、お役ご免になったリューセーが、どのような扱いを受けてしまうのか、それが気がかりでならない」

　タンレンは、フェイワンの言っている事が理解出来なかった。一体、彼は何を覚悟しているというのか？　それもこんなに相手を愛しているというのに、なぜそんな発想になるのか……どうしても理解出来なかった。

「約束してくれないか？」

　フェイワンの言葉に、タンレンは唇をぎゅっと強く結び、両手の拳（こぶし）を強く握った。どうしても頷く事が出来ない。フェイワンの願いならば、何でも叶えてやりたいという気持ちもある。リューセーを守る事くらい、いつだって今すぐだってやってやるつもりだ。だが、どうしてもここで頷く事が出来なかった。

「出来ない」

タンレンは、キッパリとした口調で答えた。それを聞いても、フェイワンは驚きも怒りもしなかった。

「オレは竜王にはならないし、そんな約束は出来ない。すまない」

「そうか」

フェイワンは一言だけそう言って、そのまま黙ってしまった。

フェイワンにもタンレンの気持ちは分かっていた。リューセーを守れないと言っているわけではない。タンレンは、フェイワンが死んで、王位を譲るつもりでいる事を受け入れられないのだ。だからそれ以上はもう何も言わなかった。

❖

メイファンは王の許可を得て、龍聖に会う事が出来た。もちろん一定の距離を越えて近づいてはならず、シュレイの了解を得てからでなくては会えないという条件はあったが、メイファンはマメに龍聖の元を訪れた。

メイファンの明るい性格と、楽しいおしゃべりは、龍聖の心を解し、毎回僅(わず)かな時間での面会だったが、すっかり親しくなっていた。

　龍聖はこの年若いシーフォンを弟のように感じていた。新しい人との出会いは、心が癒される。気分転換になる。シュレイはそれが分かっていたので、メイファンの度重なる来訪を許していた。シュレイも、メイファンをまだ子供だと考えていたので、ラウシャンやユイリィに対するような警戒心を、メイファンには持ち合わせていなかったのだ。

　ただリューセーの香りは、シーフォンの男に年齢に関係なく作用する。それだけを注意すれば、メイファン自身には、何の野心もないと思っていた。

　一方のメイファンは、当然の事ながら、シュレイの存在が邪魔で仕方なかった。いつもシュレイが側にいて、どんなに龍聖と親しくなっても、二人だけでの会話にはなり得なかったからだ。二人っきりで会う約束など出来るわけもなく、それをこっそりと伝える事すら不可能だった。

　夜間は、シュレイがいない事は分かっている。だが、昼間の倍の数、兵士達が見張りに立つ。事前に龍聖と打ち合わせて、中から龍聖になんとか入れてもらえれば、もしかしたら不可能ではない事なのかもしれないけれど、どちらにしても逢引なんて無理だ。

「チェッ、なんか良い方法ないかな……」

　メイファンは右手の親指の爪を噛んだ。今日もたわいもないおしゃべりで終わってしまった。どんなに親しくなったって、距離を縮める事は出来ないし、シュレイの監視から逃れる事は出来ない。

「何を企んでる」

　龍聖の部屋を出て、長い廊下を考えながら歩いていたら、前方にラウシャンが現れた。

「ラウシャン様」

メイファンは驚いて、目をまん丸に見開いた。

「何を企んでいるんだ。メイファン」

「ど、どうなさったんです？」

メイファンは思わず作り笑いをしてみせた。

「頻繁にリューセー様を訪ねていっているそうじゃないか……何を企んでいるんだ」

ラウシャンは、厳しい表情でそう尋ねてきた。メイファンは、しばらく驚いた顔をしていたが、やがてフッと笑みを浮かべた。

「そんなラウシャン様。ご自分が、とんでもない事をなさったからって、僕まで疑うなんて……僕はただ、リューセー様の気晴らしにでもなればと思って、おしゃべりの相手をさせていただいているだけですよ。いつも僅かな時間しか会えないし……シュレイも同席ですから、何も企てなんてないですよ」

ニッコリと笑ってそう言ったが、ラウシャンは厳しい表情を崩さなかった。じっとまっすぐな視線でみつめてくる。メイファンはそれを目を逸らす事なく受けとめて、ニッと笑った。

「それとも、まだ王のお許しがなくてリューセー様に会えないので、僕に嫉妬しているんですか？」

「オレはそれなりの事をしてしまったのだ。そう簡単に許される事ではないのは覚悟している。別にその事で、逆恨みなどもしていないし、お前に嫉妬もしていない」

「じゃあなんで、僕を待ち伏せしていたりするんです？　また騒動を起こすつもりですか？　僕を監視しているの？　やだなぁ……怖いなぁ」

メイファンは、わざとおどけたような口ぶりで言った。ラウシャンは、厳しい表情のまま口を噤んでいた。

「ねえ、ラウシャン様……リューセー様は本当にお綺麗で、お優しい方ですよ？　今ではすっかり僕に心を許してくださっています。もしもここで何か騒ぎになったとしたら……僕と貴方と……どちらの言い分を信じてくれるでしょうね？」

メイファンは、少し意地悪な笑みを浮かべて、挑発するように言った。しかしそれでもラウシャンは眉ひとつ動かさず、憮然とした表情をしていた。男らしい端整な形の眉はきりりと上がり、その下の切れ長の両目が、鋭くメイファンを見据えていた。中年に差しかかろうとしているラウシャンと、まだ成人したてのメイファンでは、まるで親子のように見える。それでもラウシャンの美貌は決して衰えてはいなかった。たとえメイファンが、その若々しさに満ちた美しさを誇っていたとしても、比べられて見劣りするつもりはない。

リューセーを取り合うつもりなど毛頭ないが、普通の恋の勝負を挑まれていたとしたら、歯牙にもかけないところだ。

「お前が何を企んでいるかは知れぬし……オレの今の立場では、それを阻止する事も叶わぬだろう。だが、手をこまねいているつもりもない。少しでも妙な真似をしているところをみつけたら、ただでは置かぬと思え」

「どういう心境の変化ですか？　一度はリューセー様を攫うなどという暴挙に出られた貴方が……王の座を狙っておいでなのでしょう？　なのにその言いよう……まるでリューセー様のシンパにでもなられたような感じですね？」

メイファンはそう言って、クスクスと笑った。

「ラウシャン様こそ、何を企んでいらっしゃるのだか……リューセー様のあの香りを忘れる事など出来ぬはずでしょ？」

「メイファン、あまり調子に乗らぬ事だ。オレを罪人と思ってそんな態度を取っているのかもしれぬが、そもそもお前の身分を顧みる事だな。お前がオレにそんな態度が取れるのも今だけだ。それにタンレンが戻ってきた。シュレイやリューセー様は騙せても、タンレンにはお前の企みなどすぐに悟られてしまうだろう。オレが言うまでもなく、もう目をつけられているかもしれぬな」

ラウシャンはそう言うと、クルリと踵を返して立ち去った。それをメイファンは、眉間を寄せて、唇を噛んで見送った。

「邪魔だな。あの人……」

ポツリと呟くと、小さく溜息をついてから歩き出した。階段を降りようと角を曲がったところで、ドンッと誰かにぶつかった。体格の差で、メイファンがヨロリとよろめいた。

「イテッ」

そう言って顔を上げると、相手は城内警備の兵士だった。肩書きを示す腕章もない事から、平兵士だと思われる。そう思ったら、それでなくても不機嫌になっていたメイファンは、ムッとした顔で相手を睨みつけた。

「気をつけろよ！　一般兵がここに何の用だ!?」

「あ、失礼しました。リューセー様の部屋の見張りを、交代するために向かっていたところです」

「リューセー様の部屋の見張り？」

メイファンはそう呟いて、相手の兵士をジロジロと見た。

「リューセー様の部屋の見張りは、王の側近兵の仕事ではないのか？」

「いえ、城内警備の兵が交代でやっています。側近兵は、定時に見まわりで来るだけです」

「ふうん」

メイファンは頷きながらも、相手の顔をジロジロと見た。どこかで見た事のある顔だと思う。

「お前は、いつからここの兵士になったんだ？　そんなに前から城内警備でいたわけではないよな？」

「城内警備になったのは、半年前です。それまでは城下町の警備をしていました」

兵士は姿勢を正して、緊張した面持ちでメイファンに向かって説明した。

「そう、とにかく……廊下を歩くのひとつだって、注意を払って歩けよ」

「はい、失礼いたしました」

兵士は何度も頭を下げて、その場を慌てて立ち去った。それを見送って、メイファンは首を傾げた。どうしてもあの顔に見覚えがある。平兵士に知り合いはいないはずなのに、なぜそう思うのか気にかかってしまった。

自室に戻ってからも、その事ばかりが引っかかって頭から離れない。両親と一緒に食事をしている間も、頭の隅でぼんやりと考えていた。

「また北の関に戻るんでしょ？」

「え？」

母親の言葉を聞いていなくて、思わず聞き返していた。母親は呆（あき）れたような顔になって、父親と顔を見合わせた。

「すみません、母上、ちょっと考え事をしていたもので……」

「お前は最近、リューセー様を頻繁に訪ねていっているようだが……あまり深入りしてはならんぞ」

神殿長である父親のバイハンが心配そうに言ったので、メイファンはニッコリと笑ってみせた。

「僕はただリューセー様のお慰めになればと思っているだけです。何も心配なさるような事はありませんよ、父上」

「えっと、すみません、それで母上のお話はなんでしたっけ？」

バイハンは、城中の情勢に精通している。なにかしらメイファンの話も、耳に入っているのだろう。

「北の関にはいつから行くのですか？」

「ああ、次の任務は来月からです。まだしばらくは、ゆっくり出来ますよ」

「そう……関所の任務は、とても大切な仕事ですからね。貴方がちゃんとやっているのか、心配していたのですよ」

「ひどいですね。こう見えても僕はしっかりしているんですよ？　着任早々は不慣れな事もありましたが、もう1期勤めたのですから、次からは……あっ！」

突然メイファンが大きな声を上げたので、両親はとても驚いた顔をした。

「なんです？」

「あ、いえ……なんでもありません。ご馳走様でした」

メイファンは、さっさと立ち上がると、一礼をしてその場を後にした。

自室に駆け込むと、ドアを閉めて大きく深呼吸をした。そうだ。思い出した。メイファンが北の関に着任したばかりの時に、ひと悶着があった。通行許可証を持っていない他国からの商人がいて、盗まれたとかなんとか騒いだのだ。その時に知り合いだとか言ってその場を治めたアルピンがいた。その男があの兵士とそっくりだ。

メイファンは、椅子に座ると腕組みをして一生懸命その時の事を思い出そうとした。

あの兵士と良く似たそのアルピンは、仕事で1年ほど隣国のソルダに行っていて、久しぶりに帰国したとか言っていた。彼は正式なエルマーンの出国証と、ソルダでの就労許可証を持っていて、彼の身分は証明されていた。その男が、ソルダにいた時に、その商人を見知っているからと、身元引き受け人になったのだ。

関所でのトラブルは毎日のようにある。その時のトラブルも、日々の事と比べれば大した事ではなかった。だがメイファンが、着任したての時に、初めて遭遇したトラブルだったので、妙にハッキリと記憶していたのだ。

ああ、彼に違いない。そうか、彼は兵士だったのか……と納得してから、ハッとした。それじゃあおかしいじゃないか……メイファンは、また腕組みをした。

彼は他国へ出稼ぎに行っていたのだ。兵士が出稼ぎなんておかしい。それに、先ほどの兵士の言葉を思い出した。

「城内警備になったのは、半年前です。それまでは城下町の警備をしていました」

彼は確かにそう言った。城内警備兵になったのは半年前というのなら、あの時……帰国したのが半年前だ。あの後すぐに兵士になったという事だろう。だがその前は城下町の警備をしていたという、それはおかしい。出稼ぎしていて国内にいなかったのに……なぜそんな嘘をついたのだろう？

メイファンは、どうしても気になって立ち上がると部屋を出た。

メイファン達シーフォンの住まいは、城と続きになっている。同じ岩山に、岩壁を削って建てられた大きな館が、いくつも連なっていた。館同士は入り組んだ回廊で繋がっている。階段を駆け下りて、下層から城へと向かう回廊を歩いた。城の下層には、兵士達の詰め所や、それぞれの部隊の武器庫や資料庫などがある。

メイファンは、自分の所属する北の関の警備部隊の資料室へと向かった。見張りの兵士に挨拶をすると、兵士は驚いた顔をしたが、中へと通してくれた。

「こんな時間にすまない。ちょっと調べたい事があるんだ。すぐに済むから」

メイファンはそう言って中へと入った。両側の壁一面に、たくさんの小さな扉が並んでいた。扉に書かれた日付を見ながら、半年前の日付の扉をみつけると開いて、中に並ぶたくさんの台帳を取り出した。

あの日の日付はハッキリと覚えている。着任した翌日だった。台帳を開いて、その日付のページを探した。関所を通行した者の記録がズラリと記されている。『ソルダの就労許可書』と『エルマーンの出国証』を持ったエルマーン国民の証明書を持ったアルピン……日付がハッキリしている以上、その条件の男性の記録を探し出すのは、そう難しい事ではなかった。

「あった！　ヨウ・ショウ……鍛冶職人？」

その身分に首を傾げる。違うのだろうか？　と思ったが、その者のすぐ下の欄に、ソルダからの入国者の名前が二人分ある。香辛料の商人と書いてあり、証明書類の欄には、ヨウ・ショウの名前が記されていた。彼らに間違いない。

メイファンは、真剣な顔で目を皿のようにして見ながらページをめくっていった。随分めくったところで手を止めた。

「おかしい」

ポツリと呟く。

ひと月分の記帳を調べたが、その商人が出国した記述がなかった。他国からの商人は、通常10日間しかエルマーン王国内での商い(あきない)は出来ない。それ以上の期間を商売する場合は、特別な申請をするか、最初から特例の就労許可証がなければ無理だ。10日を過ぎての出国の場合は、面倒な手続きと尋問を受けてしまう。それでなくても、この2名は、特別待遇で入国しているから、恐らく無理だろう。そんな事をしたら、多分怪しまれて捕らえられて牢に入れられてしまうはずだ。

「他の関所から出国したのかな?」

そうも考えたが、なんだか不自然だ。不可能ではないが、ソルダに帰るならば北の関所だ。何かおかしい。とても不自然だ。メイファンは、腕組みをして考え込んだ。

ヨウ・ショウという男が、あの兵士と同一人物かどうか、調べた方が良いのだろうか? 城内警備の部隊に行って、兵士の名簿を確認すれば分かるだろうか?

しばらくの間、あれこれと考えていたが、どうもスッキリしなかった。『なんか変だ』という思いだけが募るばかりだ。メイファンは立ち上がると、資料庫を後にした。


メイファンは、足早に城の方へと向かっていた。

こんな夜中にリューセーの部屋へ近づくなど、変な嫌疑をかけられかねない。せっかく親しくなれたというのに、ここでシュレイの信用を失うのは、利口ではないのだが、今はそんな計算をしている余裕がなかった。じっとしてはいられない。この胸のモヤモヤを早くスッキリとさせたかった。

城の中はやけに静かに感じられた。定期的に見まわり兵が、各階の廊下を回るはずなのだが、そんなに大勢で回っているわけでもないし、タイミングによっては、誰にも会わずに済む事もある。

下層階には兵士達が常駐しており、また他のシーフォンの館と繋がった独特の建物の構造から、どこか『城内は保安態勢が万全だ』という確信が皆の中にあるのかもしれない。

階段を一気に駆け上がって、リューセーの部屋がある階まで辿り着くと、足を止めて大きく深呼吸をしながら息を整えた。

長い廊下は薄暗かった。所々にランプが灯っているのが見える。わざと端に沿ってゆっくりと足音を立てずに歩いた。肉眼でリューセーの部屋の入口を確認出来るまでの距離に近づいてハッとした。この時間は、扉の前に４人の兵士が立っているはずだ。だが一人の姿もない。

思うよりも先に、メイファンは走り出していた。近づくと扉が半分開いたままだ。一呼吸置いてから、中へと飛び込んだ。

「あっ」

目の前の光景に、思わず声を漏らしていた。４人の兵士が、龍聖を押さえ込んでいるところだったからだ。突然現れたメイファンに、兵士達は驚いたようだが、一人がすぐに向かってきた。メイファンは、反射的に腰に手をやって、剣を装備していない事に気がついた。

リューセーの下を訪ねるようになってから、規則で剣帯を外す事になっていたため、ついつい習慣にしてしまっていた。

「チッ」と舌打ちをしてから、兵士が振り下ろしてきた剣をかわして、その腕を摑んだ。

「ヨウ・ショウ!」

メイファンがその名を呼ぶと、男はギョッとした顔でメイファンの顔をみつめた。

「なぜ名前を知っているのか? と思ったか!?」

メイファンはニヤリと笑ってそう言うと、大きく見開かれたその青い瞳が、赤く光りはじめた。赤く光る瞳に捕らわれたように、ヨウ・ショウは動きを止めてそれをみつめたまま固まってしまった。

ガッと音がして、メイファンの体がガクリと崩れると、呪縛から解けたようにハッと我に返る。

「バカ野郎! シーフォンの目をみつめる奴があるか!」

仲間にそう言われて、「すまん」と慌てて答えた。仲間の一人が、メイファンを後ろから殴ったのだ。

「急げ! 気づかれる!」

仲間の兵士が、龍聖に猿轡をして体を縛り上げると、大きな麻袋に入れていた。3人でそれを抱え上げると、ヨウ・ショウを促して、部屋を逃げ出そうとした。

「ま……待て……」

メイファンが、殴られた頭を押さえながら体を起こす。

「かまうな! 行くぞ!」

立ち上がろうとしているメイファンを気にするヨウ・ショウを急かして、男達は部屋を飛び出した。

「うわっ!」

部屋を飛び出したところで、ドンッと誰かにぶつかった。相手はタンレンだった。兵士達はものすごい勢いで、タンレンにかまわず駆け出した。

「おい！　お前達……」

タンレンが後を追おうとして、すぐ後からフラフラと現れたメイファンの姿に驚いて足を止める。

「メイファン！」

「タ……タンレン様……」

「一体…どうしたんだ！」

頭を押さえながら、顔を歪めているメイファンに驚いて、タンレンが駆け寄った。

「あいつらを追ってください！　リューセー様が……攫われました……」

「なに!?　分かった。メイファン！　シュレイを呼んでくれ！」

タンレンはそう言うと、すぐに駆け出して兵士達の後を追った。

廊下の端まで行き、階段を駆け下りようとして足を止める。目を閉じて耳を澄ます。階段を駆け下りていく音がしなかった。そんなに下までは下りていない。そう咄嗟に判断すると、1階下まで下りて廊下に出た。

気を静めて、辺りに神経を集中させる。すぐ側の部屋から人の気配を感じた。そこは客間として使っている部屋で、普段は誰もいないはずだ。

足で思いっきりドアを蹴破り中へと飛び込んだ。すでに一人の兵士が剣を構えて待ち構えており、タンレンが中へ飛び込むと同時に、襲いかかってきた。タンレンは身を屈めてそれをかわしながら、剣を抜いて下から振り上げた。

キーンッと金属音が響き、間髪容れずにタンレンの剣が空を切って唸ると、相手の剣を弾き落とした。落ちた剣は運悪く、男の足に刺さった。

「グワッ!!」

男は呻いて、その場に崩れるように倒れた。

タンレンが辺りを見まわすと、窓が大きく開け放されて、レースのカーテンが、風に舞っていた。

そこへ駆け寄ると、テラスに兵士の格好をした男達が3人立っていた。

「逃げられぬぞ！　観念してリューセー様を離せ!!」

タンレンが叫ぶと、男の一人がクッと笑った。

「我らは覚悟が出来ている。役目さえ果たせば、もう逃げるつもりもない」

「役目!?」

タンレンは、ドスを利かせた声で聞き返すと、カアッとその灰青の瞳が緑色に光を放ちはじめた。

「シーフォンの目を見るな！」

一人が叫んで咄嗟に手で顔を覆って目を逸らした。だが他の2人は、その場に固まったようになって、タンレンの目の光から視線を逸らせずにいる。

「アルピンの分際で、我らに歯向かえると思うか」

タンレンはそう言いながら、ゆっくりとテラスに向かって歩き出した。

「くそっ」

逃れた男は、悔しげに歯軋りをすると、足下に転がる大きな麻袋に両手をかけた。

「はあああっっ」

気合と共に叫ぶと、麻袋を持ち上げて、テラスの手すりの上まで抱え上げた。

「我々の目的は、リューセーを消す事……それだけだ」

男はニヤリと笑ってそう叫ぶと、麻袋を突き落とした。

「リューセー様っっ!!」

タンレンは叫ぶと、ダッと駆け出した。邪魔をしようと立ちふさがる男の腕を掴み、ねじり上げるようにして男の体を押さえ込むと、その肩に足をかけて踏み台にし、飛び上がるようにテラスの手すりに足をつく。流れるような一瞬の動きには、何の躊躇(ちゅうちょ)もなかった。そのまま手すりを強く蹴り、落ちていく麻袋を追うように宙に身を投げ出した。

「タンレン様!!」

後方でシュレイの叫び声がした。駆けつけたシュレイが、ちょうど部屋に辿り着いた時、テラスから飛び降りるタンレンの姿を見たからだ。

下から吹き上げる強風に、マントが巻き上げられた。麻袋の方が落下速度が速い。タンレンは頭を下にして落下しながら手を伸ばすが、麻袋には追いつけそうもなかった。

「スジュンッッ!!」

タンレンは声の限りに叫んだ。ブンッと一瞬空が唸った気がした。気配を察して、タンレンは体の向きを変えると、平行して現れた大きな影に手を伸ばした。手がその堅い鱗(うろこ)に覆われた首に触れると、体をクルリと反転させながらその背に足をかけた。

「スジュン!! リューセー様を!!」

タンレンの叫びに応(こた)えるように、竜は1度大きく翼を動かした。唸るように風を切って、地面に向って突進していくような勢いだった。落下していく麻袋に追いつくと、竜はそれを口に咥(くわ)えて、首を上げ、大きく翼を広げて角度を変えた。

竜の大きな羽ばたきで、竜巻のような風が巻き起こり、森の木々を揺らしてなぎ倒す。間一髪だった。地面まであと僅かというところで龍聖を救うと、竜はさすがに上昇する事が出来ず、森を大きく切り崩して大きな音と土煙を上げながら地上に着地した。

タンレンは、竜の背から飛び降りると、頭の方へと駆け寄った。竜は壊れ物を置くように、口に咥えていた麻袋をそっと地面に置いた。

「リューセー様!!」

タンレンが急いで麻袋の口を開けると、中から龍聖が現れた。気を失っているらしく、ぐったりとしている。胸に耳を当てて、鼓動を確認すると、ホッと胸を撫で下ろした。

猿轡を外し、後ろ手に縛ってある縄を解くと、抱き上げて体を揺する。

「リューセー様、リューセー様」

「ん……んん」

龍聖は意識を取り戻して目を開けると、じっとタンレンをみつめた。

「あ、貴方は……」

「良かった。どこかお体の痛む所などはありませんか?」

「いえ、ただ関節が少し痛むくらいです……」

龍聖は目眩(めまい)がするらしく、フルフルと頭を振った。

「オレは、フェイワンの従兄弟で、タンレンと申します。お助けに参りました。もう大丈夫です」

「あ、ありがとうございます」

龍聖は礼を言いながら立ち上がろうとして、ガクリと膝をついた。

「リューセー様⁉」

「あ……抵抗して暴れた時に、足を痛めたようです」

龍聖は顔を歪めながらそう言って、右の足首を擦った。ひどく痛んで立ち上がる事が出来ない。

「大丈夫です。オレに摑まってください。オレの竜で、城までお送りします」

タンレンは微笑みながら優しくそう言うと、龍聖を抱き上げるように腕を回した。

「すみません……あ……」

龍聖はハッとした。このキツイ香り……シーフォン独特のものだ。もう何度も体験して、それが何を意味するものかは分かっている。ギクリとして身をすくめる。自分がこれを感じるのだから、相手にも香りが感じられているはずだ。どんな相手も惑わせてしまうリューセーの香り……この精悍で爽やかなタンレンという男も、例外ではないだろう。抱き上げようとした体勢のまま動きを止めてしまった相手の顔を、龍聖は恐る恐る覗き込んだ。

目がうつろになってしまっている。これはマズイ……そう思った。だが逃げようにも、足を痛めていてダメだ。それにここは城の外で、シュレイも側にいない。

今までで最大の危機だ。

グッと抱かれている腕に力が入ったのを感じた。

「リューセー様……」

タンレンがうっとりとした目をして、龍聖をみつめてきた。これはかなりマズイ。香りに捕らわれている。龍聖は彼の腕から逃れようともがいた。

「リューセー様」

「タ……タンレン様！　やめてください!!」

両手をバタバタと動かして、必死にもがいた。だが力強い腕に抱きすくめられて、あまり自由に動く事が出来ない。タンレンの顔が近づいてくる。とても男らしい端整な顔だけれど、それ以上近づくのはマズイと、龍聖は顔を背けようともがき続けた。今にも唇が触れそうな距離だ。

「タンレン様!!」

もうダメだと思いながら龍聖が叫んだ時、「グウッ」とすぐ側で小さく呻き声が上がった。驚いて見ると、タンレンが眉間にシワを寄せて、苦痛に歪んだ表情をしていた。

「タ、タンレン様？」

恐る恐る声をかけると、タンレンはハアーと深く息をついてから目を開き、まっすぐに龍聖をみつめた。その目は、先ほどまでの正気をなくした目ではなかった。凛としたまっすぐな視線だ。

「申し訳ありません……リューセー様、さあ、城に戻りましょう」

タンレンはそう言うと、龍聖を支えながら立ち上がった。苦しげに息をつくタンレンのただならぬ様子に、龍聖は首を傾げた。

「タンレン様？　どうかなさったので……ああっ!!」

龍聖は悲鳴を上げそうになって、息を飲み込んだ。龍聖に肩を貸す反対側のタンレンの右手が、彼の右腰の辺りにあり、それをよく見ると、短剣を腰に突き刺していたからだ。真っ赤な血が滲（にじ）んで、服を濡らしていた。

「タンレン様……それは……」

「あ？　ああ……大した事はありませんから、どうぞお気になさらずに……オレが正気を失わないように……自分への戒めです」

タンレンはそう言うと、苦しげにニヤリと笑ってみせた。

リューセーの香りを振り払うために、タンレンは自らに短剣を突き刺したのだ。

「さあ……早く戻りましょう」

「で……でも……」

出血しているのを見て、龍聖はひどく動揺した。タンレンと目が合うと、彼は無理に笑顔を作って、痛みを堪えているようだ。

「貴方は一体……何者なんですか？　どうしてここまでしてオレを助けてくれるんですか？」

「オレはフェイワンのためなら何でもしますよ。貴方を守るとフェイワンに誓った。ただそれだけです」

「でも……」

心配そうな龍聖を見て、タンレンは額に脂汗を浮かべながらも、フッと笑みを浮かべた。

「暴漢に襲われて、こんな怖い目に遭って、負傷もされておいでだ。そして今またオレが貴方を襲うかもしれないという状況にまでなっているというのに、それでも私の身を案じてくださる……普通なら動揺して取り乱し泣き叫んでも仕方ないというのに、貴方という方は……不思議な方だ」

「え？」

タンレンが何を言っているのか分からずに、龍聖は少し首を傾げた。

「リューセー様、初めてお会いしたが、フェイワンが貴方を愛してしまった理由がよく分かります。

貴方がフェイワンの事をどう思っているかは知らないが……彼が本当に心から貴方を想っているという事を知っていて欲しい。彼は王の務めを捨てようとしている……貴方のために命を捨てても良いと思っている……貴方を責めるつもりはないが……貴方が彼を受け入れられない理由が、彼を信じられないからだというのならば、どうかもっと彼と会って話をして、本当の彼を知って欲しい」

タンレンはその誠実な眼差しで、龍聖をみつめながら語った。龍聖は胸の奥がきゅうっと苦しくなるような感覚に捕らわれていた。

この目の前の誠実な男の姿が、フェイワンの姿のように見えたからだ。自分がひどくフェイワンを傷つけてしまっているように思えた。いつまでも彼の誠意に甘えてしまっている。

「フェイワンの事がお嫌いですか？」

タンレンが優しい口調でそう尋ねたので、龍聖は思わず首を振った。

「タンレン様……あの……オレは……」

「リューセー！」

龍聖がタンレンに何かを言いかけた時、頭上から叫ぶような声がした。空を見上げると、月明かりに光る金色の竜がゆっくりと降下して、頭上近くまで接近してきていた。星も月も何も見えなくなったと思った時その背からフェイワンが飛び降りた。

龍聖達のすぐ近くに、フワリと着地すると、龍聖の姿を見て表情を崩した。

「リューセー……良かった……無事なのだな？」

フェイワンはそう言って堪らず駆け寄ろうとした。だがハッとした顔になり足を止めた。

「フェイワン？」

不思議そうな顔をした龍聖をみつめながら、フェイワンはとても複雑な表情になり、顔を少し歪めて苦笑した。両手がグッと拳を作り、強く握りしめられているのが分かるほどかすかに震えている。

「こんなに悔しく情けない事はないな……オレはお前を助ける事も出来ず、今抱きしめてやる事も出来ない」

「フェイワン、どうし……」

龍聖は「どうして？」と言いかけて、すぐに意味を理解したので口をキュッと結んだ。二人が近づけばまたあの香りに翻弄される。決心のつかない龍聖を思って、フェイワンはずっと魂精を貰う事を拒んでいるのだ。こんな時さえも……と思うと、龍聖はひどくせつない気持ちになる。

『我慢なんかしないで抱きしめろよ』龍聖はふとそう思っている自分に気がついて、少し困惑した。でもそんな事をしたら、もう後戻りが出来なくなる事も分かっていた。香りに捕らわれて、理性を失って、きっとキスだけでは済まなくなるかもしれない。

そんな二人の様子を察して、タンレンはスッと龍聖から離れた。

「リューセー様は足を痛めていらっしゃる。お前が抱き上げて城までお連れした方が良い」

タンレンはそう言ってから、くるりとフェイワンに背を向けて自分の竜の方へと歩き出した。腰の傷を見せないようにしている。

「ダメだ。今のオレはまだ渇いているから、自分でも理性で押しとどめる事が出来ない。だからリューセーには触れられない」

タンレンは振り返らずに小さく溜息を吐いて『理性なんてもんは捨てちまえ』という言葉を飲み込んだ。

「じゃあ……シュレイを呼んでくるよ。それまでお前はリューセー様の側にいてやってくれ」

タンレンは、もうそれ以上はフェイワンの言葉を聞く気がないとばかりに、さっさと竜に乗って夜空へと飛び立った。

「あの人……タンレン様とおっしゃいましたが、体は大丈夫でしょうか？」

竜が飛び去る空を見上げながら、龍聖はポツリと呟いた。

「え？　タンレンがどうかしたのか？　まさかタンレンまでリューセーの魂精を？」

「あ、いえ！　そうじゃなくて……」

フェイワンが誤解したと思い、龍聖は慌てて訂正しようとしたが、タンレンの怪我に気づいていない様子のフェイワンに、言っていいものかどうか一瞬迷った。タンレンはフェイワンに気づかれまいとしていたようにも思ったからだ。

「そ、それより王様は……フェ、フェイワンは大丈夫なんですか？」

「オレか？　いや、今は龍聖の体の方が心配だろう。本当にどこもなんともないのか？」

「オレは見ての通り大丈夫です。そりゃあ……怖かったけど……オレがこんな風に狙われるのも、フェイワンがそんな体のままなのも、すべてオレが悪いんだよね」

最後の方は独り言のような呟きになっていた。俯いてギュッと両手の拳を握りしめる。

「リューセー」

そんな龍聖の様子を見て、フェイワンが心配そうに声をかけた。

「リューセー、すべてはオレのせいだ。お前のせいなどではない。オレがもっとしっかりとした王ならば、お前をこんな危ない目になど遭わせる事はなかった」

「違うよ！　どう考えたってオレのせいだよ……うちがちゃんとご先祖様からのしきたりを守っていればこんな事にはならなかったんだし、オレもさっさと決心すればよかったんだ。みんなに迷惑かけてる……フェイワンにも、シュレイにも、タンレンにも……」

「だがお前が嫌がる事を強要するつもりはない。オレはそんな事をしてまで、お前を手に入れようとは思わない」

「嫌じゃないよ！」

　思わず龍聖が大きな声でそう言ったので、フェイワンは驚いた。龍聖自身も驚いて、狼狽（ろうばい）しつつフェイワンを見た。視線が合って、龍聖はカアッと赤くなる。

「いや……そ、そりゃあオレは同性愛者じゃないから、男に抱かれるのは正直抵抗あるよ。あるけど……なんか分かんないんだ。フェイワンはすごく格好良いし、素敵だし、紳士だし……男のオレから見ても魅力的な人が、オレの事を心から愛してるって言ってくれて、こんなにも大事にしてくれて……そんな風に好意を持たれて、嫌な気がする人なんていないと思う。フェイワンは、この前オレに、餌を与えるように魂精をやりに来ないで欲しいって言ってたけど、オレ……」

　龍聖はそこまで言いかけたところで、躊躇して口を噤んだ。言葉を選んで考え、少し困って眉根を寄せて俯いた。まだ頬が熱い。フェイワンの視線を感じて、はあ、と溜め息を吐くと、顔を上げて言葉を続けた。

「その……フェイワンに魂精をあげる時、かならずキスしちゃうじゃないか。あれ、すごく気持ちよくって、嫌じゃないんだ。香りのせいでそんな風になっちゃうかもしれないけど、フェイワンの所に行くまでは、香りも嗅がないから正常だろ？　だけどオレ、二度目にフェイワンの所へ行く時、なんかすごくドキドキしてたんだ。貴方とキスする事考えて……だから、その……上手く言えないけど、フェイワンに言われてから、よくよく考えてみて、少なくとも餌をあげるようになんて、一度も考えた事ないし、貴方の事は嫌いじゃないんだ。むしろ……好きだよ」

龍聖が必死な様子でそう言うので、フェイワンは少し動揺した。

「しかし……抱かれるのは嫌なのだろう？」

好きだと言われて困惑している様子のフェイワンに、龍聖は『もうっ！』と心の中で歯噛みした。恥ずかしいのを堪えるように、グッと拳に力を入れる。

「だからっ……そういうのって、普通の恋愛でもあるだろう!? あ、この世界の恋愛観が同じか分からないけど……恋人同士になるのって、かならずしも互いに相思相愛ってわけじゃない事もあるよ。告白されて、その相手が割と好みで嫌いじゃなかったら、付き合っても良いかなって思うし、付き合いだしたら自然と情も湧くし、良い雰囲気になったら、多少抵抗のある行為だって、まあいいかなって感じになる事もあるし……大体、貴方は王様で、この国には絶対に必要な存在で、大事な体だろう？ リューセーが必要なんだろう？ なのにまだ魂精はいらないとか……貴方はオレに甘すぎるよ」

「リューセー」

フェイワンは数歩歩み寄ろうとして立ち止まる。湧き上がる感情を抑えようとしているようだ。

「オレは……怖いんだ」

「え？」

フェイワンが思わず漏らした呟きを、龍聖は聞き違いかと思った。だがフェイワンは眉間にシワを寄せて、苦悩しているような表情になっていた。

「お前を愛している。愛すれば愛するほど、お前を失うのを恐れるようになった。だからオレの一方的な愛でお前を抱いて、無理強いして、もしもお前が傷ついたら……お前の心が壊れてしまったら……オレの母である前のリューセーのように、お前を失う事が怖いんだ」

吐き捨てるように言ったフェイワンの言葉に、龍聖は驚いて目を見開いた。この人はなんて情の深い人なのだろうと思った。

第7章　愛してる

タンレンは城へ向かっていたが、眼下に松明(たいまつ)の明かりの一団をみつけて、竜を下降させた。城下町から郊外に向かって、急ぎ馬を走らせている一団の先頭にシュレイがいると思ったからだ。少し離れた所に竜を着地させるると、松明の明かりがこちらに向かってくるのを確認した。タンレンは竜から降りて、彼らが近づくのを待つ。

「タンレン様っ！」

案の定、その声はシュレイのものだ。声を聴いて、タンレンは安堵したように笑った。

「タンレン様っご無事で!?　リューセー様は？」

シュレイは馬から飛び降りるようにして、タンレンの元へと駆け寄りながら、必死の様子でそう言った。

「リューセー様はご無事だ。その先の丘の上で、フェイワンと一緒にいる。足をくじいて動けなくなっていらっしゃるが、それ以外は大丈夫なようだ。フェイワンはリューセー様の身を案じて、自分ではリューセー様に触れられないからと、少し遠巻きに見守ってる。ちょうど君を呼びに行くところだった。早く行ってやってくれ」

「陛下が……あっ、タンレン様！　その傷は!?」

シュレイがタンレンの腰の傷に気がついて、思わず大きな声を上げた。タンレンの腰にはまだ短剣が刺さったままで、周囲の服の生地が血で赤く染まっていた。

「チッ……お前はあいかわらず目ざといな。自分で刺した傷だ。大した事はない。剣を抜くともっと出血するから、そのままにしているだけだ。城に戻ったら医師に見せるよ」

「なぜこのような事……」

シュレイが驚いて、タンレンの腰へと手を伸ばしたので、その手首をギュッと摑んでグイッと引き寄せると、シュレイの腰を抱くようにして、タンレンが腕を回してきた。

「リューセー様を助けて、このように体を支えようとしたら、いい香りがしてきてね……捕らわれそうになったから、正気を取り戻すために、自分の腰を刺したんだ」

息がかかるほどの距離に顔を近づけて、タンレンがそう話したので、シュレイは思わず少し顔を逸らした。

「で……では、タンレン様は乱心されずに済んだのですね」

「ああ、だが今はお前の香りに乱心しそうだよ」

タンレンはシュレイの耳元でそう囁いた。シュレイはカッと赤くなって、身をよじってタンレンから離れようとした。

「あっ……痛っ」

タンレンが呻いたので、シュレイはビクリとして、暴れるのをやめる。

「タ、タンレン様、大丈夫ですか？」

「心配してくれるのか？　キスしてくれたら治るかも」

「冗談を言っている場合ですか」

シュレイは少し頰を上気させたまま、困ったように眉根を寄せている。タンレンはそんなシュレイの顔を間近にみつめながら、嬉しそうに笑みを浮かべていた。

「こうして君を抱きしめるのはどれくらいぶりだろう。愛してるよ」

タンレンは愛しげな眼差しでシュレイをみつめながら耳元で囁いた。シュレイはさらに眉根をきつく寄せて、困ったように目を伏せた。

「兵士が見ています。お戯れも大概になさってください」

「見てなかったらいいのか？」

ドンッと突き飛ばすようにして、シュレイはタンレンから逃れた。

「わっ！　イテッ」

タンレンはよろめきながら、痛みに呻いた。

「タンレン様は負傷されている。痛みで意識が朦朧としていらっしゃるようだ。お前達はタンレン様を城へすぐお連れしろ。残りは私と共に、リューセー様の元へ向かう」

シュレイはテキパキとした様子で、連れていた数人の兵士に指示を出すと、急ぎ馬に跨り、残りの兵士と共に先へと急いだ。

タンレンは兵士達に抱えられ、去っていくシュレイを微笑みながら見送った。


フェイワンと龍聖は、距離を保ったまま、みつめ合い無言で立ち尽くしていた。フェイワンはせつなげな表情で龍聖をみつめ、龍聖は少し頬を上気させながらも、困惑したように時々激しく瞬きをしていた。

フェイワンの視線はいつもまっすぐだ。何の曇りもなく、いつもまっすぐに龍聖をみつめてくる。

フェイワンが『お前を失うのが怖い』と苦悩しながら吐き捨てるように言った言葉を、龍聖は何度も頭の中で反芻していた。それは『愛している』という言葉よりも、もっと愛情深い言葉に感じられたからだ。彼の人生でここまでの愛の言葉を言われた事などない。迷っていた心にそれは強く響いた。

『結局オレが拒否していたのって、男に抱かれるのが怖いってところだけなんだよな……男は性欲の対象じゃないとか、そういう未知の領域への怖さだけで……それって気持ちの部分は、別に問題じゃないって事なんだよな。この王様に愛される事は嫌じゃないんだ』

モヤモヤとしていた部分が少し晴れて、そんな考えに辿り着いていた。

「フェイワン」

龍聖が強く名を呼んだので、フェイワンは真顔になって龍聖をみつめ返した。

「オレの足が治ったら、貴方の所に行きます。ちゃんとリューセーになるために行きます」

龍聖が改まったように、真面目な顔でそう言ったので、フェイワンは一瞬息を呑んだ。グッと腹に力を入れて、息と共に飲み下した想いを留めると、龍聖をみつめたまましばらく何かを考えているようだった。龍聖はジッとみつめたままフェイワンの答えを待った。

「分かった。待っている」

フェイワンは、色々と言いたい言葉をすべて捨て去ったように、簡潔な言葉で答えた。

龍聖はその言葉を深く受け止めた。覚悟が決まったような気がした。

「リューセー様！」

遠くでシュレイの声がして、龍聖はビクリとした。声のする方を見ると、チラチラといくつもの明かりが見えた。

「シュレイ！」

思わず叫んだら、なんだか緊張が一気に解けてしまって、その途端に足がジンジンと痛みはじめた。

「あっ……」

足を押さえるようにして、龍聖がその場に蹲ったので、フェイワンは驚いて駆け寄ろうとしたが、また一歩踏み出したところで留まり、グッと拳を握ると勢いよく後ろを振り返った。

「シュレイ！　こっちだ！」

大きな声で叫んでいた。

◆

「タンレン、傷は大丈夫なのか？」

城に戻ったフェイワンは、タンレンの元を訪れていた。負傷したという話を聞いたからだ。

「自分でつけた傷だからな。大した事はない。それよりリューセー様は大丈夫なのか？」

腰の辺りに包帯が巻かれた体が少し痛々しかったが、タンレンはベッドから起き上がり上着を羽織りながら、フェイワンの元へと歩み寄ってきた。向かい合って立つと、互いにしばらく真顔でみつめ合った。

フェイワンはゆっくりと深く頭を下げた。

「リューセーを助けてくれてありがとう。心から感謝する。いや、感謝してもしきれないほどだ」

タンレンはハアと小さく溜息を吐いてから、頭を下げているフェイワンの肩をポンと叩いた。

「竜王がそんな風に頭を下げるな……オレは家臣として当然の事をしたまでだ」

フェイワンの頭を上げさせると、ソファに座るように促し、自分も向かいに座った。

「まあ、偶然で幸運だったな。メイファンのあとをつけたら、たまたま……」

「メイファン!?」

フェイワンが驚いたように聞き返したので、タンレンは少し考えるように、視線を宙に泳がせて言葉を選んだ。

「別に今回の事がメイファンのせいというわけではない。ただ、最近メイファンが、やたらとリューセー様に接近しているという話を聞いたから、ちょっと気にかけていたんだ。それで今夜は、たまたまオレが帰ろうとしている時に、城へと入ってくるメイファンの姿をみつけて……それもリューセー様の部屋のある階へと続く階段を上っていったのが見えたので、気になって後を追ったんだ。そしたら何か争う声がして、リューセー様の部屋から兵士達が飛び出してきて、その後をフラフラと頭を押さえて出てくるメイファンを発見したんだ。メイファンはリューセー様を助けようとして、殴られたらしい。まあ、なんでリューセー様の部屋に夜中に行こうとしたのかは、後で本人に聞けばいいだろう」

タンレンの言葉を、フェイワンは腕組みをして聞いていた。

「リューセーを攫った兵士達は、シュレイが捕らえた。これから尋問するつもりだ」

「フェイワン、それはオレがやる。オレに任せてくれ……お前はこれ以上余計な仕事をするな。それよりも、リューセー様はきっとショックだっただろう。お慰めしてさしあげろ」

「タンレン……」

眉を寄せるフェイワンに、タンレンはニヤリと笑ってみせた。

「リューセー様は実に素敵な方だな」

「当たり前だ」

二人は笑い合った。


龍聖はぼんやりとした様子で、天井をみつめていた。明るい天井。それはもう日が高く昇っている事を表していた。

いつの間にか眠ってしまったらしい。

昨夜の騒動の後、部屋へと無事に戻ると、シュレイが足の手当てをしてくれた。興奮して気が動転してしまっているでしょう？　と言って、シュレイが何か温かい飲み物を飲ませてくれて……多分それに催眠効果があったのだと思う。あれからどれくらい眠っていたのだろう。周りは静まり返っている。

龍聖は起き上がってみた。体が随分軽くなっていた。痛めた右足を引き寄せて、足首を動かしてみたら、かすかに鈍い痛みはあるが、不思議ともう治っているようだ。またもやこの世界の不思議な薬をシュレイが使ったのだろうか？

ベッドから降りて立ち上がってみた。やはりまだ少し痛みが残るけれど、歩けないほどではない。軽い捻挫（ねんざ）だったのかもしれない。巻かれた包帯が、むしろ歩きにくかった。

寝室の扉を開けると、驚いたように椅子に座っていたシュレイが立ち上がってこちらを見た。

「リューセー様、もう歩かれて大丈夫ですか？」

慌てたように駆け寄ってくる。シュレイにこんな顔をさせたのは2度目だと思って、龍聖はクスリと笑った。いつも冷静なシュレイが、こんな風に慌てふためく姿はめずらしい。

「うん、もう全然平気……手当てしてくれたおかげだよ、ありがとう、心配かけてごめんね」

「いいえ、私は……申し訳ありません。私がもっと注意をしていれば」

「兵士に紛れていたのだから仕方ないよ。そうだタンレン様は大丈夫ですか？　オレのせいで傷を負ってしまったから……」

「ええ、タンレン様は元気ですよ。今頃は、昨日捕らえた兵士を尋問なさっているところでしょう」

「そう、後でお礼を言いたいな」

「はい、伝えておきます。お食事は？　いかがされますか？」

「今何時くらいなんだろう？　そういえばお腹空いたかも……」

「あと、1刻ほどで夕方になります」

「もうそんなに……」

溜息をついた龍聖に微笑みながら、シュレイは「食事をお持ちします」と言った。侍女を呼んで伝えると、すぐに龍聖の着替えを手伝ってくれた。着替えが終った頃に、食事が運ばれてきた。

あの事件について、シュレイは何も語らなかった。むしろ何事もなかったかのように、穏やかに食事の時間が過ぎていく。龍聖が尋ねない限りは、何も言わないのだろう。いや……尋ねても、すべてを教えてはくれないかもしれない。

昨夜は、一人で本を読んでいて、そろそろ眠ろうか……と思っていた時に、突然扉が開いて兵士達が入ってきた。何事か？　と驚いたが、相手が兵士だったので、まさか彼らが犯人だとは思わなかった。２人の男に羽交締め(はがいじめ)にされて、ようやくただごとではない事を悟った。暴れて合気道で、相手を投げ飛ばそうとしたが、今度は３人がかりで床に押し倒されて、押さえつけられて両手を後ろ手に縛られて抵抗出来なくなった。そこへメイファンが飛び込んできて……後は麻袋に突っ込まれたので、なにがなんだか分からなくなった。

争う人の声、そしてどこかからか落とされた……そこまでは覚えている。落下の恐怖で気を失ってしまった。次に気がついた時には、緑の髪の凛々しい男の顔があった。

やはり……自分がとても危うい立場にあるのだと思い知らされる。

シュレイのただならぬ警戒も、兵士達の警護も、それを見越しての事なのだ。そしてこれだけ厳重に警護されてもなお、こんな事態が起きてしまうのだ。

自分の身が危ういばかりか、周りの人々にも迷惑をかけてしまっている。何よりも、フェイワンにどれほど心配をかけてしまっているだろうか？

龍聖はしばらくの間考えてから、コトリと箸(はし)をテーブルの上に置いた。

シュレイがそれに気づいて、何かあったのかと心配そうに顔を曇らせた。

「リューセー様、もう召し上がられませんか？」

「シュレイ。明日、フェイワンの所へ行きたいのだけど……無理かな？」

「え？」

シュレイは驚いて、聞き返した後しばらく言葉を失っていた。答えに迷っているのかもしれない。

「随分、フェイワンの言葉に甘えていたけど、いい加減に魂精をフェイワンにあげた方がいいと思うんだ……昨夜、あんな恐い目に遭ったせいかもしれないけど、改めてフェイワンがオレの事を心から愛してくれている事が分かったし、オレに無理強いせずに魂精を我慢してくれているんだと思ったら、なんか申し訳なくて……オレも覚悟を決めようと思って……今夜行くのは突然すぎるかな？」

穏やかに話す龍聖の顔を、最初は動揺したようにみつめていたシュレイも、次第に気持ちを落ち着けていった。少しばかり寂しげな表情にも見えたそれには、彼の複雑な想いが表れているのだが、龍聖にはそんなシュレイの想いなどはもちろん分からない。

「分かりました。陛下にその旨お伝えして、明日までに準備を整えさせていただきます」

シュレイはそう言って一礼すると、いつもの穏やかな笑みを浮かべてみせた。

王の元へ行くための衣装を着るのは久しぶりだった。シュレイが手際よく支度をしてくれた。

「シュレイ、お願いがあるんだけど」

「なんでしょうか」

「その……フェイワンに魂精を与える時、部屋では二人だけにして欲しいんだ。いつもシュレイとか、フェイワンの側近とか、たくさんの人がいるだろう？　見られるのは恥ずかしいよ」

龍聖がそう言って、恥ずかしそうに少し頬を赤らめたので、シュレイは困ったような顔になった。

「お気持ちは分かりますが、それはまだ無理かと。我々が立ち会うのは、万が一の時のためですから……」

「万が一？」

「はい、もちろん通常であれば、王の私的な場所に、我々が立ち会う事などないのですが……今のお二人は特別です。以前にも話した事があると思いますが、陛下は今、魂精をとても必要としている『渇いた状態』です。そんな陛下に、リューセー様が会われれば、きっと際限なく魂精を吸い取られてしまうでしょう。危険な状態になる前に、ほどほどで二人を引き離すのが我々の務めなのです」

シュレイの話を聞いて、龍聖はしばらく考え込んだ。

「でも危険とは言っても死んだりするわけではないんだよね？」

「それはそうですが……きっとリューセー様は、しばらく起き上がれなくなるほど衰弱してしまいますよ？」

「いいよ、それでも」

「リューセー様！」

シュレイは驚いて大きな声を上げてしまった。だが龍聖は微笑み返した。

「大丈夫だよ。最初の頃よりは、フェイワンもちょっとはマシな状態になっているはずだし……それに今回で、フェイワンが元に戻れれば安心だし、多少の危険を犯したとしてもやっぱり見られる方が嫌だな。それこそ、オレの決心が鈍りそうだよ」

シュレイは、しばらくの間言葉もなくじっと龍聖をみつめていた。

「リューセー様、それはもう完全に陛下を受け入れられる決心をされたという事ですか？」

「そうだよ。今度こそ本当に決心したんだ。オレはフェイワンと結ばれても良いと思っている」

迷う事なく答えた龍聖の言葉を聞いて、シュレイは少しの沈黙の後、コクリと頷き返した。

「分かりました。リューセー様がそこまで決心していらっしゃるのでしたら……私もご協力いたします」

「ありがとう」

龍聖はニッコリと笑って答えた。


部屋を出ると、たくさんの兵士達が整然と並んでいた。

以前も行ったように行列を成して、中心にいる龍聖を守るようにゆっくりと王の間へと進んだ。大きな扉の前まで来ると立ち止まり、仰々しく礼をする扉の前の二人の兵士が、ゆっくりと大きな扉を開いた。中へと入ると、最初の間で一旦止められた。シュレイが龍聖に会釈する。

「先ほどの件……伝えて参りますので、こちらでしばらくお待ちください」

シュレイはそう言うと、先に奥の扉へと消えていった。

兵士に囲まれたままで、龍聖はシュレイの帰りを待った。なんだかとても緊張してきて、胸がドキドキする。

自分の本来の意志とは無関係に、遙かな祖先が取り決めてしまった契約。たまたま自分が『リューセー』として生まれてきたのも、何かの運命なのだろうと思う。父でもなく、弟でもなく、龍聖がそうなるべくして生まれてきたのだ。偶然にも母が隠していた蔵の中から、龍聖自身があの箱をみつけたのも、そうなるべく定められたからだろう。

過去を振り返って考えても、いくつもあった人生の分岐点を、すべて自らで選んできた。もしかしたら、過去のすべてのリューセーの中でも、一番恵まれた立場にいたのかもしれない。昔のリューセー達は、生まれた時から、リューセーとなるべく教育をされて、18歳で抵抗する間もなくこの世界へと来ていたのだ。それに比べたら……自分の意志とは無関係……そう思っていたけれど、自分で選んで来た道なのだ。

骨董品を売ろうと思わなければ、蔵を開けようと思わなければ、箱を見つけなければ、箱を自室へ持ち込まなければ、箱を開けなければ、指輪を嵌めなければ、リューセーになる事を拒否して死を選んでいれば……いくつもあった分岐点。でも全部自分で決断してきた。

だから……もう何も後悔なんてない。

フェイワンにこれほどまでに愛されているのだ。不幸な事なんてあるはずがない。そう龍聖は思って、グッと両手の拳を強く握ると、大きく深呼吸をした。

すると扉が開いて、シュレイが戻ってきた。

「皆様と陛下の了解をいただきました。奥の部屋にはもう陛下だけしかいらっしゃいません。私もここでお待ちします。どうぞこれから先は、リューセー様お一人でお行きください。お分かりですよね？　この扉の向こうの部屋を通り過ぎて、さらにその奥の扉の向こうが、陛下の寝室です」

「うん、知ってる。大丈夫だよ。ありがとう」

龍聖は頷くと前へと進み出た。

「大丈夫ですか？」

心配そうにもう一度シュレイが尋ねる。龍聖はニッコリと笑い返した。

「大丈夫だよ。初心な娘じゃないんだから……行ってくるよ」

龍聖はまるで自分にも言い聞かせているように、強い口調でそう言うと、扉を開けて中へと入っていった。

それを見送りながら、シュレイはギュッと拳を握り締めて唇を噛んでいた。これで良かったのだという思いと、龍聖を案ずる思いとが激しく渦巻いていた。龍聖を引き止めたいと、一瞬でも思ってしまっている自分をひどく意地汚いと思い、とても胸が痛んだ。


天蓋付きの大きなベッドの手前に、フェイワンが腰をかけてこちらをみつめていた。龍聖は後ろ手にドアを閉めて、そのままその場に立ち尽くした。二人は黙ったまましばらくみつめ合っていた。

真っ赤な長く豊かな髪。雄々しく美しいその姿は、本当に男の目から見ても惚れ惚れすると思う。美しい君主。異世界の王。彼が自分の夫なのだ。この非現実的な場面にも慣れた。認めなければならない。どんなにおかしいと思ったとしても、自分は彼の花嫁となるために、この世界に呼ばれたのだ。そしていつの間にか、彼に惹かれはじめている。結局どんなに抗っても変えられない運命なのだろう。

「リューセー」

最初に口を開いたのはフェイワンだった。優しく微笑みを浮かべる。

「よく来てくれた。と言いたいところだが……大丈夫なのか？」

「え？」

「人払いをして、二人きりで……何をするつもりなのか、分かっているんだろう？」

「もちろんです」

龍聖はキッパリと答えた。フェイワンは穏やかな表情を崩さなかった。

「オレはお前を愛している。心から愛している。だからお前の香りに捕らわれてしまったら、もう理性では自分を止める事が出来なくなるだろう。もう手加減をしてやれる自信がない。今、お前がそのままその扉を開けて帰ったとしても、オレは咎めないぞ」

「フェイワン、オレは、早く本当の貴方に会いたくなったのです。だから貴方に元の姿に戻っていただきたいのです」

深く息を吸い込むと、一歩一歩、フェイワンへと向かって歩き出した。

「若々しい貴方も魅力的ですが、大人の姿の貴方と対等に話をしたいのです」

目の前に立ってフェイワンを見下ろしながらそう言った。フェイワンは顔を上げて、じっと龍聖をみつめている。お互いにすでに香りを感じはじめていた。体の奥が熱くなる。ずっと欲していた相手。

「リューセー……愛している」

「フェイワン」

龍聖はうっとりとした表情でその名を呼んだ。目眩がするほどに、体を熱くする香り。フェイワンの香りはやはり好きだ。伸ばされた彼の手を摑むと、その膝の上に腰を下ろして首に腕を回した。唇が重なり合う。もう迷いなどはなくなっていた。フェイワンの香りに包まれて、強く抱かれたいと願う欲望が体を支配する。深く唇を吸われて、魂精が彼の中へと注ぎ込まれていくのを感じた。それはどこかオルガズムにも似ている。ゾクゾクと体が痺れた。

体が熱くて、息を乱して、夢中で龍聖もフェイワンの唇を求めた。そのままベッドに横たえられて、覆い被さられる。フェイワンの手が胸を弄り、服のボタンを外しはじめた。龍聖はフェイワンの背中に腕を回してしがみついた。体が溶けてしまいそうに熱かった。まだキスをしているだけだというのに、どうにかなってしまうのではないかというほどに乱れた。

「ああ、は……ああ……」

激しくキスを交わしながら、龍聖は無意識にその熱い中心をフェイワンの腰に押しつける。龍聖は勃起していた。体中が性感帯にでもなってしまったかのように痺れていた。フェイワンに触れられるだけで、体中が震える。フェイワンもまた止まらない欲情に翻弄されていた。龍聖から流れ込んでくる魂精が体を熱くする。もっともっとと彼を欲した。

服をすべて取り去り、その白い肌に触れると、体中が熱く猛り狂った。

貪りつくように肌を吸った。

「ああっ……んん――」

龍聖が激しく喘ぎ、身をよじらせる。白い肌はみるみる淡い朱色に染まっていった。香りがさらに強くなり、鼻腔をくすぐる。それは麻薬のようだった。正常な思考などとっくになくなっていた。フェイワンは、龍聖を労るべき理性を失っていたし、龍聖もまた男に抱かれるということへの抵抗心や恐怖心などはなくなっていた。ただ貪欲なまでに相手を求め、快楽を欲し合っていた。

龍聖の立ち上がり蜜を溢れ出している昂りを、フェイワンは口に含んだ。

「あっ……ああっああっ」

ビクンと体が跳ねて、腰を浮かせた。フェイワンに深く咥えられて、軽く吸われただけで、龍聖は射精してしまった。フェイワンはゴクリと飲み込む。それは甘露の味がした。龍聖の体すべてが、フェイワンには甘美なものであった。

ガクガクと腰を震わせて、恍惚となる龍聖の両足の膝を立てさせて、腿の裏を両手で押し上げながら、フェイワンは昂りから口を離すと、さらにその下の窪みへと顔を近づけるために、股の間に頭を埋めた。

キュウッと小さく絞まった蕾に、差し出した舌を当てると、ゆるゆると愛撫するように舐めた。

「ああっあああっっ……んっんっんっ」

龍聖はブルブルと首を振り、ただただ喘ぐばかりだった。何が行われているのかさえも、もう分かっていなかった。こんなにあられもなく、女のように嬌声を上げている自分の姿を知ったら、きっと恥ずかしさで死んでしまうかもしれない。

しばらく舌で丹念に愛撫をし、たっぷりとそこを濡らすと、やがて蕾は自ら小さな入口を開けた。その小さな小さな穴をさらに広げるように、指を入れると、ズブリと中へと埋まっていく。入り口はとても狭く、キュウキュウと指を締めつけてくる。人差し指を根元まで埋めると、グリグリと動かして中を掻いた。

「はっ……あっあっ……フェイワン……フェイワン」

龍聖が腰を揺らし、再び硬く立ち上がった昂りからは、タラタラと蜜が滴りはじめていた。誘惑の香りが強まり、フェイワンの体を熱くする。フェイワンの昂りも限界近くまで来ていた。指を引き抜くと、もう待てないというように、龍聖の両足を抱えて、その中心に、昂りを押し当てた。ググッと押すと抵抗があり押し返される。蕾を指で開きながら、ゆっくりとその先端を埋めていった。

「あああっっ!!　ああ————!!」

龍聖は大きく声を上げて、背を反らした。熱い塊が中へと侵入してくる。それは今までに体験した事のない快楽だった。痛みはない。長い射精感にも似た快楽が背筋を駆け巡り、侵入する熱い塊へと続いているようだった。足がガクガクと痙攣して、つま先がギュウッと丸められる。両手はシーツを強く掻きむしっていた。龍聖の昴りは、ビクビクと痙攣していたが、その先からは何も溢れなくなった。龍聖の中へとすべて埋め込んだフェイワンもまた、めくるめく快楽に気を失ってしまいそうだった。腰を動かし射精を促す行為すらも出来ず、ただ龍聖の中へと挿入するだけでせいいっぱいだった。何か熱い物が自分の中へと流れ込んでくる。体が焼けるように熱く、痛みさえも感じていた。

「リューセー……愛している……愛している」

フェイワンは何度も繰り返しうわ言のように呟いた。注ぎ込まれてくる熱い痛みを紛らわすためのようだった。

「ううっうあああ～～っっっ!!」

フェイワンは思わず叫んでいた。それは快楽からの喘ぎとも違っていた。苦痛で顔が歪む。快楽を超えた痛み。一度に大量の魂精が流れ込んできて、全身の細胞が爆発しそうだった。真っ赤な髪が逆立ち、金色の瞳が光った。

堪らず必死の思いで、龍聖の中から自身をズルリと引き抜くと、そのまま倒れ込んだ。龍聖はすでに気を失っていた。

ふと意識の戻った龍聖は、ゆっくりと目を開けてぼんやりとしていた。一体何が……そう思った時、すぐ側で、誰かの苦しむ声が聞こえた。体を起こそうとするが、鉛のように重い体は、ビクリとも動かない。

「な、なに？　一体……」

力がまったく入らなかった。無理に動かそうと力を入れると、体中が軋むように痛んだ。下腹がひどく痛む。そこでようやくフェイワンに魂精を与えに来た事を思い出した。それではすべてが終ったという事だろうか？　最初にキスをしたところまでしか覚えていない。それからどんな事をしたのかは……。

荒い息遣いと、唸り声が聞こえて再び我に返った。必死に顔を動かして、気配のする方を見た。横たわる龍聖の少し下の辺りに人の姿がある。赤い髪が見えた。

「フェイワン？　フェイワン!?」

呼んだが答えはなかった。ここからはよく見えないが、彼がひどく苦しんでいるのが分かる。龍聖は必死で体を動かすと、少しばかり上体を起こして、フェイワンをよく見ようとした。体中が痛くて思わず「ううっ」と呻き声を漏らしそうになる。ようやく見えたフェイワンは、苦痛に顔を歪め、胸を激しく上下させて荒い呼吸をしていた。時々唸り声を上げて、両手でシーツを摑んだり、胸を押さえたりしている。ただごとではない様子に、龍聖は真っ青になった。

「フェイワン……フェイワン!!　しっかり!!　シュレイ!!　シュレイっ!!」

龍聖は力の限り叫んでいた。少し間を置いて、バタバタと足音がすると、バンッと勢いよく扉が開いてシュレイが現れた。

「リューセー様！」

全裸でベッドに横たわる二人の姿に、シュレイは一瞬躊躇した。

「シュレイ!!　フェイワンが!!　フェイワンの様子がおかしいんだ!!」

すぐに龍聖がそう叫んだので、シュレイは急いでベッドへと駆け寄った。苦しむフェイワンの様子を見て、シュレイの顔色が変わる。

「すぐに医師を呼びます」

シュレイは、寝室を飛び出すと医者を呼びに向かった。しばらくして、王専用の医師達を連れて戻ってきた。

「シュレイ！　シュレイ？　フェイワンは？　フェイワンは？」

不安そうにオロオロとする龍聖の体に、シュレイは服を羽織らせると、強く手を握った。

「大丈夫です、陛下の体が変化を始めているのです」

「変化？　元の姿に戻るの？」

龍聖の問いに、シュレイはコクリと頷いた。体を抱き起こされて、隣で苦しむフェイワンをみつめた。そこにいるのは、まだ18歳くらいの姿のままのフェイワンだ。苦痛に顔を歪めて、全身に汗をかいてもがいていた。

「こんなに苦しむなんて……大丈夫なの？　いつもこんななの？」

龍聖の問いに、シュレイはすぐには答えなかった。深刻な様子で、医師がフェイワンの体を診ている様子をみつめていた。

「シュレイ？」

「苦しみ方が、尋常ではないようです。命の危険はないとは思いますが……」

シュレイが言葉を濁したので、龍聖はますます不安になった。やはり事を性急にしすぎてしまったのだろうか？　一度に魂精を与えすぎてしまったのだろうか？　シュレイの言った通り、やはり危険だったのだろうか？

「とにかく……リューセー様も、お体を休めないといけません。部屋に戻りましょう」

シュレイはそう言うと、龍聖の体を抱え上げようとした。

「リューセー……」

うわ言のようにフェイワンが呟いたので、龍聖はハッとした。

「フェイワン」

「リューセー……」

苦しんでいたフェイワンの手が動いた。龍聖へと伸びて、手の先が何かを探すように宙をさ迷う。

「フェイワン」

龍聖は思わずその手を取って握っていた。

フェイワンは、かすかに目を開き、龍聖の方をみつめていた。苦しげな息の下でそう言うと、ギュッと龍聖の手を握り締めた。

「リューセー……行くな……ここに……ここにいてくれ……」

「いるよ……オレ、ここにいるから……フェイワン、しっかり！」

その様子に、シュレイは龍聖の体を離した。もう二人は結ばれたのだ。そう思った。

「リューセー様……お着替えをお持ちいたします」

シュレイは一礼してそう言うと、その場を離れた。

龍聖も体中の痛みに苦しみ熱を出した。特に下腹の痛みがひどく、内臓がねじれてひっくり返っているのではないかというほど辛かった。こんな痛みは生まれて初めてで、音を上げたくなったが、側で苦しむフェイワンを思うと我慢が出来た。その龍聖の痛みは、2日ほどで自然と治った。しかしフェイワンの苦しみは治まらなかった。昼も夜も苦しみ続けて、側にいて見ていられないほどだった。もしかしたらこのまま死んでしまうのではないのかとさえ思った。

龍聖はフェイワンに添い寝するようにして、ずっと手を握り続けていた。フェイワンが龍聖の手を離さないからだったが、これで少しでも苦しみが紛れるならばと、龍聖もずっと握り続けていた。

「オレはもう元通りになったのに……」

「リューセー様もお体が変わられましたよ」

シュレイに言われて、龍聖はキョトンとした。

「何が？」

「リューセー様は、もう陛下のものになられたので、その証が印されています」

「え!?　なに？　どういう事？」

シュレイは答える代わりに、手鏡を差し出した。渡されたので空いている方の手に持つと、シュレイが龍聖の前髪を掻き上げた。

龍聖は戸惑いながらも、鏡に映る自分の顔を見て驚いた。

「え!?　なに？　これ……いつの間に……」

額の中央に、不思議な模様の痣が浮かび上がっていた。直径1センチほどの小さな円状の模様。青い色の刺青のようだった。花の形のようにも見える。

「これで正式なリューセー様の姿になられました」

「これ……が？」

「もうこれで、シーフォン達の香りに悩まされる事はなくなります」

龍聖は驚いたまましばらく鏡をみつめていた。そして隣で苦しむフェイワンへと視線を移した。何も覚えていないけれど、やはりフェイワンとセックスをしたのだと思った。きっとこれが、彼の妻になった証、結ばれた証なのだ。

龍聖は鏡をシュレイに返すと、フェイワンの手をギュッと握った。

「フェイワン」

龍聖がフェイワンに触れると、少しだけ彼の苦しみが和らぐのか、唸り声が止む。それでも荒い息と、吹き出す汗が、彼の苦痛を思わせた。

一昨日より昨日、昨日より今日、確かに少しずつ体が成長しているように思った。もうすぐ30歳くらいになったフェイワンに会えるのだろうか？　そうしたら……。

シュレイは、そんな二人をしばらくみつめた後、静かに一礼をして部屋を出ていった。


「リューセー……リューセー」

低い声が聞こえた。とても低いけれど艶のある良い声だ。聞き覚えのない声。美声だな～と思った。

「リューセー」

また聞こえた。自分を呼んでいる。そう思ったら目が覚めた。

「リューセー」

夢じゃない。ハッと見ると、覗き込む顔があった。

知らない男の顔だ。太く形のよい眉は、凛々しくて男らしい。その下にある目は、切れ長で涼しげだ。鼻筋が通っていて、口は少し大きめだが形が良い。どこをとっても整っているとてもハンサムな顔だ。まるでギリシャ彫刻のように、完璧なまでの美貌。30歳そこそこくらいの大人の男だ。こんな二枚目知らない。そう思ってぼんやりとみつめていた。

彼は少し目を細めて微笑んだ。

「リューセー」

愛しそうに、優しい口調で名を呼ぶ。その呼び方には覚えがある。龍聖の名前をそんな風に呼ぶ人。赤い髪に金の瞳の……そうこの男と同じ……。

「フェイワン!?」

龍聖は驚いてガバッと起き上がった。

「ああ……そうだよ、リューセー」

ベッドの上に座ったままポカンとした顔でしばらくみつめていたら、向かい合うようにして座っているフェイワンが、我慢出来ずにハハハハッと大笑いを始めた。

「この姿で会うのは初めてだな。長かったがやっと会えた。そんな気分だ」

「嘘……」

「おかげで元に戻れた」

彼はそう言って微笑んだ。

なんて男らしい姿だろう。

龍聖は、まだかわいさの残るフェイワンしか知らない。初めて会った時は、10歳そこそこの本当に小さな少年だった。中学生くらいのフェイワン、高校生くらいのフェイワン、それしか知らない。それにしたって、ここ数ヶ月の記憶だ。少なくとも、昨日はここまでは成長していなかったように思う。一晩眠っている間に、彼は変わってしまっていた。

だが初めて会った時の少年のフェイワンと、今、目の前にいるフェイワンは、ひとつだけ変わらないものがある。意志の強そうな凛としたその瞳だ。

「フェイワン。本当に……もう大丈夫なの？」

「ああ、触れてもいいか？」

「え？」

答える前に、フェイワンの右手が伸びて、龍聖の頬に触れた。龍聖は意識してカアッと赤くなる。なんだか知らない人といるみたいで恥ずかしかった。フェイワンは、壊れ物を触るように、優しく頬を撫でた。

「オレが今どれくらい幸せか分かるか？」

「フェイワン」

フェイワンの顔が近づいてきて、龍聖が目を閉じると唇が重ねられた。それはとても優しいキスだった。もうあの香りはしない。変な気持ちにはならない。でもその優しいキスは、龍聖を甘い気持ちにさせた。

「体のあちこちが、まだミシミシ言うよ」

フェイワンがそう言って穏やかに笑った。龍聖はそれに答えるように頷いて微笑み返した。穏やかな時間が過ぎる。

目が覚めたら、大人の姿に戻ったフェイワンがいた。一緒に食事をしてから、医師の診察を受けて、『しばらく安静にしているように』と言われたので、フェイワンは再びベッドに横になり、龍聖はベッドの側に椅子を持ってきて寄り添った。

それはフェイワンが願った事で、龍聖もフェイワンの側にいたいと思ったから言われる通りにした。

なんだか不思議な気分だ。

目の前にいるフェイワンは、まったく見ず知らずの人のようだ。少しばかり見慣れていた少年の姿のフェイワンとは、雰囲気まで違う気がする。以前はその雰囲気を『大人びている』と思っていたのだが、今はもう大人の姿で、その姿から醸し出される雰囲気は、なんというのか……落ち着いているというか、貫禄があるというか、威厳を感じる。それは王が生まれ持つ気品なのかもしれないが、成熟した大人の余裕とも思える。多分龍聖と同じくらいの年のはずなのに、ずっと大人だと思った。男の色香さえも感じる。

そんな彼が、愛しい者をみつめる愛情に満ちた眼差しを、常に龍聖に向けていて、目が合えば穏やかに微笑む。そして「愛しているよ」と囁く。それは以前からフェイワンが龍聖に向けていたものなのに、なんだか初めての相手のようで恥ずかしくなる。

少年のフェイワンの時には、どこか心の中に「子供だから」とか「弟みたいだ」という気持ちがあって、愛の言葉も本気にしていない部分があったのかもしれない。

でも今は、相手が男だとかいう事をすっかり忘れるくらいに、彼から向けられる愛情が恥ずかしくて仕方なかった。本気なのだと思い知らされる。その上、もう肉体関係のある間柄なのだと実感させられる。

「手を……」

「え？」

ぼんやりとしていたら、フェイワンが話しかけてきた。艶のある低いとても通る声だ。

「手を握らせてくれ」

「あ……はい」

龍聖が左手を差し出すと、フェイワンがそれを右手でそっと握って、ベッドの上で重ね合い、時々優しく手の平を撫でられたりした。

「くすぐったいですよ」

気恥ずかしさも手伝って、龍聖は思わず笑いながら言った。フェイワンはそれを聞いて目を細めてからクスクスと笑う。

「こうして、穏やかな気持ちで、お前をみつめて、側に感じて、触れられる……本当に嬉しくて仕方ないんだ」

「フェイワン」

「もうあの香りに翻弄される事もない。誰からも止められる事もない。お前を怯えさせる事もない……ただこんな風に側にいて、手を握ったりしながら話をする。たったそれだけの事なのに、ずっと出来なかった。とても長かった気がする。お前がこうして側にいてくれるのが夢のようだ」

「フェイワン」

「今、オレがどれくらいに満ち足りているか分かるか？　もう過去の苦しみなど、なんとも思わない。笑い話になるだろう」

フェイワンの声は、とても心地いい。その朗々(ろうろう)としていて、とても穏やかに優しく語りかける独特の口調は、美声によってさらに耳触りのいいものになる。

体を重ねたせいだろうか？　フェイワンに対する気持ちは、随分変ったように思う。もちろん以前から好意は持っていたのだが、今、彼に向ける龍聖の気持ちは、なんだか恋する相手に向けるもののようだ。恥じらってしまうのも、いい年をした男なのに……と自分で呆れてしまうのだが仕方ない。

彼の声に聞き惚れ、彼の視線に照れて目を伏せるなんて、恋する乙女みたいだ。すっかりこの雰囲気に呑まれてしまっている。

「お前にこうして触れていると、不思議と体がとても楽になる。お前の魂精のおかげだろうか」

「そ、そうですか？　それならばずっとこうして手を握っています」

「出来れば……こっちに来て欲しいものだな」

フェイワンが空いている方の手で、自分の隣の空間をポンポンと叩いてから微笑んだ。龍聖は少し驚いて赤くなった。まだ昼間だし恥ずかしい。いや、別に何をするというわけではないのに、一人で意識してバカみたいだ……などと焦って答えに困っていると、フェイワンがクスクスと笑い出した。

「案ずるな、何もしない」

「あ、いえ……その……別にオレは……」

「隣に来てくれるだけで良い」

フェイワンはそう言いながら、体を起こすと枕を3つほど重ねて立てかけ、それに背をもたれかけさせた。

龍聖は躊躇していたが、フェイワンが待っている様子だったので観念して、反対側へ歩いていくとベッドの上にモゾモゾと乗り上がった。フェイワンが手を伸ばし、龍聖の肩を抱いて引き寄せる。

「なんだかさっきから、オレの顔を見てくれないからな……それならこうしている方が良いだろう」

言われてカアッと赤面した。

「べ、別にオレ……フェイワンの顔を見たくないわけじゃ……」

慌てて言い訳をしようとしたが、うまく言葉が続かなかった。フェイワンの顔を見る事が出来なかったのは事実だ。なんだか知らない人みたいで、直視出来ない。視線が合わせられない。それを恥ずかしいと思ってしまう自分は、なんだかおかしくなってしまったのだと思う。王の印が額に出来て、記憶になくても彼と交わったのだと事実を突きつけられて、処女を失った生娘のように、この目の前の男に対して恥じらっているのだ。

『フェイワンじゃないか』

自分自身に言い聞かせる。分かっていても恥ずかしい。本当にどうかしている。

「まあ良い……じきに慣れるだろう」

フェイワンはクスリと笑って言いながら、龍聖の体を抱き寄せると、すっぽりと懐(ふところ)に包み込むように抱きしめた。

「フェイワン」

「お前をこうして胸に抱くと、とても心地いいな。こんなに穏やかな気持ちになれるなんて……あの不思議な香りはもうしなくなったが、リューセーの香りがする」

フェイワンは、龍聖の首筋に顔を寄せると囁いて、首筋にそっとキスをしながらその香りを嗅ぐような仕草をした。ゾクリと感じて、龍聖は首をすくめた。

「フェイワン……くすぐったいよ……」

「オレはとても気持ちいい」

太い腕に抱きしめられて、大きな体にその身を預けて、その場所は、龍聖にとってもとても心地よく感じられた。

もう以前のような不思議な香りもしないし、それで意識が朦朧としたり、麻薬のように捕らわれるような感覚はなくなったのだけど、それとはまったく違う胸の高鳴りを感じた。体が熱くなり、心臓が早鐘のように打つ。フェイワンから首筋に口づけられてゾクリとする。大きな手に、服の上から胸や腰のラインをなぞるようにそっと撫でられてゾクゾクと感じてしまう。頬が熱く火照る。息が乱れる。

「フェイワン」

ダメだと言おうとしたが、拒む事が出来なかった。どこかで悦びに感じている。

「リューセー……愛している」

耳元で囁かれて、びくりと体が震えた。吐息が漏れそうになって、唇をキュッと閉じた。

「感じているのか？」

「え？」

囁かれてドキリとする。フェイワンの手が龍聖の胸を服の上から弄っていた。

「乳首が立っている」

フェイワンはクスリと笑って、龍聖の乳首を指の腹で捏ねるように弄った。小さな突起は硬く立ち上がっていて、弄られると痺れるような感覚が背筋を走った。

「あ……や、やだ……フェイ……ワン」

はぁっはぁっと少し息を乱しながら、龍聖が赤くなって身をよじらせた。

「嫌なのか？」

「い、嫌……です……意地悪をしないで……ください」

「リューセーはかわいいなぁ」

フェイワンは楽しそうにクスクスと笑っていた。何度も首筋に口づけをする。ギュッと強く抱きしめられた。

「フェイワン……お医者様から安静にと言われたでしょう？　いたずらはやめてください」

「すまない。じっとしてなどいられないんだ。お前とこうしていられる事が、どんなに嬉しい事か……お前はこんなにもかわいいのに、愛しいのに、今まで遠くから眺める事しか出来なかったんだ。触れ合う時には、互いの意思に関係なく香りに捕らわれてしまっていたし……今、こんなに側にいられるのにお前に触れずになどいられるものか」

全身全霊で愛情を表現するフェイワンに、龍聖は翻弄されてしまっていた。嫌だと突き放す事など出来ない。むしろ気持ちが流されていた。戸惑う余裕もなく、彼の愛情表現に嬉しいとさえ思っていた。

「愛してる」

何度も何度もフェイワンが囁く。それはとても心地よい旋律だった。

フェイワンは、決して「お前は？」とは聞かなかった。もしも尋ねられたら、なんと答えるだろう？　すぐに「愛している」とは返事出来ない。でも……。

「不思議です」

ようやく気持ちを落ち着けて龍聖が言葉に出した。

「ん？」

「なんだか。貴方がフェイワンだという事に慣れなくて……初めて会う人みたいで……少し戸惑っていたのですが……こうしていても決して嫌ではないんです」

それに答える代わりに、チュッと音を立てて、フェイワンが龍聖の耳の付け根にキスをした。龍聖は恥ずかしそうに笑ってから、再び言葉を続けた。

「オレは今まで28年間ずっと男として育ってきたし、恋愛対象は女性で、男を相手にというのはまったく考えてもみなくて……突然この世界に来た時は、本当に困ったし、フェイワンと夫婦にならなければいけないという事を、頭では理解出来ても、男性と体を重ねて愛し合う行為など、オレに出来るのだろうかと、ずっと不安で……初めて会った貴方は、まだ少年の姿だったし、だから余計にそういう事が実感出来なくて……キスをしたり、そういう行為が、子供を相手にするスキンシップみたいで、あ、スキンシップっていうのは……つまり、肌と肌を触れ合わせて気持ちの交流をするって事で……

ほら、親が子供を抱きしめたりキスしたりするような行為の事なんだけど、そんな感じにしか思ってなくて」

龍聖が一生懸命に話すのを、フェイワンはとても穏やかな顔で聞いていた。龍聖の頬に頬を寄せるようにして、愛しい声にじっと聞き入っているようだった。

「魂精を与える時って、途中で意識がなくなってしまうし、エッチな事をしている感覚がなかったんです。だからその……この前、フェイワンと行った行為も、キスした辺りから全然何も覚えていなくて、本当にフェイワンと体を重ねたんだって実感がなくて……だけど、額に王の印があるのは、二人が結ばれた証だと聞きました。フェイワンもこうして元の姿に戻ったのだし、だから実感が全然ないんだけど……確かにオレは……フェイワンとそういう関係になってしまったんだなって、そう思うとなんだか恥ずかしくて……フェイワンの顔がまともに見られないのです」

聞き終わってから、龍聖の肩に顔を埋めていたフェイワンが、ククグッと笑い出した。

「フェイワン？」

「まったく……本当にお前は愛しい」

きつく抱きしめられて、少し苦しかったが不快ではなかったので、龍聖は応えるように、抱きしめるフェイワンの腕に手を重ねた。

「オレは体が変化するあの苦しみの中、お前がずっと側にいて手を握っていてくれた事で、本当に救われたんだ。お前は決心してオレの所に来てくれたけれど、内心はまだ不安があった。オレも途中から意識がなくなってしまったが、確かにこの腕にお前を抱いたという記憶はある。意識がない間の行為だから、お前を傷つけてしまったのではないかと……でもお前はオレの手を握ってくれた。側にいてくれた。お前も……少しはオレを想ってくれているのだと自惚れてもいいのだよな？」

耳元で囁くようにそう語るフェイワンの声は、とても甘く心地いい。龍聖は目を閉じて、その身をフェイワンに預けた。

「少し？」

龍聖が小さく笑って呟いた。少しどころではない。自分でも驚くぐらいに、かなりフェイワンに心が動いている。愛していると言われて嬉しいし、抱きしめられて心地いいし、キスも気持ちいい。我ながら順応の速さに驚くばかりだ。

「ん？　なにか言ったか？」

フェイワンが龍聖の耳に口づけながら尋ねたので、龍聖はくすぐったくて肩をすくめながらクスクスと笑った。

甘い時間。二人はしばらくそうしていたが、ふと、龍聖は顔を上げて耳を澄ませた。

「フェイワン……あれは……なんの音ですか？」

「ん？」

「ほら、なんだかホルンが奏でる音楽のような……」

「ホルン？」

「ああ……楽器の事です。大きな金属の笛のようなもので、低くて深い音が鳴るのです。ちょうどこんな風な……」

龍聖に言われて、フェイワンも耳を澄ませてみた。確かに何か聴こえてくる。それを聴いてフェイワンが「ああ」と言って微笑んだ。

「ジンヨンが歌を歌っているんだ」

「ジンヨンが!? 歌を!?」

「ああ」

龍聖は驚いて聞き返していた。勘違いでなければ、ジンヨンとはフェイワンの竜……あの金色の竜王だ。竜が歌を歌う? 遠吠えではなく?

「ジンヨンの歌を聴くのは随分久しぶりだ。何十年ぶりだろう。それだけジンヨンがご機嫌だという証拠だ。オレがこれだけ嬉しいのだ。ジンヨンも嬉しいのだろう」

歌を歌う竜……想像したらおかしくなった。いてもたってもいられなくなって、龍聖はウズウズとしてしまった。

「フェイワン……ジンヨンの所へ行ってはいけませんか?」

「え? いや、もうお前は、城の中を自由に動いてかまわないから良いが……今からか?」

「歌を歌っているジンヨンが見たいのです」

龍聖はそう言うとベッドから降りた。

「おい、待て、まだ城内に刺客がいる疑いがある間は、一人で動きまわってはダメだ。シュレイを呼べ」

「ジンヨンのところに行くくらい大丈夫ですよ。それにすぐに戻りますから」

龍聖はそう言うと、足早に寝室を飛び出した。

「リューセー!! そんな部屋着のままで行くつもりか!?」

フェイワンは後を追おうとしたが、うまく体が動かなかった。まだ節々が痛む。

龍聖は寝室を出て、次の部屋を抜けると、廊下へと出た。扉の外には兵士達が立っていて、驚いた顔でこちらを見ていた。

「ジンヨンの所に行ってきます。すぐ戻りますから」

龍聖がニッコリと笑って言ったので、兵士達もつられて頷いた。廊下を走って塔へと向かう。龍聖の部屋の前を通り過ぎた時、ちょうど扉が開いて、荷物を抱えたシュレイが現れた。

「リューセー様!?」

「あ！　シュレイ！　ちょっとジンヨンの所へ行ってくる」

「え!?　リューセー様、その格好は……」

驚くシュレイをよそに、龍聖はそのまま走り去ってしまった。シュレイは荷物をその場に置くと慌てて後を追いかけた。

階段を一気に駆け上がると、ジンヨンのいる塔の上へと辿り着いた。大きく肩で息をしながら、入口に佇んでぼんやりと目の前の光景をみつめていた。

塔の最上階の広い部屋。大きな竜王がゆっくりとその身を休められる大きな部屋の天井には、いくつもの天窓がついていて、そこから外の日差しが入っていた。

ジンヨンは、首を上へと伸ばし、空へと向かって歌を歌っていた。口を閉じているから、鼻歌なのだろうか？　時々背中の羽を軽く半分ほど広げるような素振りをみせては、体を左右に揺らしていた。

しばらく呆然とそれを眺めていた龍聖だったが、堪らずブッと吹き出した。アハハハハとお腹を抱えて大笑いしていると、そこへようやくシュレイが辿り着いた。

「リューセー様？」

「アハハハ……ジンヨンってば……なんてかわいいんだろう‼」

龍聖の笑い声に気がついて、ジンヨンが歌をやめてゆっくりと顔をこちらへと向けた。

「ごめん、ごめん……アハハハ……邪魔しちゃって……」

龍聖が声をかけると、ジンヨンはゆっくりとその長い首を下ろして、龍聖の方へと顔を近づけてきた。鼻先を龍聖に擦りつけるような仕草をするので、龍聖はナデナデと鼻を撫でてやった。

「すごい！　随分元気になったんだね。いつも会う時は、グッタリとしてて眠そうだったのに……良かった。ジンヨンも元気になれて……」

龍聖がホッとした様子で、何度も何度もジンヨンの鼻先を撫でているので、シュレイも思わず微笑んだ。

「もう地の果てまでも飛びまわれるでしょう。ジンヨンの歌は初めて聴きましたが……これで他の竜達にも活気が出るでしょう」

「シュレイも初めて聴いたんだ」

「はい」

龍聖はクスクスと笑うと、ジンヨンの鼻先に頰ずりした。

「歌……とても上手だったよ」

するとジンヨンが応えるように、グルグルと喉を鳴らした。

「リューセー様。そろそろお部屋にお戻りください。ちゃんと陛下に許しを得ていらしているのですか？」

「フェイワンにはちゃんと言ったよ。そうだね……もう戻るよ」

「そんな格好で走っていらしたから驚きましたよ」

シュレイはそう言って苦笑した。龍聖はアハハと笑い返した。

「じゃあね、ジンヨン……また来るからね」

シュレイに促されて、龍聖はジンヨンに別れを告げると塔を降りた。


「そういえばシュレイに会うのもなんだか久しぶりだ。今まで通り、シュレイはオレの側近なんでしょう？」

「はい。ただ、しばらくは、陛下とお二人だけで過ごしていただくために、遠慮しております。落ち着かれましたら、またお勉強などを続けていただかなければなりませんが……」

「ああ、そうだね。まだ憶える事がたくさんあるよね」

「リューセー様のあの部屋は、ずっとこれからも王妃の部屋としてご利用いただけます。風呂や寝室などもご自由に……陛下と一緒にお過ごしになりたければ、いつでも自由に行き来出来ます。ただ、しばらくは陛下も、政務でお忙しくなられるでしょう」

シュレイの言葉を聞きながら、龍聖は赤くなったり、ハッとしたりと忙しかった。

「そ、そうだよね。ずっと体調が優れなくて、国政もままならなかったのでしょう？　元気になったら忙しくなるだろうね」

「それに、多分間もなく婚姻の儀が行われるでしょう」

「婚姻の儀？　え？　それって結婚式って事？」

龍聖は驚いて、階段を踏み外しそうになった。振り返るとシュレイがニッコリと笑って頷いていた。

「はい、国を挙げて盛大に行われます。国民の前で、正式にリューセー様がお披露目されるのです」

結婚式……そう改めて思ったら、なんだか恥ずかしくて死にそうな気分になった。


ジンヨンに会いに行った後、フェイワンの元に戻ったら、薄い衣で飛び出した事を叱られてしまった。

別に男なんだし、こんな足下まで隠れるくらいの長衣なんだし、人に見られて恥ずかしい格好ではないのに……と思ったのだが、「もうお前は王族の一員なのだという自覚を持たなければ」と咎められた。確かにそうだったと思って素直に謝ったら、フェイワンは少年のように笑ってみせて「実はそんな姿のお前を誰にも見せたくないんだ」と告白されたので、恥ずかしくなった。

その後またベッドに並んで座って、また抱きしめられて、二人でずっと話をした。

フェイワンが色々と聞きたがるので、日本の事を色々と教えてあげた。フェイワンはひとつひとつ龍聖の話を興味深げに相槌を打って聞いてくれた。

夕食の頃には、フェイワンも起きて一緒にテーブルで摂れるほどに回復していた。

「本当に大丈夫ですか？」

心配する龍聖に、フェイワンがニコニコと笑う。

「今日は一日ずっとリューセーに触れていたから、すっかり元気になれたよ。もう体の痛みもない。リューセーのおかげだ……なんならダンスでも踊ってやろうか？」

龍聖はそれを聞いてクスクスと笑った。昼間のジンヨンを思い出したのだ。

「そう言えば、ジンヨンも歌いながら踊っていましたよ。こう……体を揺らして、羽をこう動かして」

龍聖が仕草を真似してみせると、フェイワンも笑った。

「お前が会いに行ったから、ジンヨンも喜んだだろう」

「はい、こう……鼻を撫でると喜ぶんですよ」

話を聞きながらフェイワンが笑って頷く。食事の場がとても楽しかった。

「日本食は悪くない……好きになった」

夕食は、龍聖に合わせて和食を食べていた。『焼き魚』と『味噌汁もどき』『野菜の煮物』。

この魚が何の魚かは分からないし、煮物にされている色んな野菜も何だか分からないが、味は決して悪くなかった。もちろん『ご飯もどき』もだ。カリフォルニア米程度には美味しい。

「ええ、料理人の腕がいいのでしょうね。オレも気に入ってます」

龍聖の答えに、フェイワンは嬉しそうに頷く。

食事の後、しばらく二人で話をしながらくつろいで、シュレイが呼びに来たので、風呂に入るために自分の部屋へと戻った。

フェイワンの看病でつきっきりだったので、4日ぶりの風呂だ。やはり風呂は良いな〜なんて思いながら、ゆっくりと堪能(たんのう)した。

風呂が済んで、シュレイが王の寝室まで送ると言ったので、改めてまた戻るのだと気づいた。

「や……やっぱり向こうで寝た方がいいんだよね?」

「はい、しばらくはそうなさってください」

シュレイが恭しく答えた。

昨夜までとは違う。病み上がりとは言え、すっかり元気になったフェイワンと一緒にベッドで寝るなんて……改めて自覚したらなんだか恥ずかしくなってきた。考えすぎなんだけど……そう思ってから、いや、そうでもないと否定する。それが『今』ではないかもしれないというだけで、今夜ではなくても、確実にきっと、夫婦になったのだから、それは求められるはず……。

「どうかされましたか？」

赤い顔で部屋を出るのを躊躇する龍聖に、不思議そうにシュレイが尋ねた。

「え？　いや、なんでもないよ」

龍聖は慌てて言いつくろうと、部屋を出た。シュレイに付き添われて王の部屋へと戻る。

シュレイは、王の間へは入らず、扉の前の廊下で「私はここで」と言って別れた。

龍聖一人で中へと入り、控えの間、続きの間、とあの時と同じように一人で通って、一番奥の寝室へと入った。

フェイワンは、ちょうど侍女に手伝われて着替え終わったところだった。新しい寝巻きを着て、髪も綺麗に整えられてサッパリとした様子のフェイワンが「おかえり」と言って笑って迎えた。

「フェイワンもお風呂に入ったのですか？」

龍聖が尋ねると、フェイワンは笑って首を振った。

「我々は、大和人のように熱い湯に入る習慣はないんだよ。毎日水浴びはするけどね。今は体を拭いただけだ。風呂に入った方がいいか？　リューセーは清潔好きだからね、嫌われないようにするよ」

「いえ、別に……この国の習慣通りにして頂いて結構です」

龍聖は慌てて両手を振って否定した。

「さあ、ベッドで休もう」

フェイワンが龍聖に手招きをしながらベッドへと向かった。龍聖は大人しくそれに従う。今日一日、フェイワンと過ごしたように、ただ一緒に寄り添うだけだ。変な事を考えすぎだ。そう自分に言い聞かせると、ベッドに上がって、フェイワンの隣に座った。

フェイワンが、肩を抱き寄せる。

「良い香りだ……石鹸の香りだな？」

「はい、シャルフィの花のオイルで作った石鹸だとシュレイに教わりました。この香りがお好きなんですよね？」

「そうだよ。我々シーフォンがもっとも好む花の香りだ。夏に咲く花だ。もうじき咲くだろう。その時はお前に見せてやろう。紫の綺麗な花だ」

「はい、楽しみです」

フェイワンが額にチュッとキスをした。唇はそのまま耳に降りて、ゆっくりと首筋をなぞる。その間無数のキスが浴びせられる。

「フェイワン……くすぐったいですよ」

「じゃあ……唇にキスをしてもいいか？」

改めて言われると、何と答えて良いか分からなくて困ったように俯いた。

「ダメ？」

「そんな事……聞かないでください。嫌だと言ったらキスをしないのですか？」

どうせキスするくせに……そう思って言った。

「前にも言っただろう？　お前が嫌がる事はしたくない」

「ずるいです。こうして抱きしめて……唇以外にはたくさんキスをしておいて、そんな言い方……」

プレイボーイに上手くその気にさせられる女の子達ってこんな気分なんだろうか？　龍聖はそんな事を考えていた。自分には、まず絶対出来ない芸当だ。だがコロリと落ちるその技は実感して分かった。キスを迫られて、絶対に嫌とは言えない……そんなテクだと思った。

肩を抱く腕が、より引き寄せてきて、顔を上げたらそこにはフェイワンの顔があって、そのまま唇が重ねられたので、自然と目を閉じた。

フェイワンの唇が動いて、龍聖の唇を愛撫する。気持ち良くてその動きに委ねると、薄く開いた唇の間に、彼の舌が入ってきた。それを受け入れる。舌が触れ合ったので、ぎこちなく絡めた。フェイワンの舌が、龍聖の舌を愛撫し、絡みつき、咥内を丹念に愛撫する。

「ん……ふ……」

鼻で息を吐いたら喉が鳴って甘い声が混ざってしまった。互いに顔を左右に動かしながら、何度も唇を吸い合って、クチュリと音を立てる。

フェイワンのキスはとても上手いと思う。それは前から思っていたけれど、体の芯が痺れるようなキスに、香りなんてなくてもうっとりと惹かれる。

背を預けていた枕をゆっくりとフェイワンが取り去って、龍聖の体をそっと後ろに倒す。その間も、一時の間も離れる事を惜しむように、フェイワンの唇は龍聖の唇を捕らえて離さなかった。もっともっとと龍聖も唇を求めた。甘く互いの唇を噛み、強く吸い合う。フェイワンの舌が、龍聖の上唇をなぞるように何度も舐め、次に下唇を舐めた。

「はぁ……は……あぁ……ふ……」

キスの合間に、龍聖の口から少し荒くなった息が甘い声を伴って漏れる。

龍聖はキスに夢中で、いつの間にか寝巻きの前ボタンをすべて外されている事に気づかなかった。下着を着けていない体がすべて露になる。

フェイワンの大きな右手の平が、そっと包み込むように、龍聖の股間に被せられて、直に肌に感じて、ようやくその事に気づいた。

驚いて目を開けたが、フェイワンのキスは続いていた。何かを言おうとしたが口はキスで塞がれている。舌を絡められて何も言えなかった。

龍聖のペニスはほんの少し硬くなり、頭を持ち上げかけていた。その根元から上には、黒い柔らかな茂みがある。フェイワンは手の平で、その茂みからペニスまでをそっと何度も撫でた。濃厚なキスとペニスへの愛撫。それは強引ではないが、愛情を込めた営みだった。愛しげにその手で龍聖のペニスを撫でる。ペニスは次第に様子を変えはじめた。血が集まり膨らんでいく。少しずつ頭を持ち上げはじめたペニスを、撫でていた手を止めてすっぽりと握り込んだ。人差し指と親指で、ゆるゆるとペニスの先を愛撫した。

「ん……んんっ……んん……」

龍聖はその刺激に身を震わせて、喉を鳴らす。

フェイワンは唇へのキスを止めた。顔を少し上げてじっと龍聖の顔をみつめた。龍聖は頬を上気させて、潤んだ瞳でみつめ返す。薄く開いた口からは、ハアハアと乱れる息を吐いていた。瞼や頬にキスをしてから、耳たぶにキスをして、首筋に唇を這わせる。

「リューセー、愛しているよ」

艶のある低い声が甘く囁いた。龍聖はうっとりと目を閉じる。

優しく続けられる愛撫に、龍聖はそれを拒む事すら忘れていた。ペニスはみるみる固さを増し大きくなっていく。親指の腹で鈴口を捏ねるように愛撫されると、ピクピクとペニスが反応した。唇での愛撫は、やがて胸へと降りて乳首を口に含んだ。チュウと吸ってから、舌で乳頭を愛撫する。

「ふ……ん……」

龍聖は手で自分の口を押さえて、必死に込み上げてくる快楽と戦っていた。声が出そうになるのが恥ずかしかった。口を押さえるから鼻息が荒くなる。それも恥ずかしかった。だがもうどうしようもない。ペニスを愛撫していた手が、上下にゆっくりと動いて根元から先までを扱き始めた。時折力を入れてギュウと掴まれては、扱き上げられる。動きが速まるにつれ、昂りの熱は最高潮へと達していく。ペニスの先からはジワリと蜜が滲み出していた。それを指で搦め捕っては、ペニスに塗りつけるように扱き上げる。

乳首への愛撫と、ペニスへの愛撫。ふたつの快楽に龍聖は翻弄され、息を乱し身をよじる。人の手でペニスを擦られた事なんて今までなかった。彼女にだってさせた事ないし、その手の店なんかも行った事はない。自慰なんて比べ物にならない。人からされる愛撫がこんなにも気持ち良いだなんて知らなかった。はあはあと息が上がり、込み上げてくる欲情を抑え切れなくなった。

「あっ……ああっ……はああっ、フェイワン」

龍聖は背を反らせると精を吐き出した。ガクガクと腰を震わせて、射精の余韻に喘ぎを漏らす。多分今までの人生で、一番気持ちの良い射精だったと思う。初めて自慰した時や初めて女性とセックスした時も、それぞれものすごく気持ち良いと思っていたけれど、それらとは比べ物にならないくらいに、頭がおかしくなるくらいに気持ち良かった。

あんなに男に抱かれる事に抵抗を感じていたのが嘘のようだ。頭のどこかでもっと気持ち良くして欲しいと欲情している。

フェイワンは龍聖が出したほとんど透明な精液を手の平に受けとめていた。その手を股の間に差し入れて、奥の窪みを探った。そこを確認すると、指先で窪みをなぞり、精液を塗り込むように愛撫した。指の先に少し力を入れると、ツプンと蕾の中に入る。

「あっ……フェイワン……そこは……」

龍聖が嫌がるように足を動かしたが、指はどんどん中へと入ってきた。痛みはないが、異物が入ってくる感覚は、あまり気持ちの良いものではなかった。しかもその場所は排泄器官で……もちろん男同士のセックスならばそこを使う事は知っているのだが、龍聖自身にとっては、そこを人から弄られるなど初めての事で抵抗がある。一度はそこでフェイワンを受け入れたはずなのだが、それも記憶にない。

フェイワンが、恥ずかしそうに身をよじらせる龍聖を宥めるかのように、やんわりとペニスを扱きながら、ゆっくりと指を抜き差しする。

「ふっ……あ、あ、あ……」

濡らされたアナルは、指が動くたびにクチュクチュと音がするようだ。時折乳首を吸われ、ペニスを扱かれ、意識が散漫になる。

「リューセー」

フェイワンは何度もその名を囁き、愛しげに龍聖の体中に口づける。

次第に挿入されている指の感覚には慣れてきて、あまり抵抗がなくなってきた。異物感も少ない。浅く出し入れしていた指を、ぐぐっと根元まで深く差し入れられた。

「ん……ふっ……ん……」

一度引き抜かれた指は、今度は2本に増えて差し入れられる。今度はまた抵抗があったが痛みはなく、それもすんなりと中へと埋った。中を指で掻きまわし内壁を指の腹で愛撫される。それがやがて何かを探り当てて、グイグイと指で押された。

「ああっ……はあああっっあっ」

龍聖は、足を突っ張らせてビクビクッと腰を揺らした。半勃ちになっていたペニスが、ムクムクと再び硬くなり立ち上がる。ビリビリと電気が走るような感覚だった。一瞬射精したのかと思った。腰にズクンと重い痺れが走り、内腿がヒクヒクと震えた。

「ここが気持ち良いのか？」

フェイワンが囁く。

「あ……あああっ……や……いや……あああっ」

我慢しようとしても声が出る。腰が跳ねる。こんな快楽は初めてだった。フェイワンは前立腺を弄りながら、グリグリと2本の指を動かして、入口を解していた。

「リューセー、痛くないか？」

フェイワンが囁くと、龍聖はフルフルと首を振った。

3本目を入れたら少し抵抗があった。さすがに少し痛いのか、龍聖が顔を歪める。ペニスを扱きながら、ゆるゆると入口を愛撫して少しずつ挿入した。中までなんとか入れて、前立腺を刺激すると、少しばかり入口の力が抜ける。出し入れを繰り返して、指を慣れさせた。随分長い時間、そこを弄り続けて十分に念入りに解していく。

龍聖のペニスの先からタラタラと蜜が溢れ出した頃、ようやく指を引き抜いた。

「ああ……フェイワン……フェイワン……」

名前を呼ばれて、フェイワンは微笑を浮かべると体勢を立て直した。一度龍聖の体を優しく抱いてキスをする。

「愛しているよ」

囁いてもう一度キスをした。龍聖は目を閉じて、キスを受け入れる。自らも唇を求める。それが無意識でも、龍聖の甘えるようなキスを求める仕草に、フェイワンは幸せそうに微笑んだ。

龍聖の両膝を摑んで、膝を立てさせると両側に開いて間に腰を納めた。

弄られて朱色に色づいたアナルに、自らのペニスの先を宛がうと、グイグイとゆっくり押した。ペニスの先が中へと少し埋っては、肉に押し返される。それを何度も繰り返して、押し入る力を少しずつ強めた。ヌルリと先端が中へと入ると、あとはそれほど抵抗もなく押し進められた。肉を割って中へと埋めていく。

「あっ……んんっ……フェイワン……苦しい……」

「痛いか？」

腰を進めながら心配そうに龍聖の顔を覗き込む。龍聖は首を振ってハアハアと息をする。

「痛くないけど……苦しい……お腹の中が……なんか……いっぱいで……苦しい……」

「オレがお前の中に入っていってるんだ」

囁かれて、龍聖は改めてそれを自覚した。今度はちゃんと分かる。これは紛れもなくセックスで、自分はお尻の穴に、フェイワンのペニスを差し入れられているのだ。意識したら、この体の中に進み入ってくる異物が、彼のペニスなのだと思い、死にそうなほどに恥ずかしくなった。自分も同じ物を持っている。入ってくる大きさが、自分の物よりもずっと大きい気がしていた。

学生の頃、旅行や合宿先の風呂場で、男が集まればやはりソレの話題になり、誰が大きいとか小さいとか、そんなくだらない話ばかりをしたりもしていた。あの時に、みんなで一番デカイなんて驚いて話をした奴の持ち物をふと思い出した。勃起したらどれくらいになるかなんて分からないが……きっとフェイワンのものは彼くらい立派だろう。

不思議なもので、余裕なんてないはずなのに、そんなくだらない事を考えていた。現実逃避をしていたのかもしれない。とうとう男とセックスをしているのだ。もう覚えていないとか、分からないとか誤魔化しようもなく、フェイワンとセックスをしている。そしてそれがちっとも嫌じゃない。気持ち良い。

体のとても深いところにまでフェイワンを感じた。

目を開けると、すぐ目の前にフェイワンの顔があった。時折眉を寄せたりしていて苦しいのだろうか？　目が合うと微笑まれた。

「全部入った。痛くないか？」

全部入った……その意味が一瞬分からなくて、じっとみつめ返していたが、あられもなく大きく広げられた自分の足の間に、フェイワンの腰がピッタリと密着しているのを感じて、彼のペニスが根元まで入っているのだと理解した。どれくらいまで中に入っているのだろう？　どんなに彼が立派だとは言っても、ペニスの長さなんてたかがしれているはずなのに、感覚としては頭の先まで体を貫かれているような感じだ。

「苦しいのですか？」

フェイワンがハアハアと息も荒く、時折苦しげな表情をするので、思わず尋ねていた。

「お前が、時々オレをギュウギュウ締め上げるからな……アレがちぎられそうでちょっと痛い」

彼がそう言ってクスリと笑ったので、龍聖は恥ずかしくて真っ赤になった。

「イテテ……こら……そんなに締めるな……」

フェイワンがまた笑いながら言う。

「そ、そんな事言っても……あっ……ああっ……いやっ……動いたら……ああっ」

フェイワンが腰を前後に動かしはじめたので、龍聖は声を上げて身をよじらせる。

出し入れを何度か繰り返しては、深く根元まで入れてそのままゆさゆさと腰を左右に揺する。その動作を何度か繰り返された。次第に苦しさもなくなり、出し入れされる事にも抵抗がなくなった。異物感から快楽へと変わっていく。体の中をフェイワンの熱い肉塊で擦られるような感覚が、ジワジワとした快楽を沸き起こすのだ。

ギシギシと規則正しいベッドの軋む音と、二人のハアハアという息遣いと、交わり合う湿った音と、

龍聖の喘ぐ声が部屋に満ちる。

大きく体を揺さぶられて、それが次第に速くなる。龍聖は朦朧となりながらも、再び込み上げてくる痺れに体を震わせていた。

「ああ……なんか……変……フェイワン……ああ……ああっ……ダメ……ダメ……」

「リューセー……一緒に出そう」

「ダメ……フェイワン……あっ……あああっ……ああっ」

ドクンと熱い流れを体の奥に感じた。そう思った瞬間、自分も射精していた。何度も精を注がれるのを感じた。龍聖も射精したはずなのに、ペニスがビクンと跳ねただけで何も出なかった。

「ああ……あっ……フェイワンの……フェイワンの精液が……いっぱい……入ってくる……」

うわ言のように呟く龍聖を、フェイワンが抱きしめる。

「オレの中にも、リューセーの魂精が流れ込んできたよ」

「オレの？　……魂精が？」

「ああ……大丈夫……もうこの前みたいにはならないから……必要以上には取らないから」

よく分からないけれど、目を閉じてキスを強請（ねだ）った。すぐにフェイワンの唇が降りてきて、深く深く吸われた。両手をフェイワンの首に回し、頭を抱きしめて、その長い髪に指を絡めた。

愛していると思う。感じる。こうして肌を合わせて、求め合って、受け入れて、初めてセックスをした気分だ。だからもうフェイワンを愛していると自覚する。嫌ならこんな事出来ない。

体を開いて、彼を中へと受け入れて、精液も感じた。それで満たされた感じがするのだから、これは愛のあるセックスなのだと思う。

オレも変わったもんだな……ぼんやりと思った。でも後悔はしていない。

「もう一度いいか？」

フェイワンが甘く囁く。

「だから、そういうの聞かないでください」

龍聖は恥ずかしそうに囁き返して、フェイワンの唇を甘く噛んだ。


穏やかな目覚めだった。自然と眠りから覚めて、薄く目を開けた。無意識に隣を探して、誰もいない事に気づいて、パチリと目を開けて体を起こした。

大きなベッドに一人で寝ていた。フェイワンの姿はなかった。辺りをキョロキョロと見まわしても誰もいない。少し不安になる。

体がひどく気だるい事を感じて、昨夜の情事を思い出した。あれから2回も抱かれた。合わせて3回。気だるいはずだと思う。はあ……と溜息をついてから、遠くでフェイワンの声を聞いた。耳を澄ますと、隣の部屋で誰かと話をしているようだ。いなくなったわけではないとホッと安心した。

そこでようやく寝巻きを着ている事に気づいて、フェイワンが着せてくれたのだろうかと思った。

ベッドを降りて、声のする方の部屋へと向かう。数歩歩いたところでお尻がムズムズとして、トロリと何か温かいものが流れ出た。足を伝い落ちる感覚に驚いて足を止める。下痢でもして漏らしたのかとギョッとして、寝巻きの長い裾を捲り上げて、そっと後ろに手を宛がった。手の先が濡れてアナルから流れ落ちる物をすくい取ると、目の前にかざした。

それは白い液体だった。しばらくぼんやりと自分の濡れた手をみつめてから、ようやくハッとしてそれが何かに気づいた。「ひゃあっ」と驚いた拍子に下半身の力が緩んだのか、またトロリと流れ出るので、龍聖は思わずその場に座り込んでしまった。ペタリと力なく正座する。真っ赤になって小さく震えた。どうしよう……。

大声で何度もその名を呼んだ。

「フェイワン！　フェイワン！　フェイワン！」

「リューセー!?　どうした！」

ドタドタと足音がして、バンッと勢い良く扉が開き、慌てた様子のフェイワンが飛び込んできた。

「フェイワン！」

床に座り込む龍聖の姿に驚いて駆け寄った。

「リューセー！」

「リューセー様！」

一緒にシュレイとタンレンまでもが駆け込んできたので龍聖はとても驚いてしまった。

「どうした？　リューセー！」

フェイワンが屈んで龍聖の肩を抱くと、心配そうに顔を覗き込んだ。

「あ、あの……えっと……」

龍聖は真っ赤になっておろおろと、タンレン達の方を気にして見た。シュレイもとても心配そうな顔をしている。

「どこか痛いのか？」

「いや、あの……」

フェイワンが肩を抱いたまま龍聖を立ち上がらせようとしたので、龍聖は慌ててフェイワンにしがみついた。

「ダメダメダメ!!」

「どうしたんだ？　立てないのか？」

龍聖は恥ずかしすぎて泣きそうになった。真っ赤な顔で困ったようにフェイワンをみつめたが、フェイワンは不思議そうに首を傾げる。

「ああ、失礼、オレがいては言いにくい事もあるでしょう。フェイワン、オレは執務室の方へ行っているよ」

タンレンが笑いながら言って、出ていこうとしたのでフェイワンが呼びとめた。

「タンレン、それではラウシャンにも声をかけてくれ、お前とラウシャンに話がある」

「ああ、分かった」

タンレンが出ていくのを見届けてから、改めてフェイワンは龍聖をみつめた。

「どうしたのだ？」

「あの……歩いたら……出てきちゃって……」

「何が？」

優しく尋ねられて、龍聖は赤面したまましばらく考えてからフェイワンに耳打ちした。龍聖の告白を聞いて、フェイワンは楽しそうに微笑むと「それはすまなかった」と小さく囁いて答えた。

「シュレイ、リューセーに風呂の用意をしてやってくれ、部屋まではオレが運ぶ」

「は……はい」

シュレイはすぐに行動に移した。去っていくシュレイを見ながら、フェイワンは龍聖を抱き上げるとベッドまで連れていき降ろした。

「すまなかったな。そういえば、昨夜はあんなにお前を抱いてしまったのだから、そうなってしまうのも当然だ。寝衣を着せてやれば、誰かが入ってきても大丈夫だと安易に考えていた。そこまで気づいてやれなくてすまなかった。驚いただろう」

フェイワンは優しく、まるで子供を諭すように龍聖の髪を何度も撫でながら言った。

龍聖は顔を真っ赤にして俯いた。こうして落ち着いてくればくるほど恥ずかしくなる。あんなに狼狽して、まあそれは仕方ないにしても、無意識にフェイワンの名を何度も呼んでいた。それが恥ずかしかった。まるで小娘みたいだ。シュレイの姿を見るとやはり安心するが、さっきはまったくシュレイの名前が浮かばなかった。

「騒いでしまって……すみませんでした」

「いや、オレを呼んでくれて嬉しかった」

フェイワンは微笑みながらそう言って、龍聖の額にキスをすると立ち上がった。側の椅子にかけてあったガウンのような厚手の生地の長衣を手に取ると戻ってきて、それで龍聖の体を包むとヒョイッとお姫様抱っこで抱き上げた。

「フェイワン！　重いでしょう。降ろしてください」

「自分では歩いていけないだろう？　それにさほど重くはない」

「65キロはありますよ？」

「ろくじゅうごきろ？　ああ、体の重さの事か？　大丈夫だ、心配するな」

フェイワンは本当に軽々といった様子で、龍聖を抱いたままスタスタと歩いて寝室を出た。

「今、ちょうどシュレイ達と婚礼の予定を決めていたところだ」

「え!?」

「3日後には行う」

「そんなに早く!?」

龍聖は驚いて大きな声を上げてしまった。ちょうど控えの間を通り抜けて、廊下へと出るところで、扉の前の見張りの兵士が驚いてこちらを見たので、龍聖は恥ずかしくてフェイワンの肩に顔を埋めた。

フェイワンがクスクスと笑う。

「そもそもすべてがとても遅くなってしまっている。オレ達のためにも、国のためにも、一日も早く婚礼を挙げた方が良いだけだ。心配するな、婚礼と言っても何も難しい儀式はない。本来の婚礼の儀式は、オレ達の交わりだけだ。それももう済んでいるから、我々はもう正真正銘（しょうしんしょうめい）の夫婦なのだが……まあ国中の者達にお前を紹介するのが目的だ」

フェイワンが説明をしている間に、龍聖の部屋に到着した。中へと入るとシュレイが待っていた。そのまま風呂場へと連れていかれて、そこでようやく降ろされた。

「では、オレはまだ仕事がある。すまないが、あとはシュレイに任せる」

フェイワンは、龍聖に軽くキスをしてから去っていった。残された龍聖はとても困った顔でシュレイをみつめた。シュレイはいつもと変わらぬ平然とした顔をしている。

「きょ、今日は自分で体を洗うよ」

「いいえ、私が洗わせていただきます」

「シュレイ！　お願い……お願いだから……放っておいて!!」

龍聖が羞恥で真っ赤になって泣きそうな顔で言ったので、シュレイはしばらく考えて「分かりました」と答えた。

「何かありましたらお呼びください」

シュレイは扉を閉めた。

龍聖は大きく溜息をつくと、ガウンと寝衣を脱いで全裸になった。湯船から手桶で湯をすくって体にかけた。最初に尻へ手を伸ばしてそこを洗う。躊躇する気持ちはあったが、勇気を振り絞って指を中へと入れた。

「んっ……ふっ……」

ぬるりと中へ指が入る。中は温かく液体が入っているのを感じる。それを掻き出すと、確かに何かがドロリと出てくるのが分かった。ブルリと身震いをしたが、その感覚がなくなるまで行為を続けては、湯で流した。石造りの床に、湯で流れる白い物がハッキリと分かって、カアッと赤くなった。それはフェイワンの物だ。そう思うと、あまりにも生々しくて、自分の行った行為を改めて実感させられる。

あれは夢でも何でもなく、確かに現実として行った行為なのだ。無理矢理でも、義務でもなく、確かに自分で受け入れた行為だ。彼はこの体を抱き、体の中に何度も射精したのだ。彼も紛れもなく、自分と同じ男性だった。体の中に入ってきた彼の分身の感覚を、ハッキリと体が覚えている。ここにそれが入ったのかと思うと信じられない気持ちで、そっと指でそこを触った。もう中の物はすべて出したと思う。

体を綺麗に洗って湯船に浸かった。また溜息をつく。

まさかこんな事をする事になるなんて、28年生きてきて思いもしなかった。自分がもしも最初から男を好きだったら、抵抗なく受け入れられたのだろうか？　そんな極端な発想まで浮かぶ。だけど今、こんな風に自然と受け入れられる自分も不思議だ。もっともっと嫌がってもいいのに、もしかしてそっちの気があったのだろうか？　とも思った。

始まりは、あの不思議な香りの影響だったから、自然と体や思考が洗脳されるように、受け入れたのかもしれないけれど……。

「シュレイ……もういいよ」

龍聖が声をかけると、すぐに扉が開いてシュレイが体を拭く大きな布を持って入ってきた。それを見て龍聖は立ち上がると湯船を出た。

シュレイは黙って体を拭いてくれる。

「シュレイ……ごめんね」

「何の事ですか？」

「シュレイはきっと何もかも分かっているんだろうと思うけど……オレはまだ戸惑っている。その時の気分ですごく振りまわしてしまうけど……許して欲しい」

「別にリューセー様は、私を振りまわしたりしていませんよ」

シュレイは話しながら、テキパキと服を着せてくれた。こんな行為にもすっかり慣れてしまった。

なんだかお殿様のようだと最初は思ったが、こうする事でシュレイが安心するのならばと、すべてを任せている。

「オレってすごくみっともないよね」

龍聖がそう言ったので、シュレイは驚いたような顔をしてから立ち上がり、龍聖の顔をみつめた。

「そんな事はありません」

真面目な顔で答えるシュレイに苦笑した。

「だってあんなに散々抵抗して嫌がっていたのに……フェイワンに抱かれて、こんな女みたいになっちゃって……女々しくて、みっともないよ。恥ずかしいよ」

龍聖は独り言のように呟きながら俯いた。

「後悔しておいでなのですか?」

「後悔していないから……だからみっともないんだよ。すっかりフェイワンを受け入れて好きになっている。男なのに、男に抱かれて気持ち良いと思っている。みっともないだろう? オレ、こんな顔だし……子供の頃、女男とか言ってからかわれていたけど、そうなのかもしれない」

「リューセー様は、そのお心も十分男らしいと思います。とても勇気がおありになる。立派な方です。お世辞ではなく、そう思います。どうかいつまでも、そのままのリューセー様でいていただきたい」

シュレイは言いながら、龍聖の髪をそっと撫でて微笑んだ。

「シュレイ」

「随分、髪が伸びてしまわれましたね……前髪を少しお切りしましょう」

シュレイは優しく宥めるように言って、そっとその背を押して風呂場を後にした。

フェイワンが執務室へ行くと、タンレンとラウシャンが待っていた。

「早かったな」

フェイワンが言うと、ラウシャンが深く頭を下げた。

「すっかり元通りになられたようで……心からお祝い申し上げます」

「ああ、貴方とは色々とあったが、もうすべて過去の事と思う。これからも今まで通り、貴方の知恵を国のために、オレのために貸して欲しい」

「はい、もちろんそのつもりです」

ラウシャンは心から誓って言った。

顔を上げまっすぐにフェイワンをみつめるその目には曇りはない。フェイワンの知っている堅物なくらいに実直だったラウシャンに戻っていると思った。

「陛下とリューセー様に、全身全霊をもってお仕えいたします」

フェイワンはそれを真意と受け取り頷いた。視線をタンレンへと向けると、タンレンも頷いた。

「早速だが3日後に婚礼の儀式を行う事になった。だがその前に、やっておかなければならない事がある」

フェイワンの言葉に、タンレンは頷いて口を開いた。

「先日の騒ぎを起こした侵入者だが……捕らえた4人のうち二人がアルピンで、あとの二人はソルダの者だった」

「ソルダの……」

ラウシャンは険しい顔になった。

「アルピンの者は、術をかけられていて何者かに操られていた。尋問している途中で術が解けてしまい、何もかも記憶をなくしてしまった。ソルダの者は、兵士が目を離した隙に自害してしまい何も聞き出す事が出来なかった」

「陛下、ソルダには魔術師が数人王の側に仕えています。その者の仕業(しわざ)ではないでしょうか」

ラウシャンの言葉に、フェイワンは頷いた。

「だがソルダは小国……今まで長く我が国の庇護の下にあった。あの気弱な王だけでは、そんな大それた事は考えないだろう。それにオレが瀕死の状態であった事は、国外はおろか、我々シーフォン以外にはエルマーン国民にも知らされていなかった事だ。シーフォンの中に密通者がいる」

「フェイワン様……私をお疑いですか」

ラウシャンは、眉間を寄せて苦しげに尋ねた。するとフェイワンは明るい顔で首を振った。

「そんなつもりで貴方を呼んだわけではない。貴方はこんな遠回しな策略などなさらないでしょう。現に自分で行動された事ですし……とにかくオレが元通りになった今は、もうその者も何も出来ないはず。しばらくは泳がせる事にした。今一番大事なのは、ソルダに脅しをかける事だ。リューセー暗殺が失敗に終わった今、一日でも早く行動をする必要がある。そこで二人には、オレに付き添ってソルダまで行って欲しい……いいな?」

「御意(ぎょい)」

二人は頭を下げた。

「すぐに支度を！　ソルダへ向かう」

フェイワンは力強い声で言った。

シュレイに髪を少し切ってもらった。この世界に来てもう2〜3ヶ月は経ってしまっているのだなぁ〜というのは、伸び切っている髪を見て実感する。前髪を少し切って揃えてもらって、後ろ髪も不揃いに伸びていた部分を切ってもらう。

「短くしていいよ」と言ったのだが「もったいないので切れません」と言われてしまった。

この世界に黒髪の人種は存在しないらしい。大陸の果ての国には、黒髪の人種がいるらしいとの話ではあるが、エルマーン王国周辺には存在しないようだ。

シーフォンはカラフルで色とりどりな髪をしているし、アルピンは色素の薄い明るい茶色の髪をしていた。

「そういえば、シュレイはアルピンなのに、髪の色が違うんだね」

龍聖が何気なく尋ねた言葉に、シュレイはただ薄く微笑んでみせると、「混血なんですよ」とだけ答えた。それの意味するものが何か分からなかったが、なんだか突っ込んで聞く雰囲気でもなくて、それ以上は尋ねなかった。

そんな事をぼんやり考えていたら、最近スマートフォンを見る事もなくなってしまっていた事に気づいた。電源を切ってはいるけど、こんなに放置していては、充電も切れてしまっているだろう。

自分が現代人で、日本人だったという僅かな繋がりをなくさないために持っていただけだ。その用途をなさないあの小さな塊に、いつまでも執着していても仕方ない。いつから家族の事を考えなくなってしまったのか、いつから恋人の事を思い出さなくなったのかさえも分からなくなっていた。

人間って現金なもので、きっと命に関わるような危機的状況にあれば、常に家族の事を考えるのだろうけれど、自分の生活が安定し、満たされていると思い出す事もなくなる。恋人に対する想いがこの程度だったのだという事にも驚いてしまった。自分がこんなに薄情だったなんて……。今はもうフェイワンに心が傾いている。それも相手は男で……。

その時扉が叩かれ、シュレイが出ると、扉の外にいたのはフェイワンだった。

「リューセー、オレはこれからソルダという隣国へ出かけねばならなくなった。今日中には帰るから待っていてくれ」

フェイワンが、真っ白な甲冑を身にまとって現れたので驚いた。ピカピカに輝く真っ白の甲冑は、金具部分や紋章などが金で縁取られていて、それに真っ白のマントをまとっていたので、真っ赤な髪がさらに映(は)えて美しい。

龍聖が言葉も出ずにぼんやりと眺めているので、フェイワンが不思議そうに首を傾げた。

「リューセー？　どうしたのだ？」

「あ、すみません。あんまり綺麗だったから……みとれていました」

龍聖は、うっかりと素で答えていた。『みとれていた』なんて言われて、フェイワンの方が少し照れて赤くなった。

「リューセー、これから出かけるというのに、そんなかわいい事を言うものではない。行きたくなくなるではないか」

「え？　あ？」

龍聖は言った言葉に自覚がなくて、きょとんとしてしまった。それを見てシュレイがクスクスと笑う。

そんな龍聖に歩み寄ると、愛しそうに龍聖の髪を撫でて、頬を撫でてから、チュッと唇を重ねた。龍聖は少し恥ずかしくなって首をすくめる。

「シュレイ……オレは夜までには戻るつもりだが、オレが帰るまでは、たとえ誰であろうともリューセーと会わせる事はならない。よろしく頼んだぞ」

「はい、かしこまりました」

シュレイは真面目な顔になって、深く頭を下げた。

「では行ってくる」

フェイワンは、龍聖に優しく微笑みかけてから、くるりと踵を返すと部屋を後にした。


「ジンヨン！　参ろうか？」

フェイワンが塔の上に現れると、広く外への出口を開け放たれたジンヨンの部屋に、心地良いくらいの強い風が吹き込んでいて、フェイワンのマントをブワリとたなびかせた。

グルルルッと喉を鳴らしたジンヨンが、首を床すれすれに下げて、フェイワンの前に頭を持ってきた。その額をポンポンと叩いてから、勢いをつけて首の上に飛び乗ると、身軽な身のこなしで首の付け根まで駆けていき、肩の窪みの辺りに立った。

「久々だな、ジンヨン……振り落とすなよ？」

楽しそうにフェイワンが声をかけると、ジンヨンはオオオッと一声鳴いてから、バサリと翼を広げて宙へと身を躍らせた。吹きつける風を受けて、その大きな体が空へと舞い上がる。すでに上空では、タンレンとラウシャンが待っていた。

「行くぞ」

フェイワンが合図をすると、タンレン達は頷いて後に続いた。

「シュレイ！　見て！　ジンヨンとフェイワンが……綺麗だね。すごく綺麗だ。ジンヨンがきらきらと光っているよ」

窓辺に立ち、龍聖が嬉しそうな声を上げた。

真っ青な空に、大きな金の竜の姿があった。日の光を受けて、金の鱗がキラキラと光っていた。その背には、真っ白な人の姿がある。フェイワンだ。マントが風に広がり、真っ赤な長い髪も風にたなびいていて、とても美しい光景だった。自分にもしも絵心があるならば、その姿を絵に描きたいとさえ思った。

写真があればなぁ……そう思ってから、突然ハッと閃いて、寝室へと駆け込んだ。物入れの小引出しからスマートフォンを取り出した。スマホのカメラで撮ろうと思ったのだ。電源を入れてみたが、画面は真っ黒のままだった。

「やっぱりご臨終か……」

龍聖は残念そうに呟いて、またそれを元の引出しへと戻した。

「どうかなさいましたか？」

突然慌てた素振りをした龍聖に驚いて、シュレイが心配そうな顔で側まで来てくれた。

「ん？　フェイワンの姿があんまり綺麗だったから、写真に撮ろうと思ったんだけどさ……もうダメになってたんだ」

「シャシン……ですか？」

「ああ、人の姿とか風景とか、一瞬で絵のように写し取る事が出来る道具なんだよ。もっともこれは、もともと別の事に使うための道具なんだけどね……」

「それはなんの道具なんですか？」

「スマートフォンと言って、同じ道具を持っている者同士が、どんなに遠く離れていても話が出来るっていう道具なんだ。でももう使えないんだ」

龍聖は残念そうにエへへと苦笑した。

「今の大和の国には、色々と珍しい道具があるのですね。それではこの国に来て、随分不便に思われておいででしょう」

シュレイの言葉に、龍聖は首を振った。

「意外とこういうのって、なければなくてもいいんだって事が分かったよ。このスマホとかメールやアプリをしなくても別に毎日色々と退屈しないし、この国に来てから、あまり時間を気にしなくなったし、シュレイやフェイワン達がいるからね。全然平気だよ。身の回りの事なんて、シュレイがなんでもやってくれるじゃないか……オレはむしろ、シュレイがいなくなっちゃったら、すごく困るよ」

それを聞いてシュレイはニッコリと笑った。

「私がいないと不便になりますか？　それはありがたいお言葉です」

しかし龍聖は首を振った。

「そういう意味じゃないよ。ん～……そりゃあ、いないとすごく不便だと思うけど……そうじゃなくてさ、今のオレにはシュレイが一番の友達であり、家族みたいなものだから、いなくなっちゃったら、すごく困るよ。オレが王妃になって、フェイワンのものになっても、ずっとずっと側にいて欲しい」

龍聖の言葉に、シュレイは驚いて、やがて嬉しそうに微笑を浮かべた。

「はい、いつまでもお側にいます」

龍聖の側にいる事、それがシュレイの何よりの喜び、何よりの幸せ、側にずっといる決意はとっくに出来ている。それを龍聖自身から望まれたのならば、これほど嬉しい事はない。シュレイは何度も頷いた。


国境の山を越えると、警備についていたシーフォンが竜と共に飛び立ち、見送るように途中まで並走して飛んで、やがて向きを変えると国境へと戻っていった。

険しい嶺を越えて、重なる山脈を越えると、茶色の大地を剝き出しにした荒野が広がる。その先に転々とした林の緑と、そこをうねうねと街道が走る。道なりに進むとやがて集落が現れる。いくつかの集落と畑が続き、やがて大きな街が見えてきた。ソルダの首都・アンガシャだ。中央には大きな教会と、城がある。城には二つの高い塔があった。

フェイワンはジンヨンを降下させると、街の上を数度グルリと旋回した。突然の巨大竜の出現に、街の人々は驚いて道へと飛び出し、空を見上げる。ジンヨンは大きく旋回しながら城へと近づくと、城の周りも2回グルリと旋回した。城の至る所から兵士達が顔を出して驚いているさまが見える。フェイワンはジンヨンに命じて、タンレン達と共に街から離れると、街道沿いに着地した。

フェイワンはジンヨンの背から降りると、街の方をみつめたままじっとその場に佇んだ。タンレンとラウシャンも側に控える。

しばらくして凄まじい音を立てて、馬に乗った一団がフェイワン達に向かって駆けてきた。馬に乗るのはこの国の兵士達だ。先頭にいた兵士が、馬が止まるのも待ち切れないというように、転がり落ちる勢いで降り立つと、フェイワンの前まで駆け寄り、その場に跪いた。

「フェイワン王、わざわざのご訪問を我が王が歓迎したいと申しております。ぜひご一緒に城までお越しください」

「その方、名は？」

「は……ははっ、申し遅れました。近衛隊隊長のエスラドと申します」

兵士は慌てて名乗ると深々と地面につくほどに頭を下げた。

「ではエスラド殿、ファシマ王はご健在か？　随分長くお会いしていないが」

「は……はい、おかげ様で……健在でございます」

「そうか、安心した。では参ろうか？」

フェイワンは、ニッコリと微笑むとタンレン達にも合図を送って、差し出された馬へと跨った。

「ジンヨン、戻るまで大人しく待っているんだぞ」

フェイワンの呼びかけに、ジンヨンは大きく首を振って頷く素振りをした。

城へ到着すると、大勢の兵士達がズラリと整列して出迎えていた。長い回廊の両脇に整然と並んだ兵士達に敬礼されて、その中央を近衛隊隊長の先導で悠然と歩く。城の中央の大広間へと案内された。その奥に一人立って待っている人物がいる。小柄で年老いた男性だった。その服装と頭の王冠で、国王である事が一目で分かる。

「これはこれは、ファシマ王。このような所でお出迎えとは驚きましたな」

さすがにフェイワンは驚きの表情で足を止めてから呟いた。本来なら王との対面は、謁見の間で、王は玉座に座り来客を迎えるものだ。その王が、玉座を降りて、謁見の間の手前にある大広間まで出向いて、客を迎えるとは前代未聞だ。少なくともフェイワンはそのような事をした事はない。ソルダを来訪したのは、かつて一度きりで、フェイワンが王位に就いて間もない頃だった。その頃、この目の前のファシマ王も、まだ年若い王だった。あのふさふさだった髪も、すっかり寂しくなり、赤茶だった髪は白くなっていた。顔にはクッキリとシワが刻まれている。唯一変わらないのは、人の良さそうな小さな目くらいだ。

ファシマ王は跪いてフェイワンに礼を尽くした。

「フェイワン王、わざわざお越しいただき痛み入ります。……お元気になられた事を知っていれば、こちらからお祝いに参上するところでした。驚きました」

「ファシマ王、どうかお立ちください……ここは貴方の国です。臣下の前でそのような姿を晒すものではない」

フェイワンが手を上げて言ったので、ファシマ王はおずおずとした様子で立ち上がった。困ったような顔でフェイワンをみつめてから、ぎこちなく笑みを作る。

「あちらで、どうぞくつろぎながらゆっくりとお話をいたしましょう。急な事で大したもてなしも出来ませんが……」

ファシマ王の言葉に、フェイワンはタンレンとラウシャンに視線を向けた。二人が頷いたので、フェイワンはにこやかにファシマ王に頷いてみせた。

奥の客間に通された。テーブルには急いで用意されたであろう料理や酒が並べられている。奥の壁際に並ぶ従者達に混じって、二人の魔術師の姿がある。フェイワンは彼らを見ると、一瞬眉間を寄せた。勧められた席に着き、タンレン達も続いて座る。

酒を注がれて乾杯を交わしてから、フェイワンはグラスをテーブルに置いた。

「ファシマ王。もてなしは結構ですから、ここは皆を下げていただけませぬか？」

「は？　あ……ああ……分かりました」

ファシマ王は慌てて従者達に命じて下がらせた。

「皆……ですよ、ファシマ王」

ラウシャンが、強い口調で念を押すように改めて言ったので、ファシマ王は驚いてキョロキョロと辺りを見まわした。言われた通りに従者を下がらせた、これ以上何を……と問いかけようとして、ラウシャンの鋭い視線の先を見た。そこには魔術師が二人立っている。ファシマ王がそれに気づいたところで、ラウシャンは視線を落として、黙って酒を一口飲んだ。フェイワンは目を閉じている。タンレンも静かに酒を口にしていた。それは無言の脅威だ。

「お前達も下がっておれ」

ファシマ王が慌てて命じると、魔術師達は一礼して部屋を出ていった。

その後もしばらくの間、フェイワンは目を閉じたまま酒も口にせず、背筋を伸ばしたまま静かに座っていた。そこにいるのは紛れもなく偉大なる王だ。この国の王がどちらか分からなくなるほどだった。その迫力に、ファシマ王はずっと気圧(けお)されているようだ。いや、何かに怯えているようにも見える。

突然のフェイワン王の来訪は、ファシマ王を怯えさせるには十分であった。あの巨大な竜に城の上を何度も旋回されては威嚇(いかく)されているのも同じで、王だけではなく、城中の者達が怯えて震え上がった。

「ファシマ王、この国にはどれくらいの危機感として、エルマーン国王の病状が伝えられていたのかな？」

ようやくフェイワンが口を開いた。ファシマ王がすぐに答えられずにいると、フェイワンがゆっくりと目を開いた。金色の目。その眼光も鋭く、ファシマ王はブルリと震えた。

「オレが国政の表に出なくなって随分長い月日が流れた。シーフォンのオレにとってはそれほど長い年月ではなかったが、貴方のその姿を見ると、随分と長い時であった事を知る。以前お会いした時には、あのような輩(やから)を側には付けておられなかったはずですが……ファシマ王、貴方は決して悪い王ではない。国政もつつがなく行っている。国は決して豊かではないが、貧しくもなく平穏なのが何より……貴方の良き所は野心のない所だ。代々、ソルダの王の良き共通点はそれだった。ずっと古くより隣国として上手くやってこれたのもそのためであろう？」

淡々とした口調でフェイワンが話をすると、ファシマ王は汗を浮かべながら頭を垂れて聞いていた。

「ファシマ王、噂がどのように伝わったかはしれぬが、その目でご覧のようにオレは至って元気だ。エルマーン王国ではこれからも長くオレの治世は続く……お忘れになるな、王よ、貴方の世継ぎのそのまた次の次の次の代の王が、ソルダの王位を継ぐまで、オレがエルマーンの王だ。貴方がここで以前通りの忠誠を尽くされれば、オレはそれを忘れないだろう……オレの治世が続く間は、ソルダとの国交は安泰だ」

「フェイワン王」

「ファシマ王、これは国王同士の約束だ。貴方が良き王でありたければ、怪しげな人の話には耳を貸さぬ事だ。自分の目で見て、自分の耳で聞いた事を信じて、自分の考えで判断される事だ。オレはこうしてここにいる。オレを信じれば、この国には手を出さぬと約束しよう。街の外で待つ我が竜が、何もする事なく国に帰ると約束しよう。オレは三日後に、リューセーとの婚礼を行う。リューセーを誘拐しようとした賊の企ては、失敗に終わり、我々の手で捕らえられた。その者達がどこの国の人間であったか……言わずとも良いな？」

ファシマ王は真っ青になってガタガタと震えた。

「貴方がご健在で何よりだった。もっとも近い国であるからな。元気になったので、挨拶がてら一番に訪ねてみただけだ。邪魔したな」

フェイワンは微笑を浮かべてそう言うと立ち上がった。タンレン達も続いて立ち上がった。

「ファシマ王。余計な事かもしれぬが……この国に魔術師は必要ないと思うぞ」

フェイワンは一言言い残して部屋を後にした。

ソルダの兵士達に見送られて街の外まで出ると、元の場所で竜達が退屈そうな顔で待っていた。

「ジンヨン、待たせたな。散歩してから帰ろうか」

フェイワンの言葉に、ジンヨンは嬉しそうに長い尻尾を持ち上げて振ったので、フェイワンは声を上げて笑った。

「陛下、我が国の密通者を問いただささなくても良かったのですか?」

ジンヨンに乗ろうとするフェイワンに、ラウシャンが耳打ちをした。フェイワンは、チラリと後方の近衛隊達を見てから首を振った。

「あの王には野心はない。気の弱い男だ。だから聞いても白状しないだろう。野心のある者の方が、あっさりと寝返るものだ。別に問いただすためにここへ来たわけではない。脅しをかけただけだ。密通者にも、これは十分脅威になっただろう。我々がソルダを脅した事で、こちらがある程度の情報を持っている事を示す事が出来たはずだ。だからこそ行動を早く起こしたのだ。今はこれで十分……婚礼の前に、争いを起こしたくはない。だが、お前とタンレンには、これからも引き続き調べを続けてもらうつもりだ」

「御意」

ラウシャンが礼をすると、フェイワンはジンヨンの背に乗った。

3頭の竜が大空へ飛び立つ様を、ソルダの民達は驚異の目で見送っていた。

「どうして？　どうして会わせてもらえないのですか？」

「メイファン様、申し訳ありませんが、これは陛下の命令なのです」

「別に何もしないよ。オレ、ただ、以前のようにまたお話をしたくて……ずっとあれ以来会えなかったから……」

メイファンは、シュレイに食ってかかった。シュレイは落ち着いた様子で、ただ首を振るだけだ。

メイファンが、久しぶりに龍聖を訪ねてきたというのに、門前払いになっているのだ。扉が開いてシュレイが出てきたと思ったら、彼はそのまま廊下へと出てきて扉を閉めてしまった。これでは龍聖に救いを求める事も出来ない。今までは、扉の隙間から中を窺い、たとえシュレイがダメだと言っても、しつこく粘れば、中で聞いていた龍聖が大抵「シュレイ、いいじゃないか」と言ってくれていたのだ。だが今日はそれさえも叶わない。

「リューセー様が……陛下とめでたく結ばれたって聞いたんだ。あの事件以来、ずっと遠慮していたんだけど……もう婚礼も決まったと聞いたし……改めてお祝いも言いたいし、リューセー様と話をしたいんだよ」

「それでは陛下がお戻りになられるまでお待ちください。陛下が戻られれば、きっとお会い出来るように、私からもお伝えしますから」

「そんな……じゃあ、ちょっとお顔だけでも……リューセー様のお顔が見たいんだよ」

「申し訳ありません」

シュレイは深く頭を下げて、そのまま顔を上げなかった。それはもう『お引き取りください』と言われているようなものだ。こんな門前払いは初めてだ。メイファンは、悔しくて唇をぎゅっと噛むと、クルリと踵を返してその場を去った。

悔しい。

会えないと、なおさらに思いが募る。

龍聖の事が好きだ。それはいけない事だと分かっていても、惚れてしまったのは仕方ない。好きの一心で、あの事件だって……危険を顧みずに助けに行ったのに……あの後、頭を殴られて一日寝込んでしまったメイファンの元へはシュレイが見舞いにやってきて、フェイワンからの礼の言葉を貰っただけだ。

別に龍聖に恩を売るつもりはない。だけど……あの事件のおかげで、気持ちは確かになった。やっぱり好きだ。龍聖の香りのせいなんかじゃない。恋だ。恋している。こんな気持ちは初めてだ。たとえ、もう王のものになってしまっているんだとしても……好きだ。会いたい。もう本当に叶わないのだろうか……。

階段を駆け下りようとして、突然目の前に現れた人影に、ぎょっとなって足を止めた。

「ミンファ様……」

そこには美しい婦人が立っていた。

豊かな長い青い髪を綺麗に結い上げて、少し大きめに胸元の開いたドレスを着ている美しい女性だった。優しく笑みを浮かべてメイファンをみつめていた。

「ご機嫌斜めなご様子ね？　メイファン」

「ミンファ様……どうしてこんな所に……」

「私も一度リューセー様にお会いしたいと思っていたのだけど……その様子では、今は面会も無理なようね？」

おっとりとした話し方で、品があり華がある。ミンファは、ユイリィの母であり、フェイワンの叔母であった。

王家の血筋では、今や数少ない女性の一人だ。

「シュレイが断固として会わせてくれないのです。陛下のご命令だとか……少し挨拶だけでもしたかったのですが……ダメでした。門前払いで、お顔を見る事も叶いませんでした」

メイファンは恭しく礼をした後、ちょっと俯きながら残念そうに告げた。

「ねえ、メイファン……よろしかったら、私と少し話をしない事？」

「え？」

「こんなおばさんの相手はお嫌かしら？」

「そ、そんな事……喜んでお付き合いさせて頂きます」

メイファンは、ちょっと赤くなってからペコリと頭を下げた。それをミンファはクスリと笑ってみつめた。


メイファンは、ミンファの屋敷に招かれて、彼女の私室へと通された。既婚者とはいえ、婦人の私室へ入るのは初めてで、メイファンはドキドキしてしまった。親しくしているユイリィの母親とは言っても、メイファン達とは格が違う。王族だし、何より現王の叔母で……先王の妹君なのだ。メイフアンが緊張して固まっていると、ミンファがクスクスと笑いながら、テーブルを挟んだ向かいに座った。

侍女がお茶を持ってきてテーブルに並べると、ペコリと礼をして去っていった。これで二人きりだ。

「あの、ユイリィは？」

「仕事で一週間ほど留守にしています。メイファン？　そんなに緊張しないでね」

優しく言われて、メイファンはエヘヘと笑って誤魔化(ごまか)した。

「貴方……リューセー様が誘拐されそうになった時、真っ先に駆けつけたんですって？　とても勇敢なのね？　成人したばかりなのに偉いわ。神殿長もお喜びでしょうね」

「いいえ、そんな大した事はしていません。たまたま私が犯人に気づいただけですから……」

「リューセー様の事が好きなのね」

「え!?」

モジモジと俯いていたメイファンだったが、言われて驚いて顔を上げた。ミンファはニッコリと優しく微笑みながら、お茶を飲んでいた。

「恋しているのでしょ？」

「え!?　あ、あの……」

「フフフ……大丈夫よ、誰にも言わないわ。心配しないで？　別にそれを責めるために貴方を呼んだわけではないのよ？」

ミンファの優しい笑顔と、優しい口調に、メイファンはホッとなって少し赤くなった。

「す、好きです。べ、別にだからって何をするってつもりもないんですけど」

「あら、告白すればいいじゃない」

「え⁉」

メイファンはまた驚いてしまった。だがミンファは穏やかな顔のままだ。冗談……を言っているようでもない。だが真面目な話でも困る。からかわれているのだろうか？　メイファンは困ったように笑ってみせた。

「今ならまだ大丈夫よ？　婚礼前ですもの……貴方のものに出来るのよ？」

「え？　え？」

「慣例と違って……婚礼前に、もう王のお手付きにはなっているけれど、正式な婚礼を行っているわけではないから、まだ王妃ではないわ。それに逆に運の良い事に、王のお手付きだから、もうリューセー様は『毒』ではなくなっているわ。貴方が自分のものにしても、毒には当らないのよ？」

「ミ、ミンファ様……あの……」

メイファンはとても動揺してしまっていた。からかわれているのだろうかと思うが、ミンファのあまりにも突拍子もない言葉に、なんと返事をしたら良いのか分からなくなっていた。そんな様子にミンファは楽しそうにコロコロと笑った。

「別に貴方にリューセー様を奪い取れと言っているわけではないのよ？　でも、秘めた恋心は辛いものよね？　告白ぐらい許されると思うのよ。ねえ、メイファン。シュレイの警戒はちょっと異常だとは思わない？　貴方にそんなに警戒するなんて……もしかしたらリューセー様も、貴方の事を好きなんじゃないのかしら？」

「え⁉」

メイファンは目を丸くした。さっきからずっと「え!?」という声しか上げていない。だって驚かされてばかりだからだ。

「以前は、離れた場所からだとしても顔を合わせて話をする事は許されていたのでしょ？　それなのに門前払いだなんて……貴方に対して警戒しすぎだわ。もう王のお手付きだから、香りの誘惑を心配する必要もないし……それなのに……ねえ？　おかしいと思わない？」

言われてメイファンは、ハッとした。確かにそう言われるとなんだかおかしい気がしてきた。龍聖がメイファンの事を好いてくれている？　とまでは思っていないが……確かに変だ。

「それとももしかしたら、シュレイの個人的な気持ちのせいかも……」

「え？　個人的？　どういう事ですか？」

「毎晩、シュレイが神殿に懺悔(ざんげ)をしに行っているという噂を聞いたわ……お父様から何か聞いていないのかしら？」

「え、それは知りません。でもたとえそうだとしても、懺悔の告白は、どのような内容であったとしても、秘密厳守なのが決まりです。父はたとえ家族でも他言はいたしません」

メイファンは、戸惑いながらも真面目な顔で答えた。ミンファはふうっと溜息を吐いた。

「そうよね。では噂もどうだか分からないわね。私の気のせいならば良いのだけれど……」

「何かあるのですか？　ミンファ様……先ほどから変です。どうして私にこんな話をするのですか？」

メイファンの質問に、ミンファはすぐには答えなかった。お茶を飲みながら何度か溜息を吐いて、考え込んでいるようだった。

「これは……秘密ですよ？　メイファン、貴方、前のリューセー様が自殺した事は知っていますね？」

「は、はい」

「原因は何かご存知？」

「い、いいえ。この国に馴染めなかったから……とか、病気を苦にして……とか、色々な説は聞いてますが……」

「本当の理由は私達身内の一部しか知らないのだけど……それも私達が兄の口から聞いたわけではないから、真実かどうかは分からないのですけどね……」

もったいぶるように、ミンファが小声で語り出したので、メイファンは身を乗り出して聞き入った。

「前のリューセー様の側近が……リューセー様に惚れてしまい、リューセー様に辱めを与えたらしいのですよ」

「は、辱め!?」

メイファンは、ドキリとして思わず聞き返してしまった。ミンファは、ハンカチで口元を押さえながらコクリと頷いた。

「貴方、リューセー様の側近は一体どこまでお世話をしているかご存知？」

「いいえ」

「身の回りの世話や教育だけではないのですよ？　お風呂も……一緒に入るのですよ？」

「え！　お風呂！」

「ええ、リューセー様は、自分の体も自由に洗えないのです。側近が毎日、リューセー様の体を隅々まで洗うのですよ？　前の側近は、リューセー様に本気で惚れてしまい、好きなあまりに、仕事を超えた行為をしてしまったのですよ。何も知らないリューセー様に、体を洗うふりをして……やがて、それが辱められている行為だと知ったリューセー様が……絶望して死を選んだのだと……」

メイファンは驚きのあまり、固まってしまっていた。

「だから、シュレイは、側近になるために……男の証を切り取られているのだって事をご存知？」

「お、男の証って……もしかして……」

ミンファはコクリと頷いた。互いにハッキリと言葉にはしなかったが、それが何を意味しているのかは分かる。メイファンはブルリと身震いをした。アソコを切られるなんて、同じ男としてはゾッとする話だ。

「シュレイが毎晩懺悔している事って何かしら？　気にならない？　たとえ男の証がないのだとしても……もしもシュレイが、リューセー様に惚れているのだとしたら……いたずらくらいは出来るとは思わない？」

「そ……それは……」

「私は心配しているのです。もしもリューセー様が、本当はメイファンの事が好きだとして……それでも諦めてフェイワンに身を捧げているのだとしたら……そんな辛い立場のリューセー様に、さらにシュレイがよからぬ事をしてしまったとしたら、リューセー様の心はひどく傷ついて、前のリューセー様のようになってしまうのではないかと……」

「そんな!!」

「だから貴方に尋ねたのよ？　リューセー様の事が好きなのか？　貴方が心から好きなのだとしたら

……ね？　リューセー様を救えるのは貴方しかいないのよ」

「ミンファ様……でも……」

動揺して、俯いたままオロオロとするメイファンを、ミンファは目を細めてみつめていた。

「信じられないのですね？　では今夜にでも神殿に行ってみては？　貴方なら神殿の中で上手く隠れて、懺悔を聞ける場所をご存知でしょ？」

ミンファの言葉に促されて、メイファンは顔を上げた。まだ迷いのある顔だが、何か決心をしたようだ。

「今夜、確かめてみます」

呟くように答えたメイファンを優しい眼差しでみつめながら、ハンカチで隠したミンファの口元が怪しい笑みを作っていたのを、メイファンは知る由もなかった。


龍聖は、真っ白な布を体に巻かれて、侍女達に体の寸法を測られていた。

「大体で良いんじゃない？　いつも着ている服のサイズと一緒で良いんでしょ？」

先ほどからずっと細かく採寸に縛られて、龍聖はうんざりとした顔でシュレイに声をかけた。

少し離れた所で眺めていたシュレイが、龍聖の言葉に肩をすくめて笑ってみせた。

「これは大事な婚礼衣装なのです。形が普通の服とは異なり、少々複雑ですし……着た時に少しでもおかしい所があってはいけませんからね。それに婚礼まであまり日にちがありませんから、これから何度も試着するという暇もありませんし……もう少しご辛抱なさってください」

シュレイに宥められて、龍聖はチェッと舌打ちした。なんだかこれでは、花嫁がウェディングドレスの試着のため、結婚式場で大騒ぎしている光景のようだ。以前従姉妹が結婚する時に叔母達と一緒に見に行った事があって、その時の事を思い出した。

ウエディングドレスか……それを自分が着るなんて。いやまさかあんなドレスのようなものではないのだろうけど……なんだかとても複雑な心境ではあったが、それを拒む事はしなかった。もう何が起きようとも諦めている。『花嫁さん』と言われたって、もう気にしないと思う程度に諦めている。

夕日の差しはじめた窓の外の風景を、遠くにみつめて、侍女達のなすがままにされていた。すると何か空の上でキラキラと光る物に気がついた。

「あ!!」

突然声を上げると、龍聖がタッと窓辺へ駆け出したので、侍女達が驚いて「きゃあ」と小さな悲鳴を上げた。巻かれていた布が引っ張られて、龍聖が転びそうになったので、侍女達が慌てて布や道具を片付けて救出した。

「リューセー様?」

「ねえ! 見て! ほら! あれ!!」

龍聖がはしゃいだように窓を開けて、空を指差した。

夕日を浴びて、金色の竜の鱗が、キラキラと眩しく輝いていた。

「ジンヨンだ! シュレイ! フェイワン達が帰ってきたんだよ!! すごい!! すごい綺麗だ!!」

「ええ……そうですね」

シュレイが側に歩み寄り微笑んだ。

「リューセー様はジンヨンがお好きですね」

「ああ、大好きだよ。すごく綺麗だし……優しくてかわいいし」

「かわいい？」

龍聖の言葉に、シュレイは少し驚いた顔をしたが、あまりにも嬉しそうな顔で言うので、つられて笑みを浮かべた。

「竜王も、やはりリューセー様にかかっては形無しですね」

クスクスと笑いながらシュレイが言うので、龍聖はアハハと一緒に笑った。

「ねえ、出迎えに行ってきても良い？」

「え？　あ、でもまだ採寸が途中ですよ」

「ちょっとだけだよ。ちょっとだけ」

龍聖は、『ね？』と目配せしてペロリと舌を出した。


塔の上に龍聖が駆け上った時、ちょうどジンヨンが舞い降りたところだった。羽ばたきで起こる風に吹き飛ばされそうで、龍聖は目を瞑(つむ)って身構えた。

ジンヨンが龍聖に気づき、オオオォォッと小さく鳴いたので、龍聖は目を開けると、パアッと笑顔になった。

「ジンヨン!!　お帰り!!」

大きな声を上げてジンヨンに声をかけると、ジンヨンは嬉しそうにグルルルルッと喉を鳴らして、頭を龍聖の方へと近づけて目を閉じた。頭を撫でてくれというような仕草に、龍聖は笑ってその大きな鼻先をナデナデと撫でてやった。

「おいおい、リューセー……オレへの出迎えはないのか？」

ジンヨンの背に立ったフェイワンが、肩をすくめて笑っている。

「あ、フェ、フェイワン。ごめんなさい。お、おかえり」

龍聖はカアッと赤くなって、困ったような顔で言った。

だがジンヨンはご機嫌な様子で、グルグルと喉を鳴らしながらなおも龍聖に鼻を摺り寄せている。

「あ、こら、ジンヨン」

龍聖が笑いながら、甘えるジンヨンの鼻を撫でてやると、ジンヨンがペロリと舌を出して龍聖の顔を舐めた。

「こらこらこらこら」

フェイワンが慌てて下に降り立ち、ジンヨンから奪い取るように龍聖の体をヒョイと抱き上げると、ハハハと笑いながら歩き出した。

「フェ……フェイワン!!」

「ジンヨン！　お前にはこんな事出来んだろう？　残念だったなぁ～」

フェイワンが龍聖を抱き上げたまま、くるりと振り返ってジンヨンに向かってニヤリと笑って言ったので、ジンヨンは頭を上げてウウウッと不機嫌そうに唸った。それを聞いてフェイワンは楽しそうにゲラゲラと笑うと、そのまま階段を降りていく。

「フェイワン！　お……降ろしてください!!」

「部屋までこのままで良いじゃないか」

「良くないです！　恥ずかしいし！　あの、仕事はどうでしたか？」

「ん？　ちょっと隣国に挨拶に行っただけだ。寂しかったか？」

「べ、別に……婚礼の準備で、なんだか慌しい一日でした」

「そうか、そうだな。もうあまり日にちがないからな。オレも明日から忙しくなりそうだ。お前とこうしてゆっくりと会えるのは、しばらく夜だけになる」

「よ、夜だけ……」

その言葉に、カアッと赤くなってから、慌ててぶるぶると首を振った。意識しすぎだと思う。別にフェイワンの今の言葉には、深い意味はないのだろうと思うのに、『夜』と聞いて、いけない事を考えてしまった。なんだか随分感化されてしまっている自分に恥ずかしくなる。

「どうした？」

「いえ、別に……あの、婚礼ってどんな事をするんですか？」

「ん、別に難しい事はない。まあちょっとした儀式はあるが、それのやり方とかは、明日からシュレイが教えてくれるだろう」

「はあ」

「なんだ？　不安か？」

「別に……婚礼の儀式がどうとかってわけではないのですが、やっぱりまだなんだか自分の立場がピンと来なくて……こうしていると、フェイワンってやっぱり王様だなぁって思うんだけど……結婚したら、やっぱりオレって王妃みたいなもんになるんでしょ？　そんな事言われても、オレ、何も出来ないし、オレはずっとただ、フェイワンに魂精を与えるためだけにある存在だって思っていたから……まさかそんな正式に結婚するとか思っていなくて、フェイワンはてっきり他にちゃんとした女性の妃を貰うのかな？　って思っていたから……」

「なんでそんな事。オレの妻はお前だけだ。お前は魂精のための道具ではない。オレはお前を心から愛しているんだ。バカな事を言うものではない」

「ご、ごめん。ごめんなさい、分かったよ。そんなに怒らないで……」

「怒っているんじゃない。リューセー、私の愛を信じて欲しい」

「わ、分かったよ」

龍聖は恥ずかしくなって顔を背けた。やっぱり苦手だと思う。こんなに直球で愛を語られる事に慣れていない。第一相手は男なんだし……嫌とかそんなんじゃなくて、どうしていいのかが分からない。真顔で言われて真顔で「オレも愛しているよ」なんて言い返せるほどの気持ちには、まだ達していない。好きだし……愛していないわけではないけれど……。

龍聖の部屋の前に辿り着いたところで、ようやく龍聖は下に降ろしてもらった。

「リューセー、オレはもうしばらく仕事があるから、残念だがここでお別れだ。夕食ももしかしたら一緒に出来ないかもしれない、すまない。だが夜には迎えに来るよ」

「迎えにって……いいですよ。どうか仕事に集中してください。頃合を見てオレが部屋に行きますから。フェイワンが遅くなっても、ちゃんと寝室で待ってますから」

龍聖は、深い意味もなくそう答えたのだが、フェイワンは嬉しそうな顔になって、龍聖にチュッとキスをするとその頬を愛しげに撫でた。

「そうか、分かった。寝室で一人寂しい思いをさせないよう早く戻るよ」

言い残して立ち去ったフェイワンを見送ってから、その言葉を復唱して意味をふと考えた。そこでようやく自分の言った「寝室で待ってます」という言葉の大きな意味に気づいて真っ赤になる。

「オ、オレってば……なんてバカ……」

龍聖は真っ赤になって、頭を抱え込んでしまった。


夕食は、結局久しぶりにシュレイと二人で摂った。こうしてゆっくりとシュレイと時間を過ごすのは、とても久しぶりなような気がして、龍聖はたくさん話をした。

それから風呂へと入って、「そろそろお戻りになった方がよろしいのではないですか？」とシュレイに促されて、渋々と王の寝室へと戻る事になった。

またいつものように部屋の側までシュレイに送られて、龍聖は王の元へと戻っていった。

龍聖が寝室に戻ると、まだフェイワンは帰ってきていなかった。龍聖はベッドに腰を下ろすと大きく溜息をついた。それからごろりと後ろに寝転がって、天蓋を見上げてぼんやりと考える。

空を舞うジンヨンはとても美しかったと思い出した。白い甲冑に身を包んだフェイワンも格好良かった。ファンタジー映画に出てくるヒーローみたいだ。まあ確かにここは、龍聖の思うところの現実とは随分違う世界で、ＳＦＸを駆使したファンタジーの世界のようだ。不思議な髪の色をした美形ばかりの人種とか、空を竜が飛び交うとか……それにだんだんと慣れつつある自分にも驚く。

「これが映画だとしたら、オレはヒロインになるには随分見劣りしているよなぁ〜……」

ポツリと呟く。この世界に来て、シーフォンの女性というのをまだ見た事がないけれど、男性陣があんなに美しい人達ばかりなのだから、さぞやすごい美女揃いなのだろう。龍聖は思いつく限りのハリウッドの女優達を次々と想像してみた。そう思うと自分が妃では、なんてショボイんだろう……と思う。そんな事を考えてぼんやりとしている間に、いつの間にか眠ってしまっていた。

しばらくしてフェイワンが寝室へと現れると、ベッドで寝息を立てている龍聖に気がついた。そっと側に寄って顔を覗き込む。待っているうちに眠ってしまったようだ。安らかな寝息を立てる龍聖の寝顔をじっとみつめて微笑んだ。

起こさないように気を遣いながら、そっとその体を抱き上げると、ベッドにきちんと寝かせ直して、その隣に自分も横になった。

「今夜はお預けか？」

フェイワンは呟いてクスクスと笑った。


メイファンは息を殺して身を潜めていた。祭壇の脇……大きな柱との間に、人が一人入れるくらいの空間がある。昔、子供の頃に、父に叱られた時によくここに隠れたものだ。あの頃は良い具合の場所だったが、今入るにはちょっと狭い。身を縮めて、ずっとそこで待っていた。もう随分遅い時間になる。しばらく待ってシュレイが来なかったら諦めようと思った。間もなく、父である神殿長が、最後の祈りをしにやってくる。それで祭壇の蠟燭（ろうそく）の火を全部消してから帰ってしまうのだ。そうしたら自分も帰ろうと思った。

足音がして誰か来たのが分かりビクリとする。ここからではその姿を確認する事が出来ない。父だろうか？　とも思った。その人物は祭壇前まで歩いてくると、跪いて祈り始めたようだ。メイファンは、ゴクリと唾を飲み込んで、様子を窺おうと神経を尖らせた。

やがてもうひとつ足音がした。

「シュレイ様」

その足音の主が声を出した。父の声だ。そしてシュレイの名を呼んだのだ。やはりシュレイが来たのだ。

「神殿長」

「また……今夜も懺悔ですか？」

神殿長の言葉に、シュレイは何も答えなかった。しばらく沈黙が続いた。

「神殿長。私は以前、懺悔をしました。あれ以来、毎日のこの祈りも欠かしていません。ですが今は……もう懺悔の祈りではありません」

「そうですか」

「リューセー様への想いは……今も変わりません。誰よりも愛しています。その気持ちはどうしても変えられない。こうして心密かに思う事も、罪だというのならば、一生祈りと懺悔は続けるつもりです」

シュレイの言葉に、メイファンはギョッとして息を呑んだ。やはり本当だったのだ。ミンファの言葉を嘘だとは言わないが、やはり信じがたい思いでいた。だが、今確かにシュレイは『愛している』と言った。

「でももう懺悔の祈りではないのでしょう？」

神殿長が優しく尋ね返した。

「はい、今はもう……ただリューセー様の身を案じるのみです」

シュレイの言葉の意味が、メイファンには分からなかった。今、どんな顔でその言葉を言っているのかも分からない。シュレイがリューセーを愛している。それは間違いないのだ。もうその事でメイファンは頭がいっぱいになっていた。ショックだった。それと同時に、嫉妬の気持ちが燃え上がる。あんなに側にいて……龍聖を独り占めしているのだ。そんな思いでいっぱいになった。シュレイがそんな邪な想いを抱きながらも、メイファンに対してあんな態度を取っていたというのが許せなくなった。

メイファンのそんな思いも知らず、シュレイは神殿長に深く頭を下げると、ゆっくりとした足取りで帰っていった。

神殿を出て、暗い廊下を歩き出そうとして、柱の陰から突然現れた人影に、シュレイはビクリとして身構えた。薄暗くて相手がすぐには確認出来なかった。

「タンレン様？」

相手がゆっくりと近づいてきて、ようやく顔が分かるとシュレイは驚いたような顔でその名を呼んだ。タンレンは、フッと笑顔を見せた。

「シュレイ……毎晩神殿に通っているという噂は本当だったのだな」

「誰からお聞きになったのですか？」

「誰という事はないが……シュレイの行動が気になっただけだ。これでも国内警備の第一責任者だぞ」

タンレンは穏やかな優しい声で言った。シュレイは小さく溜息をついて俯く。

「それで待ち伏せですか？　こんな所で……」

「ずっと国を留守にしていたからな。戻ってはまた出立し……とゆっくり国内に落ち着く事がなかった。お前とこうして二人きりで話をするのも久しぶりだ。一年近くぶりだぞ？　この前はリューセー様の騒動で、ゆっくり話も出来なかったしな」

「もう……腰の傷はよろしいのですか？」

シュレイは淡々とした様子でそう答える。それを見てタンレンは苦笑する。

「良かったら、オレの部屋に来ないか？　酒でも飲んでゆっくりと話をしよう」

「いえ、もう遅いですし……明日の仕事に差し支えますから」

「あいかわらずつれないな」

「今はもうリューセー様がいらっしゃいますし……私は側近ですから忙しいのです。以前のようなわけには参りません」

「リューセー様がいらしたから、これからのお前の時間のすべてはリューセー様のためにあるというのか？　もう自分自身の時間はないと？　オレとの時間も？」

「お戯れを……失礼いたします」

シュレイは一礼して、タンレンの横をすり抜けようとした。しかし腕を掴まれて、タンレンの下に引き寄せられた。その胸に抱き寄せられるような格好になって、シュレイは驚いてタンレンの顔を見上げた。

大柄なタンレンは、シュレイよりもさらに身長が高く、目線が上にある。タンレンはその涼しげな目元を細めて笑みを浮かべるとシュレイをみつめた。

「オレの気持ちは前に言ったはずだ。今も変わらない。お前がリューセー様に心を奪われようとも、オレはかまわない」

今にもキスされるかというほど顔を近づけられて、シュレイは身をよじらせて慌てて前を向いた。ギュッと後ろから抱きしめられて、シュレイは苦しげに眉を寄せて目を閉じる。

「以前の私は……このままリューセー様が現れなければ、無用の身。身の置き所もなく、ただ城の仕事をお手伝いして……シーフォンの方々のお役に立てればと、ただそれだけの思いでいました。あの時タンレン様に優しく心遣いをかけていただけた事を忘れたわけではありません。でも、私はただのアルピンで……宦官で……卑しい身分です。タンレン様のお慰みになるのでしたら……とも、かつては思いましたが、ですがやはりもう……お戯れはおやめください」

「戯れではない。お前を抱いたのは愛しているからだ。何度言えば分かる。お前を慰み者になどしたつもりはない」

タンレンは囁いて、その白い首筋に唇を寄せて口づけた。甘く吸われて、シュレイは固く目を閉じて息を詰めた。その力強く逞しい腕に抱きしめられ、優しく口づけられる事を、いつから辛いと感じるようになったのだろうと、身を固くしながらシュレイはふと思っていた。

「お前を愛している。以前からずっとこの気持ちは変わらない。どうやったら信じてくれるのだ?」

「お戯れです。タンレン様。どうかもうご勘弁ください」

「オレの事が嫌いになったか？　リューセー様を愛してしまったから？　もうその心の中にオレの入る隙間はないのか？」

タンレンの言葉に、シュレイは一瞬ハッとしたように目を見開いて息を止めた。そして苦悩の表情になり大きくかぶりを振る。

「誰も……誰も愛していません。私は最初から誰も……タンレン様、貴方はこれから陛下の片腕として国を建てていく大切な身の上です。こんな卑しい者との遊びなど、何の利益にもなりません。それよりも早くご結婚をなさって、後継ぎを残されてください」

「シュレイ」

「申し訳ありません！」

シュレイは必死でもがいて、ドンッと強くタンレンを突き飛ばすと、駆け去っていった。

「シュレイ！」

タンレンは追う事も出来ず、ただそれを見送るしかなかった。

第10章　呪縛

「やはり……おっしゃる通りでした」

　椅子に座り、ひどく思いつめた様子で肩を落としたメイファンが呟いた。出された香茶にも手を付けず、部屋を訪ねてくるなり、随分長い時間押し黙って俯いていたのだが、深い溜息を吐いた後に、その言葉を吐いたのだ。甘い香りが漂っていた。お香が焚(た)かれていた。強すぎて目眩を起こしそうなくらいに甘い香りが、俯くメイファンの鼻をくすぐる。

　向かいに座るミンファは、すぐには何も返事をしなかった。メイファンがようやく口を開く前と同じような静寂が、その部屋全体を包んでいた。

「何をお聞きになったの?」

　もったいぶるように、少し間を置いてミンファが尋ね返した。その言葉に、メイファンは顔を上げて、ミンファをみつめた。ミンファは、穏やかな微笑を湛(たた)えながら、メイファンをみつめて、その視線が先を言うように促していた。

「シュレイは……確かに、リューセー様の事を……好きだと……愛していると、懺悔していました」

「そう……やはり……」

　ミンファの瞳に、冷たい光が宿った。しかしメイファンはそれに気づかなかった。

「私の言った通りでしょう?　このままではリューセー様が危険な目に遭いかねませんわ。お労(いたわ)しい……」

ミンファが眉間を寄せて、その美しい顔を歪めながら、額に手を添えて俯いた。

「私は……どうしたらいいのでしょうか？」

メイファンは、切羽詰った顔でミンファに詰め寄るように身を乗り出して尋ねる。

「そうですね。方法がないわけではないのですが……」

ミンファは、思い悩んでいる様子で呟いた。

「なんでしょうか？」

「いいえ、あまりにも危険な事ですから……たとえ、私のただの思いつきだとしても、公言するわけには……」

「なんですか？　言ってください。私は決してミンファ様のお名前を出したりはいたしません。ですからどうかご助言を……」

「いえいえ、私の事はいいのですよ。それよりも貴方に危険が及ぶような事があっては大変ですわ。あまり思いつめてはいけませんよ？」

ミンファは扇をパラリと開くと、軽くそれで顔を仰ぐ素振りをしてから、そっと口元を隠した。その笑みを湛えた口元を隠し、真剣に心配する声色を作る。

「私は別に思いつめてなど……でもミンファ様から伺った話が事実ならば……前のリューセー様の死因が側近のせいでという事ならば、黙ってこのまま見逃す事は出来ません。それもあんなシュレイの告白を聞いた後です」

「そんなにリューセー様の事がお好きなの？」

言われてメイファンは、カアッと赤くなった。頭に血が上りすぎて、なんだかクラクラしてくるようだ。先ほどからずっと、カッカと頭が熱くなって、フワフワと体が浮くような不思議な感覚を覚えていた。興奮しているせいだろうか？　と思う。ミンファの言葉が、頭の中で二重にも三重にもこだましているように響き渡って聞こえる。メイファンは、それが先ほどから焚かれている香のせいだとは気づいていなかった。

「好きです。忘れようと思えば思うほど、好きな気持ちが大きくなっていきます。これはリューセー様の香りのせいではありません。私はリューセー様を愛しています」

「そう、それではやはり、メイファンがリューセー様をお救いするしかありませんわね」

呪文のような囁きだった。メイファンは、ぼんやりとした顔でミンファをみつめて、コクリと頷いた。

「それでは……これを差し上げますわ」

ミンファは、小さなガラスの瓶を差し出した。中には紫色の液体が入っていた。東方の国の薬だとミンファが微笑みながら説明する。

「しばらくの間仮死状態のようになる薬だそうですわ。身体に害のある物ではありませんし、半日で効果が消えてなくなるという薬ですから、何も証拠が残りませんのよ？　命の危険もありませんし……これをお菓子にでも振りかけて、差し入れとして持ってお行きになったら？」

「お菓子に？」

「ええ、お菓子にかけて、リューセー様の所へお持ちするのです」

「でも私はリューセー様にそのような事は……」

ぼんやりとした表情のメイファンが、少し困惑したような瞳でミンファをみつめた。

「ええ、もちろんリューセー様に薬を使うのではありませんわ」

「え？」

扇に隠れたミンファの口元がうっすらと笑みを浮かべていた。

「邪魔なのはシュレイですわ、シュレイさえいなければ、何も難しい事はありません。簡単ですわ、食べ物の毒見はかならずシュレイが行います。これをふりかけた菓子を渡せば、何も言わなくともシュレイが先に毒見いたしますわ。そうすれば……邪魔者さえいなくなれば、リューセー様はメイファン……貴方のものです」

「僕のもの……」

「シュレイの意識がないうちに、リューセー様を抱いておしまいなさい」

「リューセー様を抱く……」

「連れ去っても捕らわれてしまっては元も子もありませんわ。先に貴方のものにしてしまう事が大事です。他のシーフォンのお手付きになってしまったリューセー様は、もう王のものとしての役は果たせなくなりますから、お役ご免になりますのよ。ご存知でした？」

「え!?」

「だから……早く貴方のものにしてしまいなさい。そうすれば、もう何も心配する事はないわ」

ミンファは目を細めて、メイファンの瞳をみつめた。メイファンは、戸惑いながらも、高揚した様子でガラスの小瓶をみつめた。

「ね？　簡単でしょ？」

「は、はい……ありがとうございます」

「あれは……メイファン？」

ユイリィは、足を止めて不思議そうな顔をした。遠くからではあったが、今、ユイリィの住まいから出てきたのは、確かにメイファンだったと思う。あの橙色の髪は間違いない。ユイリィに会いに来たというのならばともかく、ユイリィの留守宅に、メイファンが一体何の用だったというのだろうか？

廊下を足早に歩いて、たった今メイファンが出てきた扉を開けると、中へと入った。

「あ、ユイリィ様、おかえりなさいませ」

「ただいま、今、メイファンが来ていたよね？　なんの用だったの？　私に用？」

「いえ……奥様にお会いしていらっしゃいました」

「母上に？」

「はい、何か大事なお話があるとかで……奥様がご自分のお部屋へお呼びになっていらっしゃいました」

侍女の話を聞いて、ユイリィは眉を寄せた。


「母上！」

ユイリィがミンファの私室の扉を勢い良く開くと、ブワッと風がマントを揺らした。ミンファが窓を大きく開け放して、外の風を入れていたせいだった。ミンファは突然現れたユイリィに驚いて、目を大きく見開いていたが、すぐにニッコリと微笑んでみせた。

「まあ、ユイリィ……驚いたわ。ノックもしないで一体何事ですか？　いくら親子でも、女性の私室ですわよ？」

「す、すみません」

「それより随分早いお帰りなのね？　任務は明後日までだと聞いていましたのに……」

「あ、はい、それは……急に陛下のご婚礼が決まったと聞きまして、婚礼当日に帰還するわけにはいかないと、任務途中ではありましたが、切り上げて直ちに戻った次第です」

「そう、そうね、貴方が早く帰ってきてくれて嬉しいわ」

ミンファは微笑みながら、窓を閉めた。

『この香りは……』

ユイリィは、かすかに残る香りを感じて目を細めた。

「それよりどうしたのですか？　そんなに母に早く会いたかったの？」

ミンファの言葉に、ユイリィはハッと我に返った。

「先ほどメイファンが来ていたようですが……なんの用ですか？」

「ああ相談したい事があるというので、聞いて差し上げていたのよ」

「相談？」

ユイリィは訝しげに眉を寄せた。メイファンが相談というのもめずらしい。それもなぜユイリィの母に相談するのかも分からない。おかしいと思うのに十分だった。

「相談とは、一体なんですか？」

「それは……いくら貴方でも教えるわけにはいかないわ。彼の許可なく言ってしまっては、秘密をバラしてしまうようなものでしょ？　メイファンが言っても良いというなら教えるけれど……」

「なぜ母上に？　メイファンは特に母上に面識があるわけではないじゃないですか」

「でも知らない仲というわけでもないわ」

「相談をするほどではないでしょう」

いつになく厳しい表情を見せるユイリィに、ミンファは一瞬不機嫌な表情を見せたが、すぐに笑みを作った。

「ユイリィ、一体どうしたの？　なんだか私を責めているみたいな言い方」

ミンファの言葉に、ユイリィはグッと息を詰めて、両手の拳を握り締めた。

ユイリィは、最近の母親の様子に不信感を抱いていた。何か良からぬ事を画策しているのではないだろうか？　そんな不安があった。

リューセーがこの国に現れる前、次第にフェイワンが衰弱していき、やがて床に伏せてしまった時に、ミンファはとても嬉しそうにしていた。次の王はユイリィだと、不謹慎なまでに嬉々として語る母を、ユイリィは何度も窘めたものだ。とうとうしまいには、決まりかけていたユイリィの婚約者の話を、突然中断してしまい「貴方が王になれば、貴方が新しいリューセーを異世界から連れてくる事になりますから、シーフォンの結婚相手など必要ではなくなるのですよ」と言い出した。

以前はそんな人ではなかった。

確かに、とても気が強く、気位の高い人だが、それは前王の妹という立場であるせいもある。父は穏やかで気の優しい男で、いつもミンファの言いなりだった。それでもユイリィには、良い母だった。

それが……フェイワンが衰弱していくにつれ、ミンファの様子が変わっていった。ユイリィの王位継承に対する執着ぶりは、異様に感じるほどだ。だがリューセーが現れ、フェイワンが回復していくと、ミンファは突然静かになった。最初は「諦めたのだ」と思っていたが、それとは様子が違う事に、ユイリィは次第に気づきはじめていた。

母は、何か間違った事をしようとしている。そう薄々と感じていたが、ユイリィにはどうする事も出来ずにいたのだ。

「メイファンを使って、何をなさるおつもりなんですか？　メイファンは、リューセー様を慕っているのですよ」

「ええ、知っているわ」

ミンファがクスリと笑って言ったので、ユイリィはギョッとした顔になった。

「知っているって……まさかそれが相談の内容ではないですよね？」

「私はただ応援してあげているだけよ」

「応援って……どういうおつもりですか！　リューセー様はもうすでに陛下のものです。婚礼も二日後に控えているのですよ!?　一体何を……リューセー様にはシュレイが付いています。メイファン一人で何が出来るというわけではありません。下手をすれば、メイファンが捕らえられてしまうかもしれないのですよ？　そんな事をして、母上になんの利益があるというのですか？　まだ私の王位継承を諦めていないのですか？」

「邪魔者には消えてもらった方が良いという話をしただけよ。あのアルピンが、城の中を大きな顔をして歩いているだけで不愉快だわ」

「あのアルピン？　それはシュレイの事ですか？　消えてって……母上……まさか……」

ユイリィは真っ青になった。

「メイファンは、あの薬をただの麻酔のような物だと思っているわ。まさか毒薬とは夢にも思っていないでしょうね。そしてメイファンにはシュレイにあの薬を飲ませて、気を失っている間にリューセーを手に入れるように言ったわ。すぐに抱いて自分のものにするように……」

「そんな……そんな事をしたらリューセー様は……王のお手の付いた……王の印を刻まれたリューセー様を他のシーフォンが抱いたりしたら、リューセー様が死んでしまうという事を、メイファンは知っているのですか!?」

「知るわけないでしょう？　リューセーと王の約束事は、王族にしか伝えられない古いしきたりですよ。下級のシーフォンが知るはずがないでしょう？」

真っ青な顔でユイリィはクルリと背を向けると、慌てて出ていこうと扉に手をかけた。

「待ちなさい、ユイリィ！　どこに行くつもりですか」

「メイファンを止めます!!」

「母を裏切るつもりですか!!」

ミンファの叫びにユイリィはビクリとなって動きを止めた。

「ユイリィ！　母を罪人として突き出すつもりですか！　貴方にそんな事が出来るの!?　母を裏切る事が出来るの!?」

ミンファの叫び声に、ユイリィは手をかけていたノブをギュッと強く握り締めた。

「ユイリィ!!　母を裏切るのですか!?」

ユイリィは目を閉じて、グッと歯を食いしばった。

「優しい貴方にそんな事が出来るわけがないでしょう?　ユイリィ……さあ、こちらに戻っていらっしゃい」

ミンファが甘い声を出してユイリィを呼んだ。

苦悩に歪んだ表情で、ギリリッと歯軋りをすると、ノブを掴んだ手に力を入れた。ガチャリと扉を開けると、部屋の外へと出ていこうとしたので、またミンファが名前を叫んだが、ユイリィはバタンと扉を閉めて振り切るように歩き出した。


「タンレン!!」

「ユイリィ?」

王宮の下層部分の兵士達が常駐する階にいたタンレンの下へ、血相を変えた様子のユイリィが駆け込んできて、タンレンの腕を掴んだので、タンレンはとても驚いた。ユイリィはタンレンの腕を掴んだまま、もう片手を膝について俯いて大きく肩で息をしている。

「君を探してたんだ」

「一体、どうしたんだ」

タンレンは眉間を寄せて、彼らしくない様子のユイリィをみつめた。

「タンレン……すぐにメイファンを止めてくれ」

「メイファンを？　奴がどうかしたのか？」

「とにかくメイファンを止めてくれ……何かが起こる前に……頼む」

「ユイリィ？」

どういう事か聞こうと思ったが、タンレンは言葉を飲み込んだ。顔を上げたユイリィが、とても切羽詰った顔をして、じっと強い眼差しを向けていたからだった。それはこれ以上言わせないでくれ……と頼んでいるように思えた。

「分かった……すぐにメイファンを探そう」

「もしかしたらリューセー様の所へ向かっているかもしれない」

「リューセー様の所へ？　分かった」

タンレンはなんとなく事を悟った。頷いて、腕を掴むユイリィの手をそっと外させると、歩き出そうとして、ふと足を止めた。

「どうしてオレを探した」

「タンレンならば……きっと上手く事を治めてくれると思った」

ユイリィは少し青白い顔で、しかしすがるようなまっすぐな瞳でタンレンをみつめながら、噛み締めるように言った。タンレンはそのユイリィの様子に、それ以上深くは尋ねる事はなかった。ただ力強く頷いてみせた。

「分かった。信頼に応えられるよう努力しよう」

「頼む」

扉を数度ノックすると、しばらくの間があってからゆっくりと開いて、シュレイが顔を出した。彼はメイファンの顔を見ると、少し驚いたような表情になったが、すぐにいつもの穏やかな顔に戻った。

「メイファン様……何か？」

「リューセー様にお会いしたいんですが……陛下の許可は貰っていないけど、今はもう陛下もお戻りなんだし、別にいいかと思って……それともやっぱり許可がいるの？　ちょっとだけで良いんだけど……婚礼のお祝いを言いたくて……」

メイファンが必死になって言い訳をするのを、シュレイは黙って聞いていた。やがて小さな溜息を吐くと何も言わずに、パタンと扉を閉めてしまった。

「あ……」

メイファンは、またもや門前払いになってしまい、グッと唇を噛んで俯いた。怒りがふつふつと沸いてくる。両手に抱えている菓子の木箱をぎゅっと握り締める。諦めずに再び扉を叩こうと、右手の拳を上げたところで突然大きく扉が開いた。

「どうぞお入りください」

シュレイが軽く会釈をして、メイファンを中へと招き入れる仕草をしたので、メイファンは面食らってしまった。それでも言われるままに中へと進み入り、久しぶりに訪れるリューセーの部屋の中を見まわした。部屋の中央では、３人の侍女に囲まれたリューセーが、真っ白い衣装を着せられて、仮縫いの最中のようだった。

「今、少々取り込んでいるのでしばらくお待ちください。もう少ししたら休憩に入ります。リューセー様も昨日からずっと婚礼の準備に追われていて、あのように退屈しておいでですから……メイファン様にお話し相手をしていただければ、少しは気が紛れるでしょう。ただし、あまり時間は取れませんが……よろしいですか？」

「あ、はい……」

メイファンは、あまりにもあっさりと中に入れたので、少し気が抜けてしまっていた。ぼんやりと立っていると、側にいるシュレイがニッコリと微笑んでみせた。

「それはなんですか？」

メイファンの手にある木箱に気づいて尋ねると、メイファンは一瞬ギクリとして箱を落としそうになったが、慌ててその箱をシュレイに差し出した。

「これ、お菓子です。リューセー様が甘いものを召し上がられるか分からないのですが……めずらしいお菓子をいただいたので、是非にと……」

メイファンは疑われているのではないかと焦りながらも、必死になってなんとかそう言った。普通ならば怪しまれてもおかしくないようなぎこちない態度だったが、最近ずっとリューセーに会う事を禁じられていたメイファンが、やっと許しが出て久しぶりのリューセーの前で緊張しているのだろうと、シュレイには良い方に取ってもらっているようだった。

「お預かりします」

シュレイはその箱を受け取ると、メイファンの顔をみつめて、小さく溜息をついた。

「メイファン様、先日は、あのように門前払いをしてしまいまして、申し訳ありませんでした。でも事件のあった後でしたし、その件で陛下が国外に行かれていた最中でしたから、少しばかり過敏になっていました。お許しください」

シュレイは頭を下げてから、龍聖の方へと視線を向けた。

「リューセー様、メイファン様から差し入れをいただきました。一段落したらお茶にいたしましょう」

シュレイの言葉に、身動きが上手く取れないままの格好で龍聖が頭だけをこちらに向けると、メイファンを見て微笑んだ。

「ああ、メイファン様、お元気でしたか？」

「あ、はい」

メイファンはぎこちなく笑ってみせた。

「メイファン様、失礼ですがこれは私が先にお毒見させていただきます。決まりですので、ご了承ください」

シュレイはメイファンに告げてから、壁際の作り棚に並べられた茶器の所まで歩いていくと、木箱を棚に置いて開け始めた。

メイファンはシュレイの言葉にビクリと体を震わせた。ぼんやりとうつろな瞳のまま、シュレイの後姿をみつめる。体の震えはその後もおさまらず、ビクリビクリと肩が揺れて、眉を寄せて顔を歪めた。脂汗(あぶらあせ)がジワリと額に浮かぶ。

木箱の蓋(ふた)を開けているシュレイの後姿が、まるで遠い景色のように目に映る。メイファンの意識下には、どこかそれが現実には感じられなくて、まるで夢でも見ているようでもあった。

『やっぱりダメだよ！』

頭の中で声がした。自分の声なのだがそれを理解出来ない。

『ダメって何が？』

自問自答する。頭の中にぼんやりと霞がかかっているようで、上手く物事を整理出来ない。『シュレイはひどい奴だ』『シュレイは真面目ないい人だ』ふたつの言葉が、頭の中をグルグルと渦巻く。

ふたつとも自分の声だと思っていたのに、もうひとつはミンファの声にも似ている気がした。

シュレイが菓子をひとつ摘んで、口へと運ぶ様子を、じっとみつめる。カリッと噛む音が聞こえる。

すべてが静寂に包まれ、その音だけが聞こえているような気がした。

シュレイはもうひとつ口へと運ぶと、目を閉じてゆっくりと飲み込んだ。

メイファンの唇が震えて、何かを言おうとしていた。だが言葉にならない。

その時、バンッと勢い良く扉が開いて、メイファンもシュレイも龍聖達も驚いて、一斉にそちらをみつめた。

両開きの扉を勢い良く開けて、タンレンが息を荒らげて立っていた。

「タ、タンレン様……一体……」

シュレイが驚いて、タンレンの下へと駆け寄ろうとしたが、ふと異変に気づいて動きを止めた。自分の両手の指先をジッとみつめる。軽い痺れを感じたのは気のせいだろうか？

タンレンは、メイファンの姿を見て眉間を寄せた。

「メイファン、お前、なんの用でここへ来た」

タンレンは、声音こそ冷静だったが、その目はとても厳しかった。その勢いにメイファンは言葉もなく固まってしまっていた。

「メイファン……お前……」

タンレンは、みつめるメイファンの視線がどこかおかしい事に気がついた。まるで生気の感じられない瞳だ。術にでもかかっているような……そう思って、メイファンに近づこうとした時、ガチャンッと激しく食器が音を立てた。見ると、シュレイが崩れるように棚に体をもたれかけさせて、真っ青な顔になっている。

「シュレイ!!」

タンレンは慌てて駆け寄ると、ズルズルと力を失ったように床に落ちていくシュレイの体を抱きとめた。

「シュレイ!」

シュレイは顔面蒼白になっていた。唇も紫色になり震えている。薄く開いた目がタンレンをみつめる。

「シュレイ！　何があった!!」

タンレンが叫ぶと、シュレイは声が出ないのか、代わりに視線を棚の方へと向けた。つられて視線を向けると、棚の上に置かれた菓子箱に気づいた。考えるよりも先に、タンレンはシュレイの口に指を突っ込むと、顔を下に向けさせて吐き出させようとした。シュレイの喉が鳴り、今、食したものが吐き出された。タンレンは、シュレイの頭を抱えたまま、身を動かして空いている方の手を伸ばすと、棚の上に置かれた水差しを手に取った。それをシュレイの口元に添えると、無理矢理に水を流し込む。

「ゲホッ……カハッ」

朦朧となっているシュレイは、上手く水を飲み込めずに咽せて、口の端からダラダラと水が流れ落ちた。

その様子にタンレンは「チッ」と舌打ちすると、水差しの水を自らがグイッと口に含み、そのままシュレイに口移しで飲ませた。水を飲ませ終わると、再び口の中へ指を入れて、今飲んだ水を吐き出させた。

「シュレイ！　がんばれ！　意識を失うな！」

タンレンは、必死の形相でシュレイの耳元で叫んでいた。

「シュレイ!?　シュレイ!?　一体……一体何が……」

突然の事に、龍聖は驚いてガタガタと震えながら、タンレンの行動を見守るしかなかった。

タンレンは何度かその行為を繰り返すと、シュレイの吐き出す物に、もう何も混ざっていないのを確認した。

「リューセー様は、離れていてください！　おい!!　何をしている!!　医者を呼べ!!」

驚いて固まって震えている侍女達を怒鳴りつけると、侍女達は慌てて外へと駆け出していった。騒ぎを聞きつけた兵士達が数人駆け込んできたので、タンレンは兵士達にメイファンの拘束を命じた。

「乱暴はするな、ただ逃げないように捕まえていてくれ……それから、リューセー様をお守りしろ……出来れば陛下の部屋へとお連れしておいてくれ」

タンレンは兵士に命じながら、シュレイを両腕に抱き上げると立ち上がった。早足で龍聖の部屋を出ると、少し離れた廊下の向かいにあるシュレイの部屋へと向かった。乱暴に扉を開けて中へと進み入ると、ベッドにそっとその体を寝かせた。シュレイは生気のない真っ白い顔になっていた。胸に耳を当てて、その心音を確認してホッとする。

「タンレン様!!」

侍女と共に、医師達が駆け込んできた。

「シュレイが毒見をして、毒にやられたらしい。すぐに食べたものを吐き出させたが……頼む……助けてくれ」

タンレンも蒼白になっていた。医師は頷くと、シュレイを診察しはじめた。あとは医師に任せるしかない。タンレンは、しばらくシュレイをみつめていたが、ゆっくりとその場を離れた。


「メイファン」

タンレンが、リューセーの部屋へと戻ると、二人の兵士に拘束されたメイファンが、まだぼんやりとした顔で立っていた。

タンレンは近づくなり、グイッとその胸倉を掴むと、パンッと頬を平手打ちした。

「メイファン！　貴様！　一体何を考えている！　自分のやった事が分かっているのか！」

もう一発平手打ちすると、胸倉を掴んだまま鼻先へと顔を近づけて睨みつけた。

殴られて、メイファンの瞳に正気が戻った。顔を紅潮させてガクガクと震えている。

「ぼ、僕は……」

「貴様！　リューセー様を殺す気か!!」

「ち、違う……違う」

「じゃあ、あの菓子はなんだ！　毒を入れただろう」

メイファンはガクガクと震えながら、ブルブルと激しく首を振った。

「毒じゃない……毒じゃ……それに、リューセー様を狙ったわけじゃない。シュレイが毒見すると分かっていたから……だから……」

メイファンの言葉に、タンレンは目を大きく見開いた。激しい怒りがこみ上げてきたが、グッと歯を食いしばって堪えた。

「誰に頼まれた。おおよそは分かっているんだ。お前だけの考えで出来る事じゃない。言え!!　誰に命じられた」

メイファンは、両目に涙を浮かべて、ただ首を振り続けた。タンレンは、怒りに肩を震わせながら、射るような目で睨み続けていたが、やがてメイファンの体を下へと降ろして、胸倉を掴んでいた手を離した。

「メイファン、企みは未遂に終わった。リューセー様もご無事だ。お前への咎は、それほど重くはないかもしれん。だがなメイファン、覚えておけ。たとえ陛下がお前を許したとしても……シュレイにもしもの事があったら、オレはお前を許さんからな。シュレイがもしも死んだら、お前も、お前の後ろにいる奴も、オレが必ず殺す。逃げようとも……地の果てまでも追って殺す。同族殺しが禁忌などという事はどうでもいい。神々の罰など恐くない。覚えておけ」

煮えくり返るような怒りを必死に堪えて、吐き捨てるようにその言葉を告げていた。こんなに怒りに満ちた表情のタンレンなど見た事がなく、メイファンは震え上がって真っ青になった。

「タンレン！　何事だ！」

そこへフェイワンが駆け込んできた。ただならぬ様子のタンレンとメイファンを、フェイワンは交互にみつめてから、眉間を寄せてタンレンに尋ねた。

「陛下、あとの調べは、オレにお任せください。大事な婚礼前ですから、あまり事を荒だてたくない」

「しかし……メイファン、まさかお前が？」

「フェイワン！　オレに任せてくれと言ったはずだ！」

思わず叫んだタンレンを、フェイワンは驚いてみつめ返した。

「タンレン？」

「すまん。今、気が立っているんだ。少し落ち着かせてくる。すぐに戻る」

タンレンは、クルリと二人に背を向けると、窓の方へと歩き出した。窓を開けてテラスに出ると、風が吹きつけてマントを巻き上げた。

「スジュン！」

タンレンは叫んで、空を仰いだ。スッと影が頭上を横切り、それと同時にタンレンはテラスの手すりに手をかけると、ヒラリと宙に飛び降りた。

タンレンを背に乗せた竜が、空高く舞い上がっていくのを窓越しにみつめながら、フェイワンは深刻な顔になって腕組みをした。

「メイファン。調べがつくまでここに監禁する事になる。タンレンが戻り事情が明らかになるまでは、事は公にはせぬつもりだ。お前の両親にもまだ伝えぬから安心しろ。心穏やかに待つのだぞ？」

フェイワンは、とても穏やかな口調で、メイファンを宥めるように告げた。

メイファンはリューセーの部屋の下の階にある客間へ移動させられていた。広い部屋の真中に椅子がひとつ置かれて、そこに後ろ手に縛られた状態で大人しく座っている。すっかり正気に戻ったのか、顔面を蒼白にして、がくがくと小さく震えていた。

「早まった事をせぬように見張っていてくれ」

フェイワンは、メイファンを挟むように両側に立つ兵士に向かって命令すると、その場を離れた。

部屋の出入口にも兵士が一人立っていた。

「オレとタンレン以外は誰も近づけるな」

「はい」

兵士にそれだけ告げると、フェイワンは去っていった。


フェイワンが自室の扉を開けると、ソファに座っていた龍聖が立ち上がり青い顔をして駆け寄ってきた。

「フェイワン！　シュレイは？　シュレイは大丈夫だよね!?」

フェイワンはニッコリと微笑むと、龍聖の頭を撫でた。

「ああ、大丈夫だ。タンレンの処置が早かったし、それにシュレイは毒見役として、多少はそれに対応出来るように体に免疫をつけている。大丈夫だよ」

フェイワンは、龍聖の体を抱きしめて言い聞かせるように何度も「大丈夫だ」と呟いた。龍聖もフェイワンにすがるように抱きついて、その広い胸に顔を埋めた。

あまりに突然の事に、何が起こったのか分からずパニックになっていた。突然シュレイが倒れて、死人のように蒼白な顔をして体を痙攣させていた。タンレンがシュレイを何度も吐かせて、何か毒物を食べたのだと、そこでようやく理解した。なぜ？　どうして？　それは本当にあっという間の出来事で、未だに頭の中がめちゃめちゃに混乱してしまっていた。

「本当に？　本当に大丈夫？」

「リューセー、オレはお前に嘘をついた事はない。ダメならばダメだと正直に言う。大丈夫だ」

フェイワンの言葉を聞いてまだ不安そうな顔を上げた龍聖の頬を優しく撫でて、フェイワンは微笑んでみせた。

「婚礼には出席出来ないだろうが……また元のように元気になる」

フェイワンの言葉は魔法のように龍聖を安心させた。ようやく少し安堵した顔になった龍聖に、フェイワンも安堵した。

その時扉がノックされて、フェイワンが返事をすると衛兵が顔を覗かせた。

「陛下、ラウシャン様がお越しですが」

「ああ、オレが呼んだんだ。通してくれ」

フェイワンは答えると、龍聖の肩を抱いたままゆっくりと歩いて、奥の扉へと向かった。

「ラウシャンです。お呼びでしょうか？」

すぐにラウシャンが現れて、部屋に入ったところで深く頭を下げた。

「ラウシャン、少し待っていてくれ」

フェイワンは一度そう声をかけてから、奥の扉を開けて、龍聖に寝室の方へと入るように促した。

「リューセー、話はすぐに終わるから、そちらの部屋で待っていてくれ」

優しく言うと、龍聖はコクリと大人しく頷いて、ベッドの方へと歩いていった。フェイワンはそれをしばらくみつめてから、静かに扉を閉めた。

クルリと振り返り、反対側の扉の前で、頭を下げたままで待つラウシャンの方へと歩み寄る。

「ラウシャン、ちょっとマズイ事が起きた」

そう言われて、ラウシャンは顔を上げると、真面目な顔でフェイワンの言葉を待った。

フェイワンは分かる限りの事情をラウシャンに説明した。ラウシャンは驚いたように目を見開き、眉を寄せて顔を曇らせた。

「まさか、メイファンが？」

「いや、一人で出来る事ではないだろう。ここ一連のリューセーに関わる事件に関連していると思われる」

フェイワンの言葉に、深刻な顔のラウシャンが頷いた。

「メイファンの取り調べは、タンレンがすると言うから、任せる事にした。それでお前を呼んだのは、タンレンの取り調べに付き添ってもらいたいのだ」

「付き添い……ですか？」

ラウシャンは、思いがけない言葉に首を傾げた。

「タンレンに限っては、大丈夫だとは思うが……シュレイがあのような事になって、感情的にならないとも限らない。別に何もする必要はない。取り調べに立ち会うだけで良い。あとの判断はお前に任せる」

「分かりました」

ラウシャンは少し考えたように沈黙した後、一礼すると部屋を出ていった。


タンレンは城へと戻ってきていた。ただ頭を冷やすためだけに、宛もなく闇雲(やみくも)に空を飛びまわり戻ってきた。鉛のように重い足を引きずって、現場となった龍聖の部屋へと向かう。部屋の前には兵士と共に、ラウシャンが立っていた。

「ラウシャン殿」

「タンレン、今からメイファンの尋問をするのだろう？　オレも立ち会うように陛下から申しつけられた。同行させていただく」

ラウシャンの言葉に、タンレンは一瞬カッとして顔色を変えたが、口を開く前にラウシャンが落ち着いた様子で片手を前に突き出して、タンレンの言葉を制した。

「異論はあるだろうが、陛下は何もオレに尋問を手伝えと言われたわけではない。すべては君に任せられている。だが事が事だけに、立会人が必要だと判断されただけだ。オレは何も口出しせぬから安心したまえ」

諭されてタンレンはやむなく同意して頷いた。だが不本意なのは変わりない。ラウシャンは、以前龍聖を攫い暗殺しようとしたと聞く。その時タンレンは国にいなかったので、事の詳細は知らない。

もともとタンレンにとってラウシャン自身は、あまり得意な人物ではなかった。昔から変に気難しい所があり、プライドの高さもかなりのものだ。先々王の王弟という立場のせいもあるかもしれないが、昔気質(むかしかたぎ)の堅苦しい部分も多くあり、血脈をひどく重んじているせいで、アルピンと婚姻をするシーフォン達を軽蔑し、差別したりする一面があった。野心もかなりあるはずだ。そういう面では、ミンファと似ていると思うところもあり、こんな事件の続く今、彼を信じ切れない部分があった。

タンレンは事件後もラウシャンを元の籍のまま側に置き続ける事について、フェイワンに忠告したのだが、取り合ってもらえなかった。

フェイワンは王としての能力に長(た)けていて、人を見る目も確かだ。心眼があるというのは、例え話としてのソレではなく、シーフォンの王には元々そういう『能力』があった。人の心を読み取る能力だ。もっともそれは相手の目をみつめて、その『光る目』を使って、一種の催眠状態にしなければ読み取れないという能力だ。フェイワンはラウシャンに対してそこまではしていないはずだが(王族であるラウシャンに敬意をはらって)、彼には『能力』を使わなくても、何かを読み取れる不思議で強い力があった。それは歴代の王の中でもかなり優れている。フェイワンがラウシャンを信じているというのならば、タンレンはそれに従うしかない。

「メイファンは下の階にいる。参ろうか?」

「はい」

タンレンが大人しく頷くと、ラウシャンが笑いを堪えるような顔をしたので、またカチンときて、顔を歪めてしまった。昔から、この人の相手を見下したような態度が嫌いだったのだと思い出して、タンレンは小さく舌打をすると歩き出した。

「そうそう、さっき医者に聞いたが、シュレイは一命をとりとめたそうだ」

ラウシャンの言葉に、タンレンは思わず慌てて振り返った。その様子がおかしかったのか笑みを浮かべたので、タンレンは気まずくなってまた前を向くと歩き出した。その後ろを、ラウシャンはニヤニヤと笑いながらついていった。


部屋へ入ると、中央にはメイファンがポツンとした様子で椅子に座って項垂(うなだ)れていた。

両側には兵士が立っている。タンレンは入口に立ち止まったまま、しばらくその光景をみつめていた。やがて深く溜息をつくと、ゆっくりとした足取りで近づいていった。兵士達には手振りだけで去るように指示して、無言のままでメイファンの前に立つ。メイファンは人形のように、ピクリとも動かずに項垂れていた。眠っているわけではない。放心しているというのが近いかもしれない。気持ちの落ち着いたタンレンは、そんなメイファンを見て哀れと思う事くらいは出来るようになった。だがそれで許されるわけではない。彼の口から、確かな証言を得なければならない。

ラウシャンは、その様子を入口近くの壁に背をもたれかけさせて、腕組みして眺めていた。

「メイファン」

タンレンが声をかけると、メイファンの肩がびくりと揺れた。

「メイファン、くわしい事情を説明してもらおうか」

再びのタンレンの言葉に、メイファンはようやくゆっくりと顔を上げた。病人のように真っ青な顔をして、ぼんやりとした眼差しでタンレンをみつめていた。

「シュレイは……？」

「大丈夫だ」

憮然とした様子でタンレンが答えた。その言葉には、メイファンを思いやるような優しさはなかったが、それでもメイファンは安堵したのかハアと大きく息を吐いた。

「さあ、答えるんだ！　誰の指示で、あんな企みを実行した？　どういうつもりだ？」

容赦ないタンレンの問いに、メイファンは顔を曇らせてキュッと口を噤んだ。その様子にタンレンは眉を寄せた。

「答える気はないという事か？」

「僕が一人でやった事です」

「なんの目的で!?　リューセー様を殺すつもりだったのか！」

「違う!!　違う!!　あれはシュレイを……シュレイを……」

「違う？　何が違うのだ。リューセー様に差し上げるための菓子だったのだろう？」

「でも、でも、シュレイが必ず毒見をするからって……」

「ではシュレイを殺すつもりだったのか？　お前はシュレイになんの恨みがあるというのだ!?　シュレイがお前に何をした！」

「違う、違う……」

メイファンは両目に涙を溜めて、唇をワナワナと震わせながら小刻みに首を振った。

「何が違う！」

タンレンがカッとなって、メイファンの襟元を摑んだ時「タンレン！」とラウシャンが叫んで窘めた。タンレンは、チラリとラウシャンを見てから、大きく深呼吸をして手を離した。

「しばらく動けなくなるだけの薬だって聞いたんだ。毒だなんて知らなかった。こんなはずじゃなかった……」

メイファンの両目から大粒の涙が零れ落ちた。

「それを誰に聞いたんだ」

タンレンは先ほどよりも、少し落ち着いた口調で尋ねた。だがメイファンはまた黙り込んだ。

「お前はどういうつもりで、それを実行しようとしたんだ。シュレイを動けなくして何をするつもりだった」

「リューセー様を……抱くつもりでした」

「バカな……お前はリューセー様を殺すつもりか」

「愛しているんです。愛しているから……リューセー様をシュレイになんか汚されたくなかった……」

「バカヤロウ！　シュレイは宦官だぞ！　リューセー様に対して何が出来ると言うのだ。彼ほど忠実な側近はいない。それに、愛しているからって、リューセー様を抱くなど……すでに王の印の付いてしまったリューセー様を、他のシーフォンが抱けば、リューセー様は死んでしまうのだという事を知らないのか!?」

「え!?」

驚いた様子のメイファンに、タンレンは深い溜息を吐いた。

「それも竜王の契約のひとつだ。リューセー様が王以外と結ばれないための契約だ」

タンレンは話しながら、メイファンの手を縛っていた紐を解いた。

「そんなの知らない。だって……前のリューセー様が死んだ原因も、前の側近がリューセー様を犯したから、それが原因で自殺したって……」

「そんなのはデタラメだ。前のリューセー様は、心を病まれて亡くなられたのだ。側近は関係ない」

「え!?」

「そう、前のリューセー様は、王の子が生まれてから心を病んでしまわれたのだ。とても繊細な方だったからな。正気を失っていらしたから、テラスからの転落は、自殺ではなく事故ではないかとも言われている」

ラウシャンも続けて補足した。

「嘘」

メイファンは呆然としていた。

「お前は騙(だま)されて、良いように使われたのだ」

タンレンは憐(あわ)れむような顔になって前にしゃがみ込むと、メイファンの顔を間近にみつめた。

「メイファン、さあ、教えてくれ……誰がお前を騙して、このような事をさせようとしたんだ？　それが明らかにならなければ、またリューセー様が狙われるだろう。悪いようにはしない。オレも薄々は分かっている。だが確証が欲しいんだ。メイファン、なぜシュレイが狙われたのかも知りたいんだ。頼む……教えてくれ、オレはシュレイを守りたいんだ」

まっすぐにみつめるタンレンの瞳には、もう先ほどの怒りはなかった。そのいつもの穏やかな瞳をメイファンはみつめ返した。

「……ミンファ様です」


ユイリィは家に戻るなり、まっすぐに自室へと向かい閉じ籠（こも）った。ベッドに腰を下ろして頭を抱えていた。

「ユイリィ！　ユイリィ！」

ミンファが激しく扉を叩きながら名を呼んでいる。ユイリィは耳を塞いだ。しかし諦める事なく扉を叩き続けられ、ユイリィは根負けして重い腰を上げると、ゆっくりと扉に近づいた。

カチャリと開けると、髪を振り乱したミンファが立っていた。ひどくキツイ表情で、ユイリィを睨みつけていた。

「どこへ行っていたのです！　まさか私の事を陛下に告げ口したのですか？」

ユイリィは溜息をついた。

「母上……それならば、とうに兵士達が貴女（あなた）を捕らえに来ているでしょう」

「ではどこに行っていたのです」

「メイファンの行動を止めてもらいに行ってきました。でも最後までは見届けていないので、どうなったのかは知りません」

ユイリィは、眉間を寄せて苦しげな顔をした。

「なんという事……では企ては失敗したかもしれないのですね」

「良いではないですか！　そんな恐ろしい企みなど……母上はどんなつもりなのですか！　シュレイとリューセー様を殺して、一体どんな利益があるというのですか！」

「リューセーなどはどうでもいいのよ。ついでに死んでくれれば良いと思っただけだわ」

「そんな……」

ユイリィは信じられないという顔で母をみつめた。

「母上は、どれほどひどい事をしているのか分かっているのですか？　メイファンはリューセー様を好きなのですよ？　好きな人を殺させるなど……酷すぎる……」

「その方が利用しやすいのよ」

ユイリィは、気持ちの行き場を失っているように、苦しげに自分の胸元を強く摑んだ。顔は苦渋に満ちている。

「私だって、私だってリューセー様を愛しているんです」

ユイリィの言葉に、ミンファは目を見開いて、ユイリィの顔を凝視した。

「何を言い出すの」

「私だってリューセー様を愛している。メイファンと同じです。だけど相手を手に入れる事だけが、愛するという事じゃない。愛する人を幸せにするために、見守る愛だってある。私も、ラウシャン様も……メイファンだって、もう少し大人になれば分かるはずなんだ。母上、母上はどうして愛する気持ちを、そんなに簡単に踏みにじってしまうのですか……」

苦しい言葉を吐き出すように、ユイリィは顔を歪めて、服の胸元がクシャクシャになるほどに強く摑んで言った。ミンファは、厳しい表情のまま口を閉ざしていた。ユイリィが、項垂れたまま視線を上げてミンファを見ると、冷たい母の瞳がそこにあった。

「ユイリィ……それはね、私が愛を踏みにじられた、裏切られた女だからよ」

それは突き刺さるほどに冷たい言葉だった。


円卓を囲んで、三人の男達が難しい顔をしていた。

フェイワンは、ずっと黙ったままで目を閉じて腕組みをしている。深く何か思案しているようだ。

タンレンは、メイファンから聞き出した話をすべてフェイワンに報告して、それっきり黙り込んでしまった。ラウシャンも黙ったままでいる。タンレンの報告にも一切口を出さなかった。

長い長い沈黙の後、ポツリとラウシャンが「参りましたな」と呟いた。タンレンはその言葉に視線をフェイワンへと向けると、フェイワンはあいかわらず難しい顔を崩さずに、目を閉じている。

「フェイワン」

タンレンが待ち切れずに、一度声をかけた。しかしそれでもフェイワンが何も答えないので、少し困ったように視線をラウシャンへ向けると、ラウシャンは小さく首を振ってみせた。

「フェイワン」

タンレンがもう一度声をかけると、そこでようやくフェイワンが目を開いた。

「処罰をしなければならないだろうな……」

ようやくフェイワンが口を開いたが、その言葉にタンレンとラウシャンが顔を見合わせた。

「ミンファをですか？」

ラウシャンが慎重に聞き返すと、フェイワンは少し眉間を寄せた。

「もちろんメイファンもだが、ミンファも処罰するに決まっているだろう。そうでなければこんなに悩まぬ」

確かにそうなのだが、改めて言われてラウシャンは少し困惑したような顔になった。それも致し方ない。シーフォンの王族が……それも女性が罰せられる事など前代未聞の事だ。いや、罰する事が可能なのか？　とさえ思う。

シーフォンにとって『女性』というのは、とても貴重な存在であり、何よりも優遇されていた。大袈裟に言えば、多少の犯罪も免除されるくらいだ。もっとも今まで犯罪など起きなかったのだが、確かに『ワガママ』で通る程度の事は、日常茶飯事に黙殺されている。

「王族であるミンファを処罰して、陛下は大丈夫ですか？」

ラウシャンが案じているのは、そんな特別な立場にあるミンファを処罰してしまう事によって、フェイワンに対する不満がシーフォンの間に湧かないとも限らない事だ。

しかしフェイワンは首を振った。

「こうなるかもしれないという事は予測出来ていたのだ。だがまさか本当になるとまでは考えてなかったのは、オレが甘かったのだろう。父上も同じだ。良かれと思ってした事が裏目に出てしまった」

その言葉に難しい顔になって頷いたのはラウシャンだけで、タンレンは意味が分からないという顔で、二人の顔を交互に見た。

「なんの話をしているんだ？　ミンファ様が、リューセー様を殺そうとしている事が、前から予測されていた事だというのか？　息子のユイリィを即位させる野望を持っている事が？　それならば、もうこれ以上放置してはいけないのではないのか？」

「いや……違う。タンレン、そういう事ではないんだ。確かにオレが死んだ後に、次期竜王をユイリィにと考えもしただろう。それはミンファだけではない。実際、オレが危篤状態になった時に、野心を持ってしまったのは仕方ない。それだけではないもっと他にも問題があるのだ。それは時間が解決していたんだと、勝手に思い込んでしまっていたオレが悪いのだ」

「なんの事だ？」

「タンレン、ミンファの真の狙いはシュレイだ。リューセー様ではない」

「なに!?」

補足するように告げたラウシャンの言葉に驚いて、タンレンは思わずフェイワンをみつめた。フェイワンは深刻な顔をして頷いた。

「さすがに、もう処罰しなければ、ミンファはもっと大胆な行動を起こしてシュレイを殺すかもしれん」

「シュレイ？　シュレイを？　なぜだ、どういう事だ？」

驚いて問いつめてくるタンレンに、フェイワンとラウシャンは顔を見合わせた。ラウシャンは小さくフェイワンに頷いてみせると、タンレンに視線を合わせた。

「これはほんの一部の者しか知らない事なのだが……いや、知られないように極秘にされている事だ。知っているのは王族の、それも当事者に近い身内だけだ、当事者であるチンユン、奥方のミンファ、先王、フェイワン様、先王とミンファの妹であり、貴方の母でもあるルイラン、そして私……知っているのはそれくらいだ」

「母上も？」

タンレンが不思議そうに聞き返すと、ラウシャンは頷いて話を続けた。

「昔、70年ほど前に、チンユンはほんの出来心ではあったが、罪を犯してしまったのだよ。『浮気』という罪をな」

「浮気？」

「チンユンは、先王の妹であるミンファを妻に娶り、すでにユイリィも生まれていたというのに、浮気をしてしまった。それも事もあろうに、自分の所で雇っていた侍女にちょっかいを出してしまったんだ。そして侍女は子を身籠ってしまった……それがシュレイだ」

「なっ……!!」

タンレンは驚きのあまり、言葉を失ってしまっていた。大きく目を見開いて、何度もフェイワンとラウシャンを交互に見た。

「ユイリィとシュレイは異母兄弟なんだよ」

フェイワンが念を押すように告げた。


「母上、今……なんとおっしゃったのですか!?」

ユイリィは信じられないという様子で聞き返した。

「シュレイは、貴方の父上が侍女に手を付けて作った卑しい血を持つ子なのよ」

「シュレイは、私の弟なのですか？」

呆然とした様子で聞き返したユイリィの言葉に、ミンファは顔色を変えた。

「弟!?　弟ですって!?　冗談にも二度とそのような事は言わないでちょうだい!!　汚らわしい!!　ユイリィ！　貴方は正当な王族の血を引く者なのですよ！　あんなアルピンの女が産んだ子と、貴方が兄弟なものですか！　汚らわしい……汚らわしい……」

ミンファは悔しがるように顔を歪めて、涙を流した。両手で顔を覆うと、その場に崩れるように座り込んでしまった。ユイリィは、そんな母の姿を呆然と立ち尽くしてみつめていた。

「なぜ私がこんな目に遭わなければならないの？　あの人はなぜ私を苦しめるの？　私だって愛していた。良い妻であろうとしたわ。なのに……浮気ばかりか、子供まで作って……私にどうしろというのです。夫がアルピンの女と作った子を許し、愛せというのですか!?」

嗚咽(おえつ)しながら血を吐くように吐露(とろ)する母に、ユイリィはかける言葉を見つけられなかった。

物心ついた頃は、まだ両親の仲は良かったように思う。しかし気がついた時には、仮面夫婦のように冷たい関係になっていた。仕事を理由に、あまり家にいなくなった父と、ユイリィに執着する母。すべては仕事好きの父のせいと、気位の高い母の性格のせいだと思っていた。

普通の夫婦のようになって欲しいといつも思っていた。それがまさか、そんな理由があったとは知らなかった。

シュレイの年齢を考えれば、ユイリィがまだ成人する前だったのだろうと思う。それでも幼い子供だったというわけでもない。それなのに、何も知らなかった。気づきもしなかった。噂を聞いた事もなかった。秘密にされていたのだろう。

「母上……もう良いです。少し休まれてください」

ユイリィは、ミンファの体を支えるようにして立たせると、彼女の寝室へと連れていった。母が、今はただの哀れな女にしか見えなかった。


「あれも気の毒な女なんだよ」

ラウシャンが溜息混じりに呟いた。

「王妹だからな。それでなくてもシーフォンの女は、生まれた時から宝物のように大切に育てられる。ミンファは姫様だから、そりゃあ真綿で包むように大切に育てられた。なんにも知らない世間知らずのお姫さんだ。城の外なんて知らない。空を飛んだ事もない。結婚相手も、幼い時から決められていた。チンユンとミンファは歳が離れている。ミンファが物心ついた頃には、チンユンはとうに成人していて、勇猛な武人としての名も揚げていた。先王の片腕だったし……幼い世間知らずのお姫さんにとっては、憧れの王子様だったと思うよ。実際、ミンファがチンユンに夢中で、成人前から早く婚礼を挙げたがって、駄々を捏ねていたのは身内では有名だったからな。一方で、若い頃のチンユンが女好きで、アルピンによく手を出していたのも、一部では有名だった。国外の任務に出る時は、色んな国でそれこそ散々女遊びをしていたよ。それでもさすがに結婚したら止めるだろうと思っていたし……なにしろ相手は王妹だからな、先王の片腕だったチンユンが、そんなバカな真似はするはずはないと思っていた。ミンファは、気位は高いし、ワガママだし、扱いにくい女だったが、シーフォン一と言われるほどの美女だし、なによりチンユンにぞっこんだ。上手くいっていると思っていた。いや、傍から見て、仲の良い夫婦だと思っていたよ。チンユンも別に何に不満があったとも思えない、とにかくただ魔が差したんだろうな、としか思えない」

一気に語ってから、ラウシャンは大きく溜息をついた。タンレンは眉間を寄せて、そんなラウシャンをみつめていた。

「相手がアルピンだったというのが、そこまでシュレイを憎んだ原因のひとつですか？　ミンファ様は、貴方と同じく、アルピンをひどく卑下する思想の持ち主だ」

「随分キツイ言い方だな……だがまあ確かにそうだ。ミンファにとって、夫がアルピンと浮気したというのは、夫が家畜と浮気したのと同じぐらいの事だ。ああ、失礼、そんなに睨まなくても良いだろう。例えだよ、例え……そう言わせたのは君だろう？」

嘲笑を浮かべて切り返したラウシャンに、タンレンはカッとなった様子で、グッと拳を握り締めた。

「二人とも、そこまでだ。争点が違うだろう。まあ、とにかくラウシャンの言う事は確かだ。話を戻すと、チンユンは侍女を城から逃して、どこかに隠して子を産ませた。だがそれがミンファにバレてしまい、ミンファはその侍女をなんらかの手を使って殺してしまったんだよ」

「殺したのか……」

フェイワンは頷いて話を続けた。

「もちろん自分では直接手にかけていない。他国の傭兵を雇って殺させた。でも子はなんとか助かった。チンユンはその事実に恐れて、初めてそこで父に……先王にすべてを告白して助けを求めたんだ。

知っての通りシーフォンでは、既婚者の不義は重大な罪だ。先王は、チンユンを咎めて大臣の地位を解き、蟄居するようにと罰を与えたが、子には罪がないと保護する事を約束した。そしてミンファを宥めて、なんとか説得した。その時、子を救うための手段として選ばれたのが、リューセーの側近として育てる事だったんだ。つまり……側近ならば、宦官にしなければならない。たとえシーフォンの血を引く混血であったとしても、その子孫を残さぬよう宦官にする事で、ミンファを納得させたんだ。その上、リューセーの側近ならば、生涯をシーフォンのしもべとして仕える事になる。他の混血とは明らかに違う、下層の扱いだ。だがそれで助命する事を説得した」

「シュレイは知っているのか？　自分の出生の秘密を」

タンレンは悲痛な面持ちでフェイワンに尋ねた。

「もちろんだ。すべて知っている。自分が殺されそうだった事も、なぜリューセーの側近に選ばれたのかも、すべて承知で側近になったんだ」

フェイワンはきっぱりと答えた。それはあまりにも痛い言葉だった。タンレンはひどく傷ついた顔をして俯いてしまった。

「タンレン……大丈夫か？」

フェイワンが少し心配そうに声をかけたが、タンレンは両肘をテーブルについて、頭を抱え込んでしまった。

「知らなかった。まさかそんな事があったなんて……。ならばオレは、シュレイになんてひどい事をしていたんだろう。シュレイがオレに心を開いてくれなかったはずだ。シュレイが、オレ達シーフォンの奴隷として生きる事を選ばされたのならば、オレがシュレイにしていた行為は、なんて残酷な……だからいつも自分の事を『慰み者』だなんて言って……」

タンレンは言葉を詰まらせて何も言えなくなっていた。抱え込んだ頭をクシャクシャと掻き乱していた。

フェイワンとラウシャンは顔を見合わせてから、黙ってタンレンをみつめた。

長い沈黙の後、ラウシャンが小さく咳払いをした。

「ミンファの処罰は……どうなさいますか？」

「ああ、もうこれ以上擁護する事も、放っておく事も出来ない……だがあまり表沙汰にも出来ない」

「そうですね」

二人は困ったように溜息をついた。

「城から遠ざけて……どこかに隠居させようかとも思う」

「それは、幽閉ですか？」

「そうだな、言葉は悪いが、そういう事になるな」

「そうなるとやはり北の塔ですか」

ラウシャンが重々しい口調で言ったので、フェイワンは黙って頷いた。

罪を犯したシーフォンが入れられる牢獄は、城の中にある。しかし王族であるロンワンは、それとは別の扱いになる。よほどの大罪を犯さぬ限り、ロンワンは蟄居を命じられる程度で、重き処罰はない。かつてシュレイの母を、人を使って殺害させたミンファは、一年間の蟄居で許された。

ロンワンへのそれよりも重い処罰とは、北の塔と呼ばれる、かつての古城よりさらに真北にポツンと建つ高い塔へ入れられる事であった。ラウシャンも、龍聖誘拐未遂事件の後、そこに10日間入れられていた。

北の塔の最上部に、幽閉に使われる部屋がある。粗末な硬いベッドがひとつあるだけで、他には椅子やテーブルさえもない。何もない狭い部屋だった。窓は天井に小さな明かり取りがあるだけで、外の景色も見る事が出来ず、誰にも会う事は許されず、本などを持ち込む事も許されず、外界から完全に遮断されたその薄暗い部屋で、たった一人で過ごすのである。幽閉などとは一見軽い処罰に聞こえるかもしれないが、あの部屋に閉じ込められたら、気の弱い者ならば、数日で頭がおかしくなってしまうかもしれない。

シーフォンは人間を殺めたり傷つける事が出来ない。ましてや同族殺しは禁忌とされている。だからたとえ処罰でも、極刑(死刑)はない。極刑を与えるわけにはいかない以上、それが最良の判断と思われた。ラウシャンは納得したように頷いた。

「大臣達を呼んで、採決しますか?」

「いや、秘密裏に行われた事だ。最後まで秘密裏にしようと思う。ここで事が公になっては、過去の事すべてを明かさなければならなくなる。そうなれば、シュレイの今後の立場も難しくなる。お前達に判断を仰ぐだけで、すべてはオレの一存で行うつもりだ」

「分かりました」

「今までの事、すべて他言無用だ……分かっているな?」

フェイワンに言われて、ようやくタンレンが顔を上げた。まだ悲痛な面持ちのままだったが、コクリと頷いた。ラウシャンも頷いた。

タンレンは、シュレイの部屋を訪れていた。気がついたら足が向いていたのだ。扉の前には、兵士が二人、見張りに立っていた。部屋の中に入ると、看護専門の侍女が、ベッド脇の椅子に一人座っているだけで、他には誰もいなかった。

侍女はタンレンが入ってくると立ち上がって、深く頭を下げた。

「様子はどうだ?」

「はい……もう大分落ち着かれています。あとは意識が戻られれば大丈夫です」

「そうか……」

タンレンは安堵したように深い溜息を吐いた。ベッドに近づきシュレイの顔を覗き込む。もともと白い顔だったが、今はもっと白い。死人のようだ。そっと手を伸ばして頬に触れてみた。ほんのりと温もりを感じてホッとする。額を優しく撫でて、銀の髪を払った。

体は抱かせるのに、口づけをいつも拒む唇。「愛している」と囁くと、いつも困ったように寄せられる形の良い眉。決して情を宿してみつめ返してくれぬ瞳。

「シュレイ」

悲痛な思いを込めて名前を呟いた。床に跪き、まるで許しを請うかのように、枕元に額を押し当てた。

誘ったらすぐに手に入った。堅物なほどに真面目な彼が、体を許し受け入れてくれたのは、彼もまた自分の事を愛してくれているからだと思っていた。何度体を重ねてもつれない素振りのままで、心を決して開いてくれないのは身分違いを気にしているからだと思っていた。男同士だという事にこだわっているからだと思っていた。

だがそれらすべてが、何も知らないタンレン自身の勘違いだったなんて……思いもよらなかった。

どんな思いで抱かれていたのだろう？　体を差し出す事も、試練だと思っていたのだろうか？　この腕で、どれほど彼を傷つけていたのだろうか？　それが彼にとって試練であり苦痛であったのならば、この想いはどうすれば良いのだろう。

そしてそんなシュレイにとって、龍聖が唯一の救いなのだとしたら……その愛もまた報われぬと分かっていて、その身を犠牲にして殉ずるつもりの愛なのだとしたら……タンレンにはもうどうしてやる事も出来ない。

「オレでは、お前を幸せにしてやれないのか……？」

苦悩に喉を詰まらせながら、吐き出すように呟いてシーツをギュッと握り締めた。

続く

はつこい

静寂という言葉が、今のこの場に合っているのかは分からない。だが物音ひとつないほどに静かだ。それは今に始まった事ではなく、ここ最近はずっとそういう状態にあった。

岩山に建つ王城は静まり返っていた。たくさんの人々がいるはずだったが、その異様とも言える静けさは、静寂というよりは沈んだ重い空気の中にあると言った方がいいのかもしれない。

エルマーン王国は、若き新王が即位して40年の月日が流れていた。人間の世界であれば、40年という月日は、次の世代に代わるほどの長き時間になるだろう。しかし長寿である竜族・シーフォンにとっては、人間の刻の7、8年に値する程度の月日であった。しかしそれでも40年という長い時間が経っている事には変わりなかった。

若き新王が即位する時、王の伴侶である竜の聖人（龍聖）が降臨するのだが、現王フェイワンの伴侶は未だにその姿を現さない。竜王にとっての伴侶は、人間の王の妃とは違う意味合いを持つ。竜王の命の源とも言える『魂精』を与えられるのは、この世で竜の聖人ただ一人であった。そしてまた竜王の世継ぎを産む事が出来るのも、竜の聖人ただ一人である。

その竜の聖人が40年も現れないという事は、40年もの間竜王は何も食事を摂らない事に等しい。若き竜王フェイワンは、飢えにより衰弱していた。最近は動きまわる事も困難になり、床に臥す事が多くなっていた。竜王が衰弱し力を失えば、それはすべてシーフォンに影響する。王城が暗く沈み込んでいるのはそのせいであった。

タンレンは神妙な面持ちで廊下を歩いていた。

床に臥す竜王・フェイワンを見舞ってきた。フェイワンの前では、平気なふりを装ってみせたが、笑っていられる状況でない事は確かだ。すっかり衰弱してしまった王の姿に、不安を隠せなくなる。

『また少し幼くなっていたようだ』

タンレンはフェイワンの姿を思い出して眉を寄せた。魂精が欠乏した体は、命を少しでも永らえるために成長を止めていた。いやむしろ退化している。身体が次第に縮んでいき、まるで子供に戻るかのように、肉体が若退化していた。『若返る』という良い意味ではない。いずれ衰弱死してしまうだろう。

タンレンには、フェイワンに相談したい事が本当はあった。最近、シーフォンの間に異変が起こりつつある。ロンワン(王族)に近い者達は、気性が荒くなり、時々諍いが起きはじめている。下位の者達は、逆に生気をなくしたように無気力になり、家に引きこもる者が出はじめている。

つい昨日も、外務大臣のラウシャンが、部下をひどく罵倒する場面に遭遇してしまった。あまりにひどかったため、タンレンが止めに入ってなんとか治まったが、人が変わったようなラウシャンの様子に、内心とても驚いた。元々気難しいところはあったが、大声で誰かを愚弄するような人物ではない。生真面目で良識ある人物だ。

後になってラウシャン自身も「どうかしていた」と言っていた。

皆がどうかしている。タンレンは、それが不安だった。たぶん力を失いつつある竜王の影響が出はじめているのだろう。すべては竜の聖人が現れないせいなのだが……。

なぜ竜の聖人である龍聖が現れないのか分からない。前龍聖が早くに亡くなった事が原因なのか……。少なくともあれからすべての歯車が狂いはじめている事は疑いようがない。だが彼にも、竜王であるフェイワンにすら、それをどうする事も出来ない。フェイワンは、自分にもしもの事があった場合を考えているようだが、それだけはなんとか食い止めなければならないと思っていた。

そんなフェイワンに、相談など出来るはずもなく、大丈夫だと告げるしかなかった。

タンレンは浮かない顔で、溜息を吐いた。

「あっ！」

ふいに廊下の角から現れた人物と、ドンとぶつかってしまった。相手がその反動でよろめき、後ろに転びそうになるのを、タンレンは慌てて腕を掴んで引き寄せた。フワリと目の前に、銀色の髪が輝きながら揺れて頬をかすめる。

「大丈夫か？　シュレイ」

タンレンがその名を呼ぶと、シュレイは驚いた顔のままでタンレンを見上げるようにみつめて、すぐに恥ずかしそうに目を伏せた。

「も、申し訳ありません。私の不注意です。お許しください」

「いや、考え事をしながら歩いていたオレが悪い。すまなかった」

「いえ、タンレン様が謝られる事など何もありません」

シュレイはそう言いながら、床に落とした書類を拾いはじめたので、タンレンも慌ててそれを手伝った。

「あ、ありがとうございます」

「忙しくしているようだね」

タンレンは拾った書類をシュレイに渡しながら、優しく微笑んでみせた。シュレイは顔を上げて書類を受け取り、目が合うとまた恥ずかしそうに少し頬を染めて目を伏せる。そんなシュレイの様子を、タンレンは目を細めて微笑ましくみつめた。

シュレイは龍聖の側近として王宮に仕えている。出自は不明だが、シーフォンとアルピンの混血のようだった。そのためアルピンでありながら、美しい容姿と銀の髪を持っている。混血のせいか、側近としての延命治療のためか、年齢は70歳近くのはずだが、見た目は22～3歳くらいの青年だ。

タンレンは彼に特別な好意を寄せていた。仕えるべき龍聖が現れず、身の置き所のないシュレイの事を、何かにつけて目をかけて手助けをしている。

「タンレン様に比べたら私の仕事など……ただ……」

シュレイは何かを言いかけたが、チラリと一度タンレンの顔を見てから、遠慮したようにそのまま口をつぐんでしまった。

「なんだい？　何か困っている事があったら、なんでも相談してくれと以前にも言っただろう？　遠慮などする事はない」

タンレンに促されて、シュレイは恐る恐る口を開いた。

「あの……実は……リューセー様付きの侍女を半分ほど、新しく若い者に替えたいと思っているのですが、内務官の方々にお願いしても、なかなか取り合っていただけなくて……」

「侍女を？　何か不都合でもあったのかい？」

「年老いてしまったので、このままではリューセー様が現れたとしても、長くは仕える事が出来なくなります」

「ああ……そうか」

タンレンは納得して頷いた。龍聖付きの侍女は、他の侍女と異なり特別な教育を受けた者がなる。しかし長いこと主が現れないため、役目を果たす事なく引退しなければならない。40年という月日は、普通の人間であるアルピン達にはとても長い月日であった。

「なぜ内務官は新しい侍女を融通してくれないのだ?」

「忙しいのでそれどころではないと……もう何度もお願いに伺っているのですが……多分私がお願いするから聞いていただけないのだと思います」

シュレイは困ったような顔でそう言ってから俯いてしまった。シュレイが言わんとしていることは察しがつく。シーフォンの中には、アルピンについて差別的な思想を持っていて、それを態度に出す者がいる。

龍聖の側近は、アルピンの少年の中から選ばれ、何年もかけて専門の徹底した教育を受けている。また王宮の中で不可侵的な立場にあり、龍聖以外の誰の命令も聞かないという特権を持った異例の存在だった。これは異世界から来る龍聖を守るために、三代目竜王が定めた制度で、脈々と受け継がれてきたしきたりでもある。

アルピンに対して差別意識を持つ者にとっては、特権を持つ側近の存在が『アルピンのくせに生意気な』となる。特に側近として仕えるべき龍聖が不在で、かつ皆の心が不穏な状況にある現在であれば、それが表立った嫌がらせとなってしまうのも想像がついた。

『良くないな』

タンレンはそう思った。不満が膨らめば諍いが起こりかねない。シュレイを差別している者が、何か問題行動を起こせば、それは他のシーフォンやアルピン達に悪い影響を及ぼす。不穏な芽は早めに諫めて摘んでおく必要がありそうだ。

「オレから注意しておこう」

「え？　いいえ、すみません。私が余計な事を言ってしまったから……タンレン様のお手を煩わせるわけにはまいりません。どうかお忘れください」

シュレイが恐縮して何度も頭を下げるので、タンレンは腕組みをして苦笑した。シュレイのためならなんでもしてあげたいというのは、タンレンの個人的な事情だ。だが真面目なシュレイは、タンレンを利用しようなんてまったく考えてもくれないから困る。

「ではシュレイ、こうしよう。まずは君一人で、もう一度内務官のところに行って頼んでくれ。オレは離れたところにいよう。それでまた内務官が聞いてくれないようならば、オレは通りかかった体で、内務官に注意するから……リューセー様にお仕えする侍女を手配するのは、内務としては優先事項だ。それをないがしろにするようであれば、内務大臣としては部下を注意しなければならない。これはオレの管轄の仕事だ。だから君が気にする事ではないんだよ」

タンレンは宥めるように優しくそう告げた。シュレイはそんなタンレンを、じっとみつめる。

「タンレン様は、なぜいつも私を助けてくださるのですか？」

ほんのり頬を染めながら、そんな風に尋ねられては、タンレンは降参するしかない。

「それは前にも言っただろう？　君の事が好きだからだ」

タンレンが微笑みながらそう言うと、シュレイは赤くなってプイッと顔を逸らす。

「また……そのようなお戯れを……」

「嘘じゃないよ。オレはずっと前から君の事が好きなんだ」

「あ、ありがとうございます。身に余る光栄です」

シュレイはそっぽを向いたままでそう答えたが、耳まで赤くなっている。タンレンは嬉しそうに目を細めた。これでもかなりの進歩だ。

タンレンが初めてシュレイに会った時は、まだ小さな少年だった。だがその美しさに目を奪われた。シーフォンとの混血だというその少年は、特異な血の故か、シーフォンとも違う美しさを持っていた。次に会った時は、まだ幼さの残る青年の姿だった。若いが側近として一人前になっていた。

龍聖の側近は、少しでも長く側に仕えるために、竜の秘薬によって延命治療が施されており、普通の人間の何倍も長生きする事が出来る。

ゆっくりとタンレンの歳に近づくように美しく成長したシュレイに、いつしか恋慕に近い想いを抱いている自分に気づいたのはここ数年の事だ。

それはタンレンの初恋だった。

一度気づいた想いは加速がつく。会うたびに何かと理由をつけて話しかけ、シュレイと親しくなりたいと思った。

シュレイは最初、とても素っ気なくて無愛想に思えた。だが彼を知るうちに、それは彼が感情表現が不得意だからだと分かる。孤児だった彼は、肉親の愛情を知らずに育ち、幼い頃から側近になるための厳しい教育を受けて育ったため、生真面目で勤勉ではあるが、社交性に欠けていた。

その美しい容姿が逆に、愛想のなさを際立たせ、冷たい印象を与え、誤解を招いてしまう。しかし彼の本質は、とても愛情深く、優しく、誠実だった。

アルピンを快く思わない一部のシーフォンから、謂れのない差別を受け、いじめや誹りを受けても、シュレイはいつも静かにじっと耐えていた。決して誰を恨むでもなく、反発するでもなく、静かに耐え忍んでいた。

　そんなシュレイを見過ごせなくて、タンレンはたびたび手を差し伸べ擁護(ようご)した。そうしているうちに、次第にシュレイもタンレンに対して打ち解けていった。最近では微笑んだり、恥じらったり、とてもかわいい表情を見せるようになった。タンレンには、シュレイも自分に好意を持ってくれているように思える。きっとこれは思い過ごしではないはずだ。

「でも助けていただいてばかりで、私は何もお返しが出来ず申し訳ありません」

「お返しだなんて……オレが好きでやってるんだから、君が気にする事はない。第一、君はリューセー様の側近なのだから、忙しいだろう？　いつリューセー様が現れてもいいように、君は毎日の勤めを一日たりとも手を抜いた事がない……40年もの間毎日……君には本当に頭が下がるよ」

　部屋の清掃、ベッドメイク、龍聖専用の食事の準備など、いつ龍聖が降臨してもすぐに対応して、つつがなく一日の生活が出来るように、朝から夜までの日常の準備を毎日欠かす事なく、40年間も勤勉に勤めるシュレイの姿は、賞賛に値するとタンレンは思っていた。

「私はそのためだけに遣わされているのですから……それしか出来ないのです。自分の仕事をやらなければ、私がここにいる意味などないのですから……」

「そんな事はない。あるものか」

　少し俯いて伏し目がちに話すシュレイが、あまりにも心細げに見えて、タンレンは思わずシュレイの体を引き寄せて抱きしめていた。シュレイは突然の事に驚いて戸惑っているようだ。

「タ……タンレン様……あの……」

タンレンの腕の中で、少し赤くなりながらも困惑したように少し身をよじらせてみるが、たくましい腕に包まれて、そこから逃れる事は出来そうにない。そんなシュレイをよそに、タンレンは初めて腕に抱きしめたシュレイの体の柔らかさと、微かに薫る爽やかな薬草の香りに胸が高鳴っていた。

「タンレン様……あの……タンレン様」

シュレイが困ったように何度も名を呼ぶので、我に返ったタンレンがようやく体を離した。

「驚かせたかい？　すまなかったね」

タンレンが優しく声をかけると、シュレイはまだ少し戸惑いを隠せない様子で、上目づかいにタンレンをみつめた。眉が少し下がっていて、困惑の色が明らかだが、頬から目尻までがほんのり朱に染まっていた。そんなシュレイをみつめ返しながら、タンレンは微笑んでみせた。

「嫌だった？　ごめんね」

「いえ、あの……決して嫌というわけではないのですが、あの……」

「困らせてしまってすまない……さて内務官のところに行こうか」

「あ、は、はい」

タンレンに言われて、ようやく本来の用事を思い出したシュレイは、慌ててペコリと一礼してから内務室へと向かった。

書き物をしていたシュレイは、ふと手を止めて、ぼんやりと考え込んだ。

『なぜタンレン様は、私の事を好きだなんておっしゃるのだろう』

それがここ最近、シュレイの頭の中をいっぱいにしている悩み事だ。

シュレイにはタンレンの言う『好き』の意味が分からない。主従という意味だろうか？　と思ったが、タンレンとシュレイは主従関係にはない。それに家臣に対して「好きだ」などと面と向かって（それも会うたびに）言うものだろうか？　それでは友人としての『好き』なのか？　しかしタンレンとの関係を友人だと思うなど、恐れ多い事だ。そして結局どういう意味での『好き』だというのか、答えの出ない堂々巡りを、頭の中でいつまでも繰り返すのみなのだ。

『自分の気持ちは？』とふいに頭をよぎる。

タンレンの事は好きだ。誠実で、優しくて、頼もしくて、王族だというのに威張（いば）った所がなくて、アルピンにも差別なく接してくれる。たぶんこの国で一番好きだと思う。尊敬している。

しかしシュレイには、亡くなった母親以外、今まで自分の事を『好きだ』と言ってくれた人はいなかった。だからどう答えればいいのかも分からず、その言葉の意味も、どう受け取ればいいのか分からず、戸惑っていた。

「シュレイ様」

ぼんやりしていたら、不意に声をかけられたので、驚いて声のする方を向いた。相手もシュレイの反応に少し驚いた様子で、困ったように俯いた。龍聖付きの侍女のひとりだった。

「あの……そろそろお時間ではないかと思いまして……」

言われてシュレイは、側にある時計に視線を送った。

「あ、そうだったね。ありがとう。ちょっと行ってきます」

シュレイは慌てて立ち上がると、出かけていった。行先は内務室だ。先日、タンレンの口添えのおかげで、新しい侍女を手配してもらえる事になり、今日がその引き渡しの日だった。

内務室へ赴き、侍従に内務官への取り次ぎを願うと、しばらく待つように言われたので、壁際の椅子に腰かけて待つ事にした。奥の内務官のいる執務室には、入れ替わり立ち替わり、色々な人物の出入りがある。忙しい事は承知しており、いつもシュレイの用件が後回しにされる事も承知しているので、ただこうして待つしかなかった。

出入りするシーフォン達が、もの珍しそうにシュレイをジロジロと眺めて去っていく。それも慣れていた。アルピンなのにこの容姿というのはとても目立つ。シーフォンとアルピンの混血など少なく、その上出自の分からない孤児というのも珍しがられる要因でもあった。

下位のシーフォンの中には、婚姻相手がおらず、思いあぐねてアルピンとの間に子を儲ける者が、最近わずかだが現れはじめている。だが、結局竜を持たぬ子は、嫡子とは認められず、王城の外でひっそりと育てられる事が多かった。

とはいえ、絶滅の危機にあるシーフォンは、たとえ混血でも生まれた子を大切にするため、捨てたりする事はない。法でも子殺しや子捨ては禁止されている。そんな中で、出自の分からぬ孤児であるシュレイは大変珍しい存在であり、だからこそ皆の好奇の目にさらされているのだ。

随分長い時間待たされているシュレイを気にして、僕従が執務室へ伺いをたてに行った。

「ああ、忙しいんだ。待たせておけばいい。どうせあの者は暇を持て余しているのだからな」

内務官の一人が、忌々しいという様子でそう言った。それを聞いて他の内務官達も苦笑しながら頷いた。

「まったく新しい侍女の補充など、なんでやらねばならんのだ。それも優秀な者の中から選出しなければならないのだからな……他のもっと忙しい部署の方が、優秀な人手を必要としているというのに」

「まったくだ。リューセー様はいらっしゃらないというのに、なぜそんなに何人も必要だというのだ。タンレン様に言われてなければ、却下したいところだ」

　内務官達の愚痴は、執務室の外で待つシュレイの所まで聞こえているはずだ。いや、むしろわざと聞こえるように大きな声で話していた。

「まったく、タンレン様もなんであの時に限って、いらしたんだろう」

「おいおい、たまに抜き打ちで業務確認をされるから気を抜くな……特にシュレイが来る時はな。まああれ以来、僕従達にはタンレン様がいらしたら早めに教えるように言ってあるから大丈夫だが」

「シュレイが来る時って、やっぱりあの噂は本当か？　タンレン様が特別贔屓しているという……」

「贔屓というか、随分ご執心のようだぞ……どういう手を使ったか知らぬが、シュレイがタンレン様に取り入っているんだろう」

「どういう手って、色仕掛けしかないだろう。体でご奉仕してるのさ」

　誰かが冷やかすような口ぶりでそう言ったので、どっと一同は笑い出した。

「ハハハ……いやいや、しかしタンレン様が簡単にたぶらかされるものか？」

「タンレン様も分かっていて遊んでいらっしゃるのだろう。下手に女と遊んで、こじれるよりもいい。いくら弄んだところで、子が出来る心配もないし、男だから結婚を迫られる事もないからな」

「確かに、いくら綺麗な顔をしていても、あのような卑しい者を本気で相手にするわけがないか。リューセー様のいない側近など、王族の慰み者になるぐらいしか、利用価値はないのだろうからな。ただ飯食いより、よほど役に立つというものだ」

内務官達は、口々に厭らしい言葉を並べて、シュレイの事を嘲り笑った。

シュレイはじっと耐えていた。しかし膝の上で握りしめた拳は、ふるふると震えている。自分の事を嘲笑われる事には慣れている。なんと言われても我慢すればいい。だがタンレンを嘲られる事は許せなかった。

『タンレン様はそのような方ではない。私に対して、そのような厭らしい事などなさらない誠実な方だ。でもここで私がそう言ったところで、余計に煽ってしまうだけだろう』

シュレイは悔しさに唇を噛みしめた。

シュレイと同じ控えの間にいる者達は、なんともいたたまれない気持ちになった。俯いているシュレイをチラチラと見ながら、奥の間から聞こえてくる醜悪な笑い声に、皆が眉を寄せる。

その時、廊下にいた僕従が慌てた様子で駆けてきて、奥の部屋へと飛び込んでいった。

「タンレン様がお見えです」

僕従が早口でそう告げたので、一瞬にして内務官達が静かになった。そうとは知らないシュレイは急に静かになったので、ふと顔を上げた。するとそこへタンレンが颯爽と現れたので驚いた。

タンレンは内務室に来るなり、シュレイの姿を見つけると、少し安堵したような表情になったが、その控えの間の雰囲気が、ただならぬ様子である事に瞬時に気がついた。シュレイの表情も少し強張っている。椅子に小さくなって座っている様子から、またシュレイへのいじめが起きているのだろうと、即座に察した。

「シュレイ、大丈夫か?」

側まで歩み寄ると、微笑みながら優しく声をかけた。シュレイは一瞬何の事か分からないという表情で、タンレンをみつめた。

「リューセー様の部屋へ寄ったら、侍女達が、君が内務室へ行ってから、もう二刻以上も戻らないのだと心配していたものだからね。何かあったのかと思って」

「あ、いえ、大丈夫です。何もありません」

シュレイは立ち上がると、少し赤くなって首を振りながらそう言った。

その時、奥の扉が開き、内務官の主席が現れた。

「こ、これはタンレン様、いかがなさいましたか？」

「先日頼んでいたリューセー様付きの侍女にする者達は、用意出来ているのか？」

「もちろんでございます。おや、シュレイ、来ていたのか？　それならそうと言ってくれればいいものを……こちらも忙しいのでね。催促してくれないと、たくさんの用件の中に埋もれてしまうじゃないか」

主席は笑いながら、悪びれた様子もなくそう言った。シュレイは深々と頭を下げてみせた。

「申し訳ありませんでした。お手数をおかけいたします」

シュレイが殊勝（しゅしょう）な面持ちで言ったので、主席は少し気まずいという様子になり視線を逸らした。

「おい、侍女を連れてきなさい」

主席は不機嫌そうに側にいた僕従に命じると、僕従は急いでどこかへと駆けていった。しばらくして若い女性を3人従えて戻ってきた。

「この者達は、侍女見習いとして教育を受けながら、すでに1年ほど王宮内で働いて経験を積んだ者達です。リューセー様付きとして教育するのに相応しいかと思います」

「ありがとうございます。それではお預かりいたします」

シュレイはもう一度深々と頭を下げると、若い侍女達を連れて内務室を後にした。

タンレンはそれを見送ってから、後には続かず主席と向かい合うと、厳しい表情でじっとしばらくの間無言でみつめていた。主席は先ほどの会話を聞かれてしまったのかと、内心ひやひやしている。

「内務官の仕事は忙しいか？」

「え？　あ、は、はい」

突然振られて、主席は上手く答えられずおろおろとなった。そんな彼をみつめながら、タンレンは心の中で小さく溜息を吐いた。

「最近、内務室での良くない噂を耳にする。オレの部下に限って、差別主義者がいるとは思いたくないが、この仕事をする限りは、決してアルピンに対して差別する事は許されない。個人の主義は自由だが、仕事には絶対に持ち込まぬこと。分かっているな」

「も、もちろんです」

主席は見透かされているようで、少し赤くなりながら頷いてみせた。するとタンレンが、体を近づけてきて主席の耳元で囁くように言った。

「アルピン達のリューセー様への信仰は特別だ。だからリューセー様の側近となったアルピンは、アルピン達……国民の誉れであり、皆の尊敬と期待を一身に集めている存在でもある。アルピン達は自分への蔑みは我慢するが、リューセー様の側近を軽んじる行為は許さないだろう。王宮内のアルピンを敵に回す気か？　陛下の耳に入るのも時間の問題だと思え」

タンレンは早口でそう言うと、何事もなかったかのように主席から離れた。彼は顔面蒼白になっている。

「オレにも擁護しきれぬものがある」

タンレンは普段からは想像出来ぬほど冷酷な口調でそう一言告げて、その場を去っていった。

「先ほどはありがとうございました」

その日の夕刻、タンレンの執務室にシュレイが訪ねてきて礼を述べた。

「オレは何もしていないよ。それとも何かあったのかい？」

タンレンはいつもと変わらぬ様子で、素知らぬ顔でそう答えた。あの後、内務官達がシュレイの下を訪ねてきて、侍女達もいる前で今までの非礼を詫びた。シュレイは驚いて、その場はなんとか取り繕ったが、すぐにタンレンが何かをしたのだろうと思い当たった。

内務官達が謝罪した事を、今更蒸し返すつもりはない。タンレンが知らぬふりをするつもりだというのならば、シュレイからは何も言える言葉はなかった。困ったようにその場に立ち尽くしているシュレイを見て、タンレンは頬杖をついてクスリと笑った。

「ちょうど仕事が終わったところだ。これから夕食を食べるつもりだけど、良かったら一緒に付き合ってくれないか？」

「え？」

「最近家を出て、一人で住みはじめたんだけど、やっぱり一人でする食事は味気なくてね。付き合ってくれると嬉しいんだけど……何か分からないけど、オレに礼を言いに来たんだろう？　だったら、お礼と思って付き合ってくれ」

タンレンがニコニコと笑ってそう言ったので、シュレイは戸惑いながら少し頬を染めて小さく頷いた。

「わ、私でよろしければ……」


「さ、遠慮なくそこに座ってくれ、君はゲストなんだから」

「で、ですが……私などがタンレン様と一緒のテーブルで食事するなんて……」

「オレがいいと言っているんだから良いんだよ。オレの新居で食事に招いたのは君が初めてなんだ」

「え!?」

シュレイは驚いて、座りかけていたのにまた立ち上がった。

「そ、それでしたら尚更私などは……」

「君が来てくれて本当に嬉しいよ……さあ、腹ペコだ。食べよう」

そう言って笑いながらテーブルに着いたタンレンに、シュレイは驚きつつも、その明るさにつられるように微笑んでいた。タンレンの優しさと誠実さには、やはり心惹かれると思った。だが時々胸が苦しくなるのはなぜか、シュレイにはまだよく分からなかった。

食事の後、少し話をしようと誘われて、居間のソファに並んで座り、果実酒を飲みながらくつろいだ。最初は硬くなっていたシュレイだったが、タンレンの話術に心が解された。他国の話を聞くのは、外に出た事のないシュレイにはとても面白いものだった。

一方タンレンは、クスクスとシュレイが笑うたびにとても嬉しくなって、もっと喜ばせたいと思い話が膨らんだ。シュレイの笑顔はとても貴重で、タンレンの心を何よりもときめかせた。

ふと会話が途切れて、タンレンにみつめられている事に気づいたシュレイは、困ったように目を伏せた。なんだか頬が熱いのは酒に酔ったせいだろうか？　と思う。

「ど、どうかなさいましたか？」

「君は本当に綺麗だね」

「そ、そんな事はありません……シーフォンの方々の方が、何倍もお美しいです」

「君が一番綺麗だよ……触れてもいいかい？」

「え？」

シュレイは戸惑ったが嫌とは言わなかった。黙って俯いていると、タンレンの手が伸びてきて、そっとシュレイの頬に触れた。頬を優しく撫でられて、髪を指で梳かれる。

こんな風に誰かに優しく触れられるのは初めてだ。タンレンの指が触れた部分は、少し熱を持ったように熱く感じる。意識してしまって気恥ずかしい。

「君が好きだ」

タンレンが低い艶のある声で囁いた。シュレイはギュッと胸が痛くなった。また『好き』と言われた。タンレンの言葉は嬉しい。でもその言葉の意味を、未だ考えあぐねている。

「シュレイ」

タンレンが名前を呼ぶ。それはひどく熱っぽい声音に感じられた。ドキリとして顔を上げてタンレンを見ようとしたが、腕を掴まれて強く引き寄せられ、気がついたらタンレンの腕の中にいた。

タンレンのたくましい腕が、苦しいほど強くシュレイの体を抱きしめた。

「君はオレの事が嫌いかい？」

「そ、そんな事はありません」

「じゃあ、好き？」

「は、はい……お慕い申しております」

思わずそう答えていた。シュレイ自身は特に意識したつもりはなかったが、言葉にした途端に、また胸が少し苦しくなった。苦しいというより熱い……そんな不思議な気持ちがした。

『好き』という言葉は言えなかった。シュレイには、タンレンの言う『好き』と同じ熱量で、その言葉を返せるほどの自覚はない。でも『お慕い申している』と言えるくらいには、形にならない想いが芽生えている。自分でもそれが何か分からない不思議な気持ち……。

「シュレイ」

タンレンが耳元で何度も名前を呼ぶ。シュレイはカァッと耳まで赤くなった。戸惑っていると唇が重ねられた。驚く暇もなかった。強く吸われて、舌が搦め捕られた。息が出来なくて、苦しくて、何も考えられなくなっていた。息が苦しいのは、唇を塞がれたせいだけではなかった。体がとても熱くて、心臓が早鐘のように激しく鳴っていて、胸がとても苦しかった。

キスの合間に、タンレンが何度もシュレイの名を呼んでいるのだけは分かる。とても優しく甘い声だ。嵐の中でもみくちゃにされているようで、何も考えられない、ただただ体中が熱い。

唇を愛撫するようにタンレンの唇が動いて、それに応える事は出来ず、ただ必死に縋りつくように受け止める。頭の片隅で、タンレンとキスをしているのだと、ぼんやり理解した。それは決して嫌ではなかった。気持ちいいとさえ思う。

　シュレイは無意識に、ぎゅうっとタンレンの服の胸元を摑んでいた。拒んで突き放す事はない。気持ち良くて、頭がぼうっとなるのでタンレンに縋りついている。

　そんなシュレイが、はっと我に返ったのは、下腹部への今まで経験した事のない感触に気がついたからだ。

「あっ……いや……タンレン様っ……そこは汚い所です」

　シュレイは真っ赤になって身をよじらせた。いつの間にか服を脱がされ、あられもない姿でソファに寝かせられていた。

「汚くなんかないよ……とても綺麗だよ」

　タンレンはそう囁いて、シュレイの陰茎を口に咥えて吸った。

「あっあぁ……ダメっ……いやっ……」

　シュレイは泣きそうな声を漏らして、両手で顔を覆いながら身をよじらせる。シュレイにとっては、もっとも恥と思っている場所を、タンレンにそのようにされて、死にたいとさえ思っていた。

　シュレイの陰茎は、成人の物とは思えぬほど未成熟だった。手術で睾丸を切り取られているため、正常な成人男性の生殖器の姿をしていないのだ。勃起する事のない陰茎を、タンレンは愛しげに愛撫してから、その下の窪みへと舌を這わせていった。

「あっあぁあっ……タンレン様っ……いけません……タンレン様っ……」

　シュレイは何度も懇願した。しかし甘い喘ぎと共に繰り返されるその言葉は、タンレンには甘い睦言のようにしか届かない。小さな穴を舌で丁寧に舐め上げられ、指でゆっくりと解される。最初は抵抗のあった穴も、赤く色づき柔らかくなった。タンレンの無骨で長い指が2本、深く根元まで容易に入るようになる。

指を何度も出し入れされて、指の腹で内膜を擦るように愛撫される。シュレイは何も考えられなくなり、ただ小さな喘ぎを漏らし続けていた。長い時間をかけて、ゆっくり丁寧に慣らされていく。タンレンはシュレイの事をとても大切に扱っているのだが、シュレイ自身はそれどころではなくて、何が起きているのかさえ分からない。

やがてタンレンが身を起こした。

「シュレイ……すまない……これ以上は我慢が出来ないんだ」

タンレンは乱れる息遣いでそう呟くと、シュレイの腰を抱き、足を開かせて、その中心に昂りを深く差し入れた。

「あっあああっあっ」

シュレイは少し苦しげに顔を歪めて声を漏らした。とても熱い塊が、体の中に入ってくる。そこでようやく自分になにが起きているのかを悟った。

龍聖の側近として教育を受ける中で、男性同士の性交についても学んだ。異世界から来る龍聖は、性別的には男性であるので、竜王と上手く結ばれるために、もしも必要であれば龍聖に、性交の仕方を言い含めなければならない。男性同士の性交が、決して怖いものではないと宥めなければならない。そのために学んだ知識が、頭をよぎる。

『タンレン様に抱かれている』

シュレイはそう改めて自覚すると同時に、なぜタンレンと交わる事になってしまったのか、ぼんやりと考えていた。

遠くでタンレンが、シュレイの名前を熱い声で呼ぶのが聞こえる。何度も「好きだ」「愛している」と囁く声も聞こえていた。そして自分の口から、自分でも聞いた事のないような喘ぎ声が出ているのも、まるで他人事のように遠くに聞いている。

気持ちはこんなに静かだというのに、体は別もののようだ。タンレンの硬く熱い男根が、体の中を蠢（うごめ）くたびに、言いようのない快楽が体を支配した。

『なぜタンレン様は、私を抱いているのですか？』そんな疑問が浮かび上がる。

『あのような卑しい者を本気で相手にするわけがない』

『王族の慰み者になるぐらいしか、利用価値はないのだろうからな』

シュレイの問いに、内務官達の言葉が答えていた。

『タンレン様が厭らしい事をするはずなどないだって？　お前はこれくらいしか役に立たないんだろう？』

内務官達の厭らしい笑い声が、頭の中で響き渡っていた。

気がつくと、そこはタンレンの寝室だった。ソファで一度抱かれた後、寝室に運ばれて、そこでまた何度か抱かれた。タンレンに抱かれて、乱れる自分の姿が、とても信じられなかった。

『タンレン様に抱かれて嬉しかった？』心の中で問われて、すぐに答える事が出来ない。

『嬉しかった』そんな言葉が浮かんだが、それは自分で否定した。王族のタンレンと、アルピンの……それも禁忌を犯した卑しい出生である自分。それも男同士。どう考えてもまともに付き合える関係のはずがない。恋人でもなんでもない、ただの慰み者なのに、なぜ嬉しい？　そう思ったら、自然と涙がこぼれた。

「シュレイ？　起きたのかい？　ん？　泣いているのか？　体、辛いのか？」

涙をこぼすシュレイに気づいたタンレンが心配そうに抱き寄せた。頬に口づけられる。

「タンレン様」

シュレイがようやく口を開いた。

「なんだい？」

「なぜ……私を抱かれたのですか？」

「君が好きだからだよ。愛しているからだ」

タンレンは即答したが、シュレイはそれを聞いて、もっと胸が苦しくなった。涙が溢れてくる。シュレイは両手で顔を覆った。

「どうしたんだい？　どこか痛いのかい？」

タンレンは、シュレイがなぜ泣いているのか分からなかった。心配でただ抱きしめるしかなかった。

『なぜ私を抱いたのですか？』

シュレイは何度もその言葉を心の中で繰り返した。誰よりも尊敬するタンレン。誰よりも優しく誠実な人。彼の慰み者になどなりたくなかった。ただ側にいさせてもらえるだけで良かった。

『王族の慰み者になるぐらいしか、利用価値はないのだろうからな』

冷たく鋭い言葉が、また頭に浮かんで、心に深く突き刺さった。

「オレに抱かれるのは嫌だったのかな」

タンレンが心配そうな顔で、自信なさげに呟いた。タンレンは愛するシュレイを手に入れる事が出来て、何よりも幸せだと思っていた。タンレンの腕の中で、気持ちよさそうに喘いで乱れるシュレイの姿に、シュレイもまた同じ想いなのだと思っていた。だが今は、ただ泣いているシュレイの姿に動揺している。嫌なのを無理強いしてしまったのかと不安になる。

シュレイは顔を覆っていた手を離すと、涙に濡れた目でタンレンをみつめた。精悍なその顔がとても不安そうに見える。こんな顔をさせたかったわけではない。

タンレンには何度も助けられた。その恩に報いるために、こんな体でも慰みになるのであれば、いくらでも差し出すべきではないのだろうか？　そんな思いが浮かんでいた。

『どうせ今の私にはそれくらいしか出来ないのだから……』

シュレイはそう思うと同時に、心が酷く冷たくなるのを感じた。苦しくて辛い想いを、心の奥に無理やり押し込めたら、何も感じない空虚が心に広がる。押し込めた想いの中には、わずかに芽生えていた淡い恋慕も混ざっていたはずだ。

「タンレン様……これは嬉し涙でございます……タンレン様に抱いていただいて……嬉しゅうございます」

それがシュレイの精一杯だった。シュレイの言葉に、みるみるタンレンの表情が明るくなる。

「ああ、良かった……シュレイ……愛しているよ」

タンレンは嬉しそうにそう囁いて、シュレイの体を強く抱きしめた。

タンレンのシュレイへの愛は本物だ。だがその想いが届いていないとは夢にも思っていない。この時、シュレイは自らの心を閉ざしてしまった。

二人の心が通じ合うのは、もっとずっと先の話。

「空に響くは竜の歌声　竜王を継ぐ御子」に続く

次巻予告

空に響くは竜の歌声
竜王を継ぐ御子

フェイワンと龍聖の婚礼、龍聖の懐妊。
そして生まれる王の子供たち。
竜王の血脈は紡がれていく。
やがて明らかになる過去の真実、
未来につながる奇跡──

2016年6月17日発売予定

『空に響くは竜の歌声　紅蓮をまとう竜王』をお買い上げいただきましてありがとうございます。
この本を読んでのご意見・ご感想をお待ちしております。

〒162-0825　東京都新宿区神楽坂6-46 ローベル神楽坂ビル 5F
株式会社リブレ内 編集部

アンケート受付中 >>> リブレ公式サイト　http://libre-inc.co.jp

初出
空に響くは竜の歌声　紅蓮をまとう竜王
＊上記の作品は「G×G BOX ゲンキニナルクスリ」
（http://homepage1.nifty.com/M-iida/index.htm）
掲載の「空に響くは竜の歌声」を加筆修正したものです。

はつこい ……… 書き下ろし

空に響くは竜の歌声
紅蓮をまとう竜王

著者名　飯田実樹

発行日　2016年5月19日　第1刷発行
2016年7月8日　第2刷発行

発行者　太田歳子

発行所　株式会社リブレ
〒162-0825 東京都新宿区神楽坂6-46　ローベル神楽坂ビル
電話　03-3235-7405（営業）　03-3235-0317（編集）
FAX　03-3235-0342（営業）

印刷・製本　株式会社光邦
装丁・本文デザイン　ウチカワデザイン
企画編集　安井友紀子

Printed in Japan
ISBN 978-4-7997-2926-7